D1411871

LE DANDY
MOURANT

Mari JUNGSTEDT

LE DANDY
MOURANT

Traduit du suédois
par Max Stadler et Lucile Clauss

éditions du
ROCHER

Prologue

Deux secondes. Il n'en fallut pas plus pour le détruire. Pour faire voler sa vie en éclats. Deux misérables secondes.

Les pensées qui, la nuit, hantaient son esprit ne le laissaient plus en paix. Elles le maintenaient éveillé depuis des semaines. Elles ne se retiraient qu'au petit matin, lui accordant quelques heures de répit, le temps d'un sommeil libérateur. Mais au réveil, il se retrouvait dans le même enfer. Un enfer solitaire et torturé dissimulé derrière une expression impassible, impénétrable. Qu'il ne pouvait partager avec personne.

Pendant ces deux secondes, il avait basculé dans un abîme infiniment obscur. Il n'aurait jamais cru que la vérité puisse être si impitoyable.

Il lui avait fallu un certain temps pour comprendre ce qu'il avait à faire. Cela lui était apparu comme une vision, aussi lentement qu'irrémédiablement. Il allait être obligé de s'en charger seul. Impossible de faire machine arrière, il n'y avait pas d'échappatoire. Il ne pourrait plus faire croire, ni au monde, ni à lui-même, que rien ne s'était passé.

Un jour, il avait découvert un secret par hasard, sans savoir qu'en faire. C'est ainsi que tout avait commencé. Il avait porté ce secret un temps avec lui. Mais celui-ci le démangeait comme une plaie infectée.

Peut-être qu'il aurait fini par tout oublier s'il avait décidé de ne pas intervenir.

Mais la curiosité avait pris le dessus et il avait décidé de creuser pour en savoir plus. Même si c'était douloureux.

Et ce jour funeste était arrivé. Peut-être que son corps avait instinctivement ressenti le danger. Ou peut-être pas.

Il était seul chez lui. Il avait passé une grande partie de la nuit à ruminer ses pensées, comme les semaines précédentes. Quand il vit poindre le jour devant la fenêtre, sortir du lit se révéla être une vraie épreuve de force.

Il n'avait aucun appétit, c'est à peine s'il parvint à avaler une tasse de café. Il resta assis à la table de la cuisine, les yeux rivés sur la grisaille dehors et les hauts immeubles d'en face. Se sentant frustré, il finit par sortir de l'appartement.

La matinée était déjà bien avancée, mais en novembre, il ne faisait jamais vraiment jour. Les trottoirs étaient recouverts d'une neige boueuse et les gens pressés marchaient dans la gadoue sans se regarder. Le froid mordant et humide ne prêtait pas à la flânerie.

Il décida de retourner là-bas, sans raison particulière. S'il avait su ce qui allait se passer, il ne l'aurait jamais fait. Il suivait simplement son instinct. Mais c'était comme si tout avait été écrit. Lorsqu'il atteignit la rue, l'autre était en train de fermer la porte. À la dérobée, il le suivit jusqu'à l'arrêt. Le bus arriva presque immédiatement. Il était tellement bondé que leurs épaules se frôlèrent en se bousculant dans l'allée centrale.

Devant le grand magasin NK, l'autre descendit du bus et s'enfonça d'un pas décidé à travers les hordes de flâneurs du samedi en direction du centre-ville. Il portait un élégant manteau en laine, une écharpe nonchalamment enroulée autour des épaules, et il fumait une cigarette. Soudain, il disparut dans une rue perpendiculaire.

L'autre n'avait jamais pris ce chemin auparavant. Son pouls s'accéléra. Il gardait une bonne distance, veillait à changer de trottoir régulièrement pour ne pas se faire remarquer et restait vigilant.

Soudain, l'autre avait disparu. Il traversa rapidement la rue. Il vit une porte métallique si défraîchie qu'elle se confondait avec la façade décrépie. Il jeta des regards furtifs à droite et à gauche. L'homme devait être entré ici. Lorsqu'il appuya sur la poignée, il ignorait encore les funestes conséquences qu'aurait ce geste.

Il régnait à l'intérieur une quasi-obscurité. Seul un unique tube au néon rouge assurait un éclairage sommaire. Les murs étaient peints en noir. Un escalier raide menait au sous-sol. Les marches étaient équipées de petites ampoules. On n'entendait absolument rien. Après une seconde d'hésitation, il descendit les marches et se retrouva dans un long couloir sombre. Le couloir était faiblement éclairé et il pouvait à peine distinguer les silhouettes qui se mouvaient dans la pénombre devant lui.

On était en pleine journée mais il aurait été impossible de le deviner. Ici, le monde extérieur n'existait pas. D'autres lois régissaient ces lieux.

Des couloirs sans fin s'enchevêtraient, formant un labyrinthe complexe. Les ombres défilaient autour de lui et il ne pouvait pas réellement distinguer le visage de l'homme qu'il poursuivait. Il se donnait beaucoup de mal pour rester imperméable à ce qu'il voyait. Toutes ces impressions réclamaient son attention, voulaient infiltrer sa peau.

Il perdit le sens de l'orientation et atterrit devant une porte. La maudite porte. Si seulement il ne l'avait pas ouverte.

Il mit deux secondes pour réaliser, comprendre ce qui se déroulait sous ses yeux.

Et sa vie fut détruite.

Dès l'aube, l'air transpirait déjà l'anxiété.

Egon Wallin avait mal dormi, s'était tourné et retourné toute la nuit. Dans sa maison située en bord de plage, juste après les remparts de Visby, il était resté allongé les yeux ouverts pendant des heures à écouter le bruit de la mer démontée.

Son angoisse ne provenait pas de la tempête. Après ce week-end, sa petite vie bien réglée serait mise complètement sens dessus dessous, et il était le seul à savoir ce qui se préparait. Sa décision avait mûri au cours des six derniers mois et il n'était plus possible de revenir en arrière.

Lundi, son mariage allait prendre une fin soudaine. Au bout de vingt ans.

Pas étonnant qu'il ne parvienne pas à trouver le sommeil. Sa femme Monika était enroulée dans sa couverture et lui tournait le dos. Ni sa nervosité ni la tempête ne paraissaient la déranger le moins du monde. Elle dormait à poings fermés, en respirant profondément et régulièrement.

Quand l'horloge digitale indiqua cinq heures et quart, il abandonna et sortit du lit. Il se faufila hors de la chambre et tira la porte derrière lui. Le visage qui le fixait dans le miroir était fatigué et malgré l'éclairage tamisé par le variateur de lumière, les poches sous ses yeux étaient plus que visibles. Il resta long-temps sous la douche.

Dans la cuisine, il prépara du café, le hurlement du vent entre les maisons couvrait le sifflement de la machine à *espresso*.

La tempête correspondait bien à son état d'esprit actuel, tout aussi tourmenté. Après vingt-cinq ans en tant que marchand d'art dans la plus importante galerie de Visby, un mariage stable, deux enfants aujourd'hui adultes, sa vie avait pris un tournant drastique. Il ignorait comment tout cela allait finir.

Cette décision s'était imposée à lui il y a un certain temps déjà. Le changement qui s'était opéré en lui ces derniers temps était à la fois salvateur et dangereux. Il ne se reconnaissait plus, mais se sentait pourtant plus que jamais lui-même. Dans son corps se bousculaient des sentiments adolescents réveillés après des décennies de torpeur. Il s'était découvert de nouvelles facettes, à la fois tentantes et effrayantes.

Le jour, il faisait comme si de rien n'était, et restait calme. Monika ignorait tout de ses projets, elle allait sans doute être sous le choc. Non que cela eût une quelconque influence sur sa décision. Son mariage était mort depuis longtemps. Il savait ce qu'il voulait. C'était tout ce qui comptait.

Cette résolution le rassurait. Il s'assit sur l'une des chaises de bar devant l'îlot de cuisine moderne, et sirota son double *latte macchiato* avec délectation. Il ouvrit le journal, le feuilleta jusqu'à la page sept et inspecta l'encadré, satisfait. Il était placé en haut à droite, bien visible. Beaucoup de gens feraient le déplacement.

Avant d'entamer sa promenade en ville, il descendit sur le rivage. Il faisait jour de plus en plus tôt. On n'était que mi-février, mais on sentait déjà dans l'air que le printemps approchait. La plage de galets ainsi que les colonnes de calcaire qui émergeaient çà et là étaient typiques de Gotland. Des oiseaux de mer fonçaient juste au-dessus de l'eau, et ouvraient le bec en criant. Les vagues se succédaient sans rythme précis. L'air humidifiait ses yeux et l'horizon gris lui paraissait plein de promesses. Surtout parce qu'il pensait déjà à ce qu'il allait faire le soir même.

Rien qu'à cette idée, il était empli d'énergie et il parcourut d'un pas rapide le kilomètre qui le séparait de la ville.

Le vent soufflait moins fort à l'intérieur des remparts. Les ruelles étaient silencieuses et désertes. Il n'y avait pas une âme dehors à cette heure un samedi matin. En haut, au cœur de la ville, sur la grand place du marché, il rencontra les premiers signes de vie. Un camion de boulangerie était arrêté devant le supermarché. L'entrée des livraisons était ouverte et l'on pouvait entendre du bruit provenant de l'intérieur du magasin.

Lorsqu'il s'approcha de la galerie, son estomac se noua. Lundi, il allait abandonner l'entreprise à laquelle il s'était voué corps et âme pendant tant d'années.

Il s'arrêta un instant dans la rue et observa la façade. Les grandes vitrines donnaient directement sur la place et la ruine de l'église Sainte-Karine datant du XIIIᵉ siècle. La maison avait été construite au Moyen Âge et possédait des voûtes et des souterrains datant de cette époque. En contraste avec ce cadre historique, il avait choisi pour sa galerie de légers tons pastel qui lui donnaient une allure résolument sobre et moderne. Quelques détails bien sentis achevaient de lui donner une touche personnelle. Les visiteurs n'avaient cessé de le féliciter pour cette combinaison réussie de l'ancien et du moderne.

Il ferma la porte de la galerie, se rendit dans son bureau et accrocha son manteau. Non seulement c'était un week-end déterminant dans sa vie, mais c'était aussi le premier vernissage de l'année, qui allait pour lui être le dernier. Du moins ici, à Visby. Il avait réglé toutes les formalités liées à la vente de la galerie et le nouveau propriétaire avait signé le contrat. Il était le seul sur l'île à être au courant de cette transaction.

Il fit le tour de la salle d'exposition. Les tableaux avaient été soigneusement accrochés. L'un d'eux était légèrement de travers. Il le remit en place. Les invitations avaient été envoyées il y a des semaines, et vu le nombre de réponses, il s'attendait à voir beaucoup de monde.

Le traiteur allait bientôt arriver avec les pains surprise. Il contrôla une dernière fois l'éclairage des tableaux, qu'il considérait comme essentiel. Les œuvres avaient été accrochées avec une grande précision. Elles arboraient de surprenantes couleurs vives qui en mettaient plein la vue. Elles étaient expressionnistes et abstraites, remplies d'une force et d'une énergie juvénile. Certaines étaient brutales, violentes et d'une noirceur angoissante. L'artiste, Mattis Kalvalis, était un jeune peintre letton encore inconnu en Suède. À ce jour, il n'avait exposé que dans les pays baltes. Egon Wallin aimait donner une chance à de nouveaux talents, à des artistes prometteurs.

Il s'approcha de la vitrine pour y accrocher le portrait de Mattis Kalvalis.

Lorsque son regard se porta vers la rue, il aperçut un homme qui se tenait un peu plus loin et le regardait droit dans les yeux. Sa parka noire était gonflée par le vent et son bonnet vissé sur le front. Le plus étonnant, c'était qu'il portait des lunettes de soleil en plein hiver. Il n'y avait pas un seul rayon de soleil. Peut-être attendait-il quelqu'un ?

Le galeriste se replongea dans son travail, sans s'en préoccuper. La station de radio locale diffusait des disques à la demande et passait à présent la chanteuse Lill-Babs, de son vrai nom Barbro Svensson, comme il préférait l'appeler. Il fit la grimace en remettant en place un tableau quasi pornographique. Quel contraste avec les paroles de la chanson qui passait, « M'aimes-tu encore, Klas-Göran » !

Lorsqu'il se retourna vers la rue, il tressaillit. L'homme qu'il avait aperçu par la fenêtre s'était avancé. Il avait à présent le visage presque collé à la vitre. L'étranger le fixait droit dans les yeux, mais ne paraissait pas vouloir le saluer.

Comme par réflexe, Egon eut un mouvement de recul et s'efforça de trouver une occupation quelconque. Il fit semblant de disposer les verres de vin qu'il avait déjà alignés la veille et les plats pour les pains surprise que le traiteur allait livrer.

« Klas-Göran » était terminé et Magnus Uggla entonna d'une voix stridente un tube des années quatre-vingt.

Du coin de l'œil, il vit que l'homme mystérieux était toujours planté devant la vitrine. Le malaise s'empara de lui. S'agissait-il d'un évadé de l'asile de Saint-Olof ? Il n'avait pas l'intention de se laisser intimider par cet idiot. Il va bientôt s'en aller, pensa Egon Wallin. Il en aura assez de rester là s'il ne me voit plus. La porte était fermée à clé, il en était certain. Et la galerie n'ouvrirait qu'à treize heures, pour le vernissage.

Il monta l'escalier menant à son bureau et referma la porte derrière lui. Il s'assit et s'attela à quelque travail de paperasse, mais le sentiment d'angoisse ne se dissipait pas. Il fallait agir. Forcer cet homme à lui parler. Savoir ce qu'il voulait.

Irrité, il se leva d'un bond et dévala les marches. Mais l'homme avait disparu.

Il poussa un soupir de soulagement et retourna à son travail.

Le vent acéré faisait cliqueter les fenêtres et une branche tapa contre la façade de la maison. La mer était agitée et les cimes des arbres bruissaient. La couverture était tombée par terre et il avait froid. Les quelques radiateurs ne suffisaient pas à chauffer la maison. Elle n'était pas louée l'hiver mais il avait réussi à convaincre la propriétaire de faire une exception. Il avait prétendu mener une étude sur la crise de la production sucrière gotlandaise pour le compte du ministère de l'Agriculture, mais ne pouvait pas se payer de chambre d'hôtel car il travaillait en free-lance. La propriétaire n'avait pas vraiment compris le rapport mais n'avait pas posé de questions. Cette location ne lui donnait quasiment aucun travail supplémentaire, à part la remise des clés.

Il sortit du lit et enfila un pull et un pantalon. Il fallait qu'il sorte, malgré la tempête. La maison de vacances avait certes des toilettes et une cuisine, mais l'eau était coupée.

Lorsqu'il ouvrit la porte, elle claqua derrière lui et le vent lui fouetta le visage. Il tourna au coin de la maison et se colla le plus possible au mur de la façade arrière, tournée vers la forêt qui était quelque peu abritée du vent, ouvrit sa braguette et laissa le jet couler le long du mur.

Dans la cuisine, il mangea deux bananes et se prépara une boisson protéinée qu'il avala debout devant l'évier. Depuis qu'il avait commencé à échafauder ce plan deux mois auparavant, il avait acquis la conviction profonde qu'il n'y avait pas d'autre issue. La haine l'avait submergé, affûté ses pensées et laissé un goût amer dans la bouche. Il s'était longuement consacré aux préparatifs. Il avait tout accompli point par point avec une précision minutieuse. Tout s'était déroulé en silence. Le fait que personne ne se doutât de ce qu'il tramait ne faisait que le motiver encore plus. Il avait tout sous contrôle et allait mettre son plan à exécution. Il n'avait cessé d'analyser tous les détails pour éliminer la moindre faille. Le moment était venu. C'était un plan soigneusement élaboré et raffiné qui était loin d'être facile à mettre en œuvre.

Il se pencha et regarda par la fenêtre. Cette satanée tempête était sa seule source d'inquiétude. Le vent ne lui facilitait pas les choses et, au pire, risquait même d'anéantir son plan. D'un autre côté, il avait aussi ses avantages. Plus le temps était mauvais, moins il y avait de monde dehors, ce qui réduisait le risque d'être découvert.

Il avait mal à la gorge. Était-il en train de tomber malade? Il posa sa main sur son front et constata qu'il paraissait effectivement avoir de la fièvre. Merde. Il fouilla dans le tiroir et en sortit une boîte d'Alvedon et avala deux comprimés en buvant de l'eau du bidon posé sur l'évier. Ce n'était vraiment pas le moment d'attraper quoi que ce soit, il allait avoir besoin de toute sa force physique.

Le sac à dos contenant les outils était prêt, il vérifia une dernière fois que tout était bien en place. Puis il referma rapidement la fermeture Éclair et se posta devant le miroir. D'un geste précis, il se maquilla, mit les lentilles et fixa la perruque sur son crâne. À force d'entraînement, il était passé maître dans l'art du déguisement. Lorsqu'il eut fini, il observa un moment sa métamorphose.

La prochaine fois qu'il se regarderait dans une glace, il verrait le visage d'un meurtrier. Il se demanda si cela se remarquerait.

Mattis Kalvalis était nerveux. Au cours de l'heure précédente, il était sorti environ toutes les dix minutes pour fumer.

— Et si personne ne venait ? demandait-il à tout bout de champ en anglais avec un accent balte un peu rude.

Son visage était encore plus pâle que d'habitude et son corps dégingandé déambulait anxieusement entre les tableaux. Egon Wallin lui avait montré plusieurs fois l'annonce dans le journal en lui tapant sur l'épaule.

— Tout ira bien. Fais-moi confiance.

Son agent, qui avait également fait le déplacement depuis la Lituanie, ne se révéla pas d'une grande aide. Il restait la plupart du temps assis devant la galerie à fumer ou à téléphoner, apparemment indifférent au vent glacial.

Le vernissage fut un succès. Lorsque la galerie ouvrit ses portes, une longue queue de visiteurs attendait déjà en sautillant d'une jambe sur l'autre pour braver le froid.

Beaucoup de visages connus lui adressèrent un aimable sourire et leurs yeux brillaient de curiosité.

Dans la foule qui se pressait dans la galerie, il cherchait une personne en particulier. Qu'importe, ils se verraient bien en temps voulu, mais le plus dur allait être de faire comme si de rien n'était.

Il constata avec satisfaction que le reporter culturel de la station de radio locale venait d'entrer, et quelques minutes plus tard il vit un autre journaliste de la presse locale en train d'interviewer l'artiste. Sa campagne au sein des médias locaux, à grand renfort de communiqués et de coups de fil, avait visiblement porté ses fruits.

La galerie se remplit rapidement de visiteurs. Avec ses trois cent, mètres carrés répartis sur deux étages, elle était incroyablement grande pour Gotland. Mais le bâtiment avait été hérité de génération en génération et Egon Wallin avait essayé de conserver au mieux le style d'origine. Pour lui, il était essentiel de donner un maximum de place à ses œuvres pour qu'elles puissent développer tout leur effet. Les tableaux étaient vraiment mis en valeur – les œuvres expressives et ultra modernes formaient un net contraste avec les épais murs de pierre. Les visiteurs déambulaient entre les tableaux tout en sirotant leur verre de mousseux. Il y avait une faible musique en bruit de fond – l'artiste avait insisté pour accompagner l'exposition de ses œuvres des sons d'un groupe de rock lituanien, un mélange entre Frank Zappa et le groupe de musique électronique Kraftwerk.

Mais Egon avait tout même réussi à le convaincre de limiter un peu le volume.

Mattis Kalvalis paraissait plus détendu à présent. Il circulait entre les visiteurs, parlait fort, riait et gesticulait avec ses grandes mains, faisant déborder le vin de son verre. Ses mouvements étaient brusques et saccadés. De temps à autre, il se pliait en deux et partait dans un rire hystérique.

Pendant un instant, Egon craignit que son artiste n'ait pris des drogues mais chassa immédiatement cette idée de son esprit. Tout cela était sans doute à imputer à la nervosité qui était en train de retomber.

— Génial Egon, tu as vraiment assuré, entendit-il quelqu'un lancer derrière lui.

Cette voix rauque et zézayante, il l'aurait reconnue entre mille.

Il se retourna et se retrouva nez à nez avec Sixten Dahl, le plus important galeriste de Stockholm. Avec son manteau et ses bottes en cuir noir, ses lunettes de soleil à montures orange et sa barbe de trois jours soigneusement entretenue, on aurait dit un mauvais sosie de George Michael. Sixten Dahl possédait une superbe galerie à l'angle des rues Karlaväg et Sturegata dans Östermalm, le quartier le plus en vue de Stockholm.

— Tu trouves ? Merci. Super que tu sois venu, dit Egon avec un enthousiasme feint.

Il avait envoyé cette invitation au Stockholmois dans l'unique but de le narguer. Sixten Dahl avait lui aussi tenté de faire venir Mattis Kalvalis mais Egon était sorti vainqueur de ce duel.

Les deux marchands d'art avaient participé à une rencontre de galeristes issus de la région baltique et y avaient découvert l'œuvre du jeune artiste. Au cours d'un dîner, Egon s'était par hasard retrouvé attablé à côté de Mattis Kalvalis. Ils avaient immédiatement sympathisé, et de manière tout à fait inattendue, Mattis Kalvalis avait préféré la galerie gotlandaise à celle de Sixten Dahl et à la grande ville.

Beaucoup d'amateurs d'art en avaient été étonnés. Bien qu'Egon Wallin soit lui-même un galeriste connu, il avait été surpris que l'artiste le choisisse. Sixten Dahl avait au moins aussi bonne réputation, et Stockholm était tellement plus grand.

Le fait que son plus fervent concurrent lui rende visite au vernissage n'était en soi pas particulièrement étonnant. Il était réputé pour ne pas facilement s'avouer perdant. Peut-être était-il encore assez naïf pour croire que Kalvalis rejoindrait tout de même ses rangs, pensa Egon. Incroyable. Ce que Sixten Dahl ignorait, c'était que Kalvalis avait déjà demandé à Egon d'être son agent et de le représenter sur le marché suédois.

Le contrat était prêt et n'avait plus qu'à être signé.

Le vernissage fut un succès. Les visiteurs furent pris d'une véritable fièvre acheteuse. Que les gens puissent ainsi se comporter comme des moutons avait toujours le don d'étonner Egon. Il suffisait que la bonne personne achète vite et en grande quantité pour que beaucoup d'autres soient soudain prêts à ouvrir leur portefeuille. Parfois, la valeur d'une œuvre d'art était souvent plus le fruit du hasard que le mérite de la qualité.

Un collectionneur gotlandais enthousiasmé par l'exposition avait immédiatement mis une option sur trois œuvres. Cela avait suffi à influencer les autres et deux œuvres eurent même le privilège d'être vendues aux enchères, ce qui avait considérablement gonflé les prix. Egon Wallin se frottait les mains en pensant aux futures affaires qu'il allait conclure grâce à cet artiste. Il conquerrait le reste du pays en un clin d'œil.

La seule ombre au tableau était que celui qu'il attendait n'était pas encore arrivé.

Erik Mattson, amateur d'art et expert en estimation, s'était vu confier pour mission d'évaluer un grand domaine de maître à Burgsvik, au sud de Gotland. Le commissaire priseur responsable de l'hôtel des ventes Bukowskis lui avait demandé d'y aller avec l'un de ses collègues. Un grand propriétaire terrien souhaitait se séparer d'une importante collection d'œuvres suédoises du tournant du siècle dernier. Il s'agissait d'une trentaine de tableaux de différents styles, allant de gravures de Zorn à des huiles de Georg Pauli et Isaac Grünewald.

Ce vendredi après-midi à Burgsvik et avait été une sacrée expérience. La maison de maître s'était avérée être un exemplaire unique de l'architecture de pierre ancestrale gotlandaise et ils profitèrent du paysage ainsi que de l'impressionnante collection. Ils s'entendirent si bien avec les propriétaires du domaine qu'ils furent conviés à dîner. Ils passèrent la nuit à l'hôtel de la Plage à Visby.

Erik voulait être en forme pour le samedi, car ils avaient un programme chargé. La journée commencerait par des retrouvailles avec le lieu qu'il aimait le plus au monde et auquel il ne s'était plus rendu depuis tant d'années.

Immédiatement après le petit déjeuner, il monta dans sa voiture et partit. C'était une journée nuageuse et la météo avait annoncé de la neige. Mais pour Erik la route ne serait pas très longue. Le but de son excursion se trouvait à cinq kilomètres, au nord de Visby.

Lorsqu'il voulut tourner devant le panneau Muramaris, il vit s'approcher une voiture. Cela le surprit. Personne n'avait de raison d'être ici en hiver.

Le parking bordant la route départementale était prévu pour les visiteurs, mais en plein mois de février, il était désert. Erik sortit de la voiture et se mit à marcher sur le chemin de gravier. Il regardait en direction de la mer. On pouvait à peine la deviner de là où il était. Au loin, les vagues déferlaient, aussi imperturbablement que les années qui passaient.

Au bord de la route, les arbres étaient serrés les uns à côté des autres, tordus et courbés, ravagés par les tempêtes de l'automne. Ici, il n'y avait pas de voisins.

En descendant le long du chemin en pente, les larmes lui montèrent aux yeux. Les cimes des arbres murmuraient et le gravier craquait sous ses pieds. Il était seul et c'était exactement ce qu'il voulait. C'était un moment sacré.

Lorsque la demeure apparut derrière le virage, il commença à neiger. Les flocons s'abattaient lentement pour se déposer doucement sur sa tête.

Il s'arrêta et admira la vue qui s'offrait à ses yeux : le bâtiment principal en ruines, la maison du chef jardinier et plus loin le cabanon rouge qui avait une histoire particulière.

Le contraste avec sa dernière visite était éclatant. À ce moment-là, c'était le plein été et il y était resté plusieurs semaines, exactement comme l'artiste et son amant presque cent ans auparavant.

Erik avait savouré chaque seconde passée dans l'ancienne résidence de l'artiste, à dormir dans la même chambre que lui, à vivre sous le même toit que lui, et à prendre le petit déjeuner dans la cuisine dans laquelle il avait été attablé. La vieille cuisinière en fonte n'avait pas été remplacée depuis. Ces murs abritaient des histoires qu'il ne pouvait que deviner.

À présent, la maison d'artiste Muramaris occupait tout son champ de vision. Son nom signifiait «le fourneau de la mer». Le bâtiment principal carré en calcaire avait deux étages. Son architecture était un mélange original d'une villa de renaissance italienne avec loggia donnant sur la mer et une ferme traditionnelle gotlandaise. De grandes fenêtres à guillotine blanches offraient une vue sur la forêt, la mer et le parc baroque méticuleusement aménagé avec ses sculptures, ses fontaines, ses chemins de dalles et ses plates-bandes bien soignés. L'homme qui avait eu tant d'influence sur sa vie avait souvent séjourné ici, avait passé des semaines ensoleillées à Muramaris, s'était baigné, avait fait des promenades sur la plage, avait peint et rencontré le couple d'artistes controversé qui avait érigé ici la maison de ses rêves au début du siècle dernier.

Bien que de nombreuses années se soient écoulées, il ressentait intensément sa présence.

Il poussa avec un certain effort le portail en bois vert qui s'ouvrit péniblement dans un bruit plaintif. Il gagna l'arrière de la maison. Elle était restée vide pendant plusieurs années jusqu'à ce que la nouvelle propriétaire en prenne possession, et cela se voyait. Le crépi s'écaillait, les murs encadrant la propriété s'étaient écroulés en plusieurs endroits, plusieurs sculptures manquaient dans le parc, et la demeure autrefois si prestigieuse avait un besoin urgent d'être rénovée.

Il avança lentement dans l'allée de dalles entre les haies bien taillées. Près de l'étang, au milieu du parc, il s'assit sur un banc. Il était froid et humide mais cela l'intéressait aussi peu que les chutes de neige qui ne cessaient d'augmenter. Son regard s'arrêta sur une fenêtre bien particulière. Celle de la chambre d'amis, au rez-de-chaussée à côté de la cuisine. C'est là qu'avait été créée l'œuvre la plus importante de l'histoire de l'art suédois. C'est en tout cas ce que disait la rumeur et il n'y avait aucune raison de douter de cette affirmation. L'année où l'artiste avait conçu le parc de Muramaris, il avait aussi peint cette toile. C'était à la fin de la Première Guerre mondiale, autour de 1918.

À cette époque-là, Nils Dardel avait peint *Le Dandy mourant*. Il chuchota ce titre en ce relevant du banc.

Le Dandy mourant. Exactement comme lui-même.

Après ce vernissage couronné de succès, tous les employés de la galerie se retrouvèrent autour d'un repas de fête au Donners Brunn, un restaurant du centre de Visby. Mattis Kalvalis était assis au milieu et paraissait apprécier d'être le centre de l'attention générale. L'ambiance autour de la tablée était gaie et détendue. Egon Wallin pensa que cette soirée était un bon point final à son ancienne vie. Ils étaient assis à la lueur des chandelles à la meilleure table du caveau de la fameuse brasserie, devant un repas délicieux et magnifiquement présenté.

Il porta encore un toast et tous poussèrent un hourra à l'étoile montante de l'art contemporain. Quand leurs cris de joie eurent retenti, deux nouveaux clients entrèrent dans le restaurant : c'était Sixten Dahl, accompagné d'un homme plus jeune qu'Egon n'avait jamais vu auparavant.

Ils se saluèrent rapidement lorsqu'ils passèrent devant eux et Sixten en profita pour exprimer une nouvelle fois son enthousiasme à propos du vernissage tout en jetant un regard appuyé à l'artiste. Bon sang, qu'est-ce qu'il a encore dans la tête ? se demanda Egon. Heureusement, ils s'assirent à l'autre bout du restaurant, et Egon leur tournait le dos.

Lorsque plus tard, il alla aux toilettes, il découvrit Mattis Kalvalis en compagnie de Sixten Dahl dans le fumoir. Ils étaient seuls et paraissaient plongés dans une conversation des plus sérieuses. Egon ne put réprimer sa colère. Il ouvrit la porte vitrée.

— Qu'est-ce qui se passe ici ?

— Qu'est-ce qui t'arrive Egon ? demanda son concurrent en feignant d'être étonné. On fume. C'est un espace fumeur ici.

— N'essaie pas de m'avoir. On a un contrat, Mattis et moi.

— Ah bon? J'ai pourtant cru comprendre que rien n'était encore signé... dit Sixten en éteignant sa cigarette et en passant nonchalamment devant lui.

Mattis Kalvalis n'avait évidemment rien compris de la conversation. Mais il paraissait tout de même gêné par la situation. Egon décida de ne pas en faire une montagne. Il se tourna vers Kalvalis.

— On a un marché, n'est-ce pas?

— Bien sûr.

Il était onze heures passées quand Egon et sa femme arrivèrent enfin à la maison. Monika alla immédiatement se coucher. Il déclara vouloir rester encore un peu éveillé pour se détendre et faire le bilan de la journée. Il se versa un verre de cognac et se posa dans le salon. Il n'avait plus qu'à attendre. Il repensa pendant un moment à l'incident du Donners Brunn, puis se calma de nouveau. Évidemment, Sixten Dahl n'allait pas s'avouer vaincu aussi facilement, mais il allait signer avec Mattis Kalvalis le lendemain. Ils s'étaient donné rendez-vous à la galerie. De plus, le vernissage avait été un réel succès. Il était sûr que Kalvalis tiendrait parole.

Il but un grand verre de cognac. Les minutes peinaient à s'écouler. Il essaya de rester calme. Si ce soir, Monika ne dérogeait pas à ses habitudes, elle passerait dix minutes dans la salle de bains puis irait se coucher, lirait quelques pages avant d'éteindre la lumière et de s'endormir. Ce qui signifiait qu'il avait environ vingt minutes à attendre avant de pouvoir sortir et aller jusqu'à l'hôtel. La réception était fermée la nuit, il ne courait donc pas le risque d'être reconnu.

Tout son corps se languissait déjà de ce rendez-vous.

Ce soir-là, sa femme mit plus longtemps que prévu à s'endormir, et, quand il put enfin se mettre en route, Egon Wallin était passablement énervé. On aurait dit qu'elle avait deviné qu'il avait des projets et avait donc lu plus longtemps que d'habitude. Sûrement plusieurs chapitres.

Il se faufila le plus doucement possible devant la porte de la chambre à coucher et vit que la lumière était encore allumée, alors que l'envie de partir le démangeait déjà comme un prurit. Elle finit par éteindre la lumière. Pour s'assurer qu'elle était bien endormie, il attendit encore un quart d'heure. Puis il ouvrit prudemment la porte et prêta l'oreille pour entendre si sa respiration était régulière, avant de se risquer hors de la maison.

Dans la rue, il poussa un soupir de soulagement. Il brûlait d'impatience. Il accéléra le pas. La plupart des fenêtres étaient sombres bien qu'on soit samedi et qu'il ne soit pas encore minuit. Il ne voulait surtout pas croiser un voisin – ici, tout le monde se connaissait. Ils s'étaient acheté la maison mitoyenne alors qu'elle venait d'être construite et que les enfants étaient encore petits. Leur mariage avait globalement été heureux et leur vie avait pris ses rails. Egon n'avait jamais été infidèle, bien qu'il soit souvent en déplacement pour raisons professionnelles.

Un an auparavant, il s'était rendu en voyage d'affaires à Stockholm. Il avait eu le coup de foudre, et du jour au lendemain, la passion avait transformé sa vie. Il n'y était absolument pas préparé. Soudain, sa vie avait pris un nouveau tournant. Rien n'était plus comme avant, sa vie avait retrouvé un sens.

Il ne supportait plus de faire l'amour avec Monika. Ces dernières années, elle avait réagi plutôt froidement à ses molles tentatives d'approche. Ils avaient finalement totalement cessé d'avoir des rapports, c'était un grand soulagement et ils n'en parlaient jamais.

À présent le désir le tenaillait. Il prit un raccourci, passa devant l'hôpital et les buttes de Strandgårdet. Il était presque arrivé à destination. Il sortit son téléphone pour annoncer qu'il était en route.

Lorsqu'il voulut composer le numéro de téléphone, il trébucha et tomba. Dans la pénombre, il n'avait pas remarqué l'épaisse racine qui se trouvait sur sa route. Il heurta une pierre et perdit connaissance pendant quelques secondes. Quand il revint à lui, il sentit le sang couler depuis son front le long de sa joue. Il eut du mal à se redresser. Sa tête tournait. Il resta un moment assis sur le sol froid. Heureusement, il avait des mouchoirs en papier sur lui et put s'en servir pour essuyer le sang. Son front et sa joue droite le brûlaient.

Bon Dieu, pensa-t-il. Pas maintenant.

Il passa avec précaution les doigts sur sa plaie. Heureusement, il ne paraissait pas avoir eu de blessure grave, même si une grosse bosse était en train de se former au-dessus de son sourcil droit.

Il fit quelques pas en titubant. Cette chute l'avait surpris et choqué.

Le vertige l'obligea à marcher d'abord lentement mais il gagna bientôt les remparts. À partir de là, l'hôtel n'était plus très loin.

Il venait de passer la petite ouverture dans le rempart appelée « La porte de l'amour » lorsqu'il remarqua que quelqu'un se trouvait tout près de lui. Il entendit un court sifflement devant son oreille et fut tiré en arrière.

Egon Wallin n'arriva jamais à son rendez-vous.

Siv Eriksson se réveilla, comme tous les matins, quelques minutes avant que son réveil ne sonne. Elle semblait sentir quand c'était le moment de se lever et d'éteindre l'appareil avant que son mari Lennart ne soit réveillé par le bruit. Elle se leva doucement et essaya d'être la plus silencieuse possible. On était tout de même dimanche.

Elle enfila les pantoufles roses que son mari lui avait offertes pour Noël, alla dans la cuisine préparer du café, se doucha et se lava les cheveux. Puis elle savoura tranquillement son petit déjeuner en écoutant la radio et en laissant sécher ses cheveux.

Siv Eriksson se réjouissait à l'idée de sa journée. Elle ne travaillait pas longtemps le dimanche, seulement de sept heures à midi, puis Lennart passerait la prendre et ils fêteraient les cinq ans de leur unique petit-fils. Leur fille vivait avec sa famille à Slite, au nord de Gotland, il y avait donc pas mal de route à faire. Siv avait bien emballé les cadeaux et les avait posés sur la table dans l'entrée. Lennart devait les emporter en partant, elle lui avait laissé un message pour qu'il n'oublie pas.

Après avoir bu son café, elle se brossa les dents et s'habilla. Elle remplit la gamelle du chat et lui donna de l'eau fraîche. Le chat ne paraissait pas vouloir sortir, mais lui adressa un regard éloquent en se roulant dans sa corbeille. Siv Eriksson jeta un œil sur le thermomètre près de la fenêtre et se rendit compte que cela s'était à nouveau rafraîchi, il faisait maintenant moins dix. Elle ferait bien de mettre une écharpe et un bonnet. Son manteau de laine était vieux et un peu trop long.

Son appartement était situé à l'étage supérieur d'une maison de la rue Polhemsgata d'où l'on pouvait apercevoir la face nord-est des remparts.

Quand Siv Eriksson descendit dans la rue, il faisait encore assez sombre. Elle avait deux kilomètres à parcourir jusqu'à son travail, mais cette distance ne la dérangeait pas. Elle aimait marcher et c'était de toute manière sa seule activité physique. Son travail au restaurant de l'hôtel lui plaisait beaucoup, elle était responsable du petit déjeuner, avec une autre collègue. À cette époque de l'année, l'hôtel était peu fréquenté, ce qui n'était pas pour lui déplaire car elle n'aimait pas le stress.

Elle traversa la rue en suivant la bande piétonne le long du terrain de football qui était recouvert d'une fine couche de neige. Sur le parking de l'office des sports, elle faillit tomber en glissant sur l'asphalte gelé.

En atteignant le croisement de Kung Magnus Väg, la rue qui longeait le rempart est de la ville, elle s'arrêta pour regarder à droite et à gauche alors que cela était parfaitement inutile. Il n'y avait pas beaucoup de circulation le dimanche matin, mais Siv Eriksson était quelqu'un de prudent. Elle traversa l'Östergravar, un petit espace vert derrière la muraille. Cette partie du chemin lui paraissait toujours étrangement déserte mais elle allait bientôt atteindre les remparts médiévaux qui entouraient la ville. Là-bas, il lui faudrait traverser la porte Dalman pour atteindre le centre-ville. Cette porte était située dans une tour de dix-sept mètres de haut, la plus imposante tour défensive de la ville.

Arrivée à trente mètres de la tour, Siv Eriksson se figea. Elle crut d'abord à une hallucination. Quelque chose se balançait là-haut dans l'arc de la porte. Pendant quelques minutes de confusion, elle crut qu'il s'agissait d'un sac. Mais quand elle s'approcha, elle constata avec horreur qu'il s'agissait d'un homme, pendu par une corde à la grille au-dessus de la porte. la herse autrefois destinée à être descendue à l'approche des ennemis.

L'homme avait le cou tordu et les bras ballants.

Elle glissa sur les pavés verglacés serait de tombé si elle ne s'était pas accrochée à la balustrade au dernier moment. Son regard se porta à nouveau sur l'homme. Il portait un long manteau de cuir noir, un pantalon noir et des bottines aux pieds. Il avait les cheveux bruns et paraissait avoir la cinquantaine.

Elle ne pouvait que difficilement distinguer son visage, elle fit donc quelque pas en avant et regarda autour d'elle, effrayée.

Lorsqu'elle fut assez près, Siv Eriksson se glaça. Elle connaissait très bien cet homme.

Lentement, elle sortit son téléphone portable et composa le numéro de la police.

Le commissaire de la police criminelle Anders Knutas arriva une demi-heure plus tard devant la porte Dalman. D'habitude, il restait au poste pour répartir les tâches, mais il avait tenu à se déplacer pour voir ça. Un homme probablement assassiné puis hissé à la vue de tous sur la porte la plus imposante de toute la ville, c'était plus que curieux. La première patrouille arrivée sur les lieux avait immédiatement signalé qu'il ne s'agissait probablement pas d'un suicide mais bien d'un homicide. Le corps était pendu plusieurs mètres en l'air et était à au moins un mètre de chaque côté des murs. Il n'y avait rien sur quoi la victime aurait pu monter ou grimper pour atteindre l'endroit où la corde était fixée.

Quand Knutas arriva sur les lieux, l'inspecteur Karin Jacobsson et le technicien Erik Sohlman étaient déjà présents. Karin paraissait encore plus petite qu'elle n'était en réalité et était si pâle que son visage semblait transparent. Knutas la salua par une pression sur l'avant-bras. Elle était venue à pied depuis son appartement du centre-ville. Knutas comprit immédiatement qu'elle avait déjà vu le corps. Karin ne parvenait pas à s'habituer à la vue des cadavres, et au fond, lui non plus.

Une horde de voisins s'était déjà massée devant la porte, les yeux levés vers le cadavre pendu le dos tourné au milieu de la porte. Jamais ils n'auraient pu imaginer qu'un crime aussi horrible puisse être commis dans leur rue si paisible.

La porte Dalman était située dans les remparts au milieu de la rue Nurra Murgata, une longue et étroite rue pavée qui longeait la face est des remparts. Les maisons pittoresques s'alignaient les unes à côté des autres. Une vision idyllique de rideaux crochetés aux fenêtres, de cruches gotlandaises et petits jardins derrière les grillages.

Karin et Knutas passèrent devant des plots de béton qui empêchaient les voitures de passer la porte et enjambèrent les rubans de sécurité bleu et blanc.

À la vue du cadavre, Knutas retint son souffle.

Au premier abord, tout faisait penser à un suicide. La corde était accrochée à un gros crochet inséré dans l'imposante herse juste au-dessus du passage. La tête de la victime était baissée et son corps inerte.

Ce scénario rappelait la série de meurtres rituels de l'année précédente où les corps des victimes avaient été retrouvés pendus à des arbres.

— J'ai comme une impression de déjà-vu, dit Knutas à Karin.

— Mon Dieu oui, moi aussi. Je n'ai pas pu m'empêcher de penser au corps de Martina Flochten, l'été dernier.

Karin secoua la tête et plongea les mains dans les poches de son coupe-vent.

Quand Knutas se fut suffisamment approché du cadavre pour voir son visage, il se figea.

— Mais c'est Egon Wallin, le marchand d'art !

Erik Sohlman, le technicien qui avait photographié le corps sous tous les angles, baissa son appareil et observa le visage de plus près.

— Oui, c'est bien lui, s'exclama-t-il. Oui, bon sang. Je suis passé à la galerie pas plus tard que la semaine dernière pour y acheter un tableau pour les soixante ans de ma grand-mère.

— Il faut le descendre au plus vite, dit Knutas d'une voix grave. On voit très bien le corps depuis la rue, et les gens commencent à se réveiller.

Il désigna la rue Kung Magnus Väg d'un signe de tête où plusieurs voitures s'étaient déjà arrêtées. Les gens descendaient de voiture et désignaient le grillage. La macabre découverte était parfaitement visible pour tous ceux qui passaient par là.

— Dépêchez-vous, exhorta Knutas. Il est exposé comme dans une vitrine.

Il regarda autour de lui. Il était difficile de déterminer quel périmètre devait être bouclé, mais sa longue expérience au sein de la criminelle lui avait appris qu'il valait mieux en boucler trop que pas assez.

La police ne pouvait exclure la thèse du suicide, mais si Egon Wallin avait été assassiné, il fallait récolter tous les indices possibles. Il pensa que cela revenait à fermer l'ensemble des espaces verts situés entre la porte est et la porte nord. Il y avait partout des traces de pas dans la neige pouvant appartenir au meurtrier.

Knutas observa la herse à laquelle était accrochée la corde. Il lui paraissait improbable qu'Egon Wallin se soit risqué là-haut tout seul. Il n'y avait absolument aucune prise sur laquelle il était possible de grimper. Et le nœud était si haut qu'ils allaient sans doute devoir faire appel aux pompiers pour descendre le cadavre. Il sortit son téléphone et appela l'institut médico-légal de Solna. Un médecin légiste devait monter dans l'hélicoptère de la police pour être sur place au plus vite.

Il savait d'expérience que le médecin légiste voulait que l'on ne touche pas au cadavre avant l'examen préliminaire mais, dans ce cas précis, c'était impossible. La victime était pendue comme après une exécution publique. Si l'affaire s'avérait être un meurtre, la tempête médiatique s'abattrait sur eux et ne leur laisserait plus aucun répit.

Knutas y avait à peine réfléchi que le premier flash crépita derrière lui. Il se retourna avec colère et d'autres flashes jaillirent.

Il reconnut la photographe de *Gotlands Allehanda* en compagnie d'un des reporters les plus tenaces du journal. Le visage cramoisi, il leur saisit le bras.

— Hé qu'est-ce que vous faites ? Il s'agit sûrement d'un suicide et jusqu'à présent on n'a rien. Strictement rien ! Ses proches n'ont même pas encore été informés. On vient à peine de le trouver.

— Vous savez qui c'est ? demanda-t-elle, piquée par la curiosité tout en retirant prudemment son bras. Je trouve qu'il ressemble à Egon Wallin, le marchand d'art.

— Vous n'avez pas entendu ? On ne sait absolument pas s'il s'agit d'un crime. Vous feriez mieux de plier bagage, et vite. Laissez-nous faire notre travail.

Le suicide était au moins une chose que les journalistes respectaient encore et qu'ils évitaient généralement de publier. Jusqu'à présent du moins. Mais vu comment les médias se développaient, il ne manquait pas grand-chose pour qu'ils s'y mettent.

Knutas connaissait Egon Wallin et l'appréciait. Ils n'étaient pas réellement en contact mais avaient eu l'occasion de se rencontrer plusieurs fois au fil des années et Knutas en avait toujours gardé un bon souvenir. Wallin paraissait ouvert et intègre. Un homme droit qui avait les pieds sur terre et satisfait de la vie qu'il menait. Contrairement à beaucoup d'autres qui passaient leur temps à se plaindre. Ils avaient à peu près le même âge et Knutas avait toujours eu de l'admiration pour Egon Wallin. Wallin rayonnait de positivité, ce qui faisait qu'on avait envie d'être son ami. Et le voilà pendu là-haut – mort.

Chaque minute supplémentaire qui s'écoulait sans qu'on ait pu descendre le corps se transformait en torture. Knutas frémissait à l'idée de devoir annoncer la tragique nouvelle à sa femme.

Plusieurs journalistes se pressaient derrière le ruban blanc et bleu. Certes, ils devaient faire leur travail, et il le comprenait bien. Et si l'affaire se révélait être un meurtre, la police allait devoir organiser une conférence de presse.

Knutas était tout de même soulagé de ne pas encore avoir vu de caméras de télévision. Immédiatement après, il aperçut Pia Lilja, la camerawoman la plus zélée qu'il connaisse. Elle travaillait avec Johan Berg pour la chaîne SVT. Pour l'instant elle était seule, mais cela ne l'empêchait en rien de filmer. Et tant qu'elle restait derrière les cordons de sécurité, personne ne pouvait le lui interdire.

Knutas soupira, jeta un dernier regard sur le cadavre et quitta les lieux en compagnie de Karin.

La journée s'annonçait éprouvante.

Les dimanches ordinaires, les bureaux de la rédaction des nouvelles régionales dans la maison de la radio à Gärdet étaient plutôt calmes et ce dimanche-là ne dérogeait pas à la règle. Johan Berg, assis à son bureau, fatigué et en pleine gueule de bois, feuilletait sans conviction les quotidiens régionaux.

Rien ne se passait. Ni à Stockholm ni à Uppsala, ni dans les régions que la rédaction devait couvrir.

La soirée précédente avait été plus tardive et arrosée que prévu. Johan était allé boire une bière avec son meilleur ami Andreas, journaliste lui aussi. Ils avaient atterri au Kvarnen puis avaient eu la mauvaise idée d'aller à une fête à Hammerbyhöjden avec quelques collègues de la radio. Ce n'est que vers quatre heures du matin que Johan avait franchi le seuil de son deux pièces de la rue Helenborgsgata.

La rédactrice, une remplaçante à qui il ne faisait que moyennement confiance, lui donna le coup de grâce. Il avait à peine enlevé sa veste qu'elle l'avait déjà happé pour le mitrailler de sujets plus désespérants les uns que les autres. Nerveuse, elle paraissait se cramponner à la moindre planche de salut. Mon Dieu, ils avaient encore dix heures devant eux avant la diffusion de leurs cinq pauvres minutes de reportage. En plus, ils avaient encore un sujet en stock au cas où. Calme-toi, putain, pensa-t-il, en colère. Rien qu'à la voir, il était fatigué. Elle était aussi directrice des programmes, et de ce fait la seule personne présente à la rédaction ce dimanche, à part Johan. Les moyens étaient si limités qu'une seule personne devait à la fois s'occuper de la rédaction et de la direction des programmes.

Il s'installa à son bureau et passa en revue les différents communiqués de presse arrivés à la rédaction durant le week-end. Quatre-vingt-quinze pour cent d'entre eux relataient des événements se déroulant dans la ville, de la vedette de la chanson Markoolio qui devait inaugurer le nouveau centre commercial au cours de crochet à l'écomusée en passant par la course de cochons d'Inde à Solentuna.

Ce qu'il abhorrait, c'était les fameuses «journées» inventées ces dernières années. Cela avait commencé par la journée de la femme, de l'enfance et la journée du livre et cela ne dérangeait personne – mais maintenant il y avait tous les jours quelque chose à célébrer: les petits pains à la cannelle, les voitures à pédales, ou encore les banlieues. Et ce dimanche-là était apparemment le dimanche des moufles. Pour quoi faire? Se balader en exhibant des moufles de luxe, se frotter les mains et rire en chœur? Acheter des gâteaux en forme de moufles et échanger des instructions de tricot?

C'était tellement bête qu'il avait envie de faire un sujet là-dessus.

Le reste des dépêches rendaient compter de la grogne des usagers des transports publics, ou d'obscurs groupes d'action qui protestaient contre toutes sortes de choses, d'un carrefour dangereux près d'une école à Gimo, d'un jardin d'enfants menacé de fermeture à Vaxholm ou d'une trop longue attente au standard téléphonique de la caisse d'assurance maladie de Salem.

Johan secoua la tête en jetant un communiqué après l'autre dans la corbeille.

Le caméraman de service vint s'asseoir, une tasse de café à la main et ils se plaignirent un moment à qui mieux mieux, n'ayant rien d'autre à faire. De temps à autre, Johan sentait le regard appuyé de la rédactrice sur lui mais il décida de l'ignorer. Au moins pour un petit moment.

Il essaya plusieurs fois d'appeler Emma mais la ligne était toujours occupée. Comment pouvait-elle rester aussi longtemps au téléphone? Elle doit s'occuper d'Elin, pensa-t-il, agacé. Il sentit le manque bien familier l'envahir. Sa fille avait maintenant huit mois et il ne pouvait toujours pas la voir aussi souvent qu'il le voulait.

Il raccrocha et regarda en direction du bureau du rédacteur en chef, d'où la rédactrice appelait tous les commissariats du secteur pour demander s'il s'était passé quoi que ce soit de notable.

Sa mauvaise conscience prit le dessus et il admit que le moment était venu de se ressaisir. Ce n'était pas sa faute s'il était fatigué. Ou si les dimanches étaient des jours désespérément dépourvus d'actualité.

Peut-être que ses relations au sein de la police lui fourniraient quelque chose qui pourrait, avec un peu de bonne volonté, se transformer en information. Ou au moins une information du dimanche.

Il s'apprêtait à saisir son téléphone sur son bureau en chantier lorsque son portable sonna. Il reconnut immédiatement la voix exaltée de la photographe Pia Lilja. C'était sa principale collègue sur Gotland.

— Tu es au courant ? souffla-t-elle, excitée.

— Non. De quoi ?

— On a retrouvé un cadavre ce matin. Pendu au milieu d'une porte dans les remparts.

— C'est une blague ?

— Non je te jure, c'est vrai.

— C'est un suicide ?

— Aucune idée mais je vais me débrouiller pour le savoir. Je dois raccrocher. Il se passe beaucoup de choses ici.

— OK. Rappelle-moi dès que tu en sais plus.

— Carrément. Ciao.

Johan composa le numéro du commissaire de la brigade criminelle Anders Knutas, qui sembla lui aussi essoufflé.

— Bonjour, c'est Johan Berg.

— Ça fait un bail. Tu as repris le travail ?

— Hé tu regardes les régionales tous les combien ? Ça fait des semaines que je suis de retour !

— Content de savoir que tu es à nouveau sur pied. Pas que tu retravailles.

Johan sourit.

Il avait été en congé maladie pendant de longs mois, après avoir été poignardé par un meurtrier dont il avait remonté la piste au cours de l'été précédent. Il s'était retrouvé dans un état critique. Knutas lui avait rendu visite plusieurs fois à l'hôpital mais cela faisait maintenant longtemps qu'ils ne s'étaient plus parlés.

— Que s'est-il passé ?

— On a retrouvé un corps pendu à la porte Dalman ce matin.

— Est-ce que c'est un meurtre ?

— Aucune idée. Ce sera au médecin légiste de le déterminer.

— Il n'y a aucun indice qui pourrait faire penser à un meurtre ?

— Je n'ai pas dit ça.

— Bien sûr, mais je t'en prie Anders, tu connais ma situation. Je suis à Stockholm. Je dois savoir si ca vaut la peine de prendre l'avion jusque là ou pas. Dans quelle direction allez-vous ? Meurtre ou suicide ?

— Malheureusement je ne peux pas encore répondre.

La voix de Knutas se radoucit.

— Vous savez qui est la victime ?

— Oui mais il n'a pas encore été identifié officiellement. Tu comprendras que je ne peux pas te donner son nom pour l'instant. Sa famille n'a même pas encore été informée.

Knutas toussota dans le combiné. Johan l'entendit se pencher en avant en parlant.

— Quel âge a-t-il ?

— Âge moyen, c'est tout ce que je peux dire. Écoute, il faut que je raccroche maintenant. On va diffuser un communiqué de presse tout à l'heure. Il y a beaucoup de journalistes curieux par ici.

— Quand en sauras-tu plus ?

— Je pense qu'on aura les premières réponses vers midi.

— Je te rappelle alors.

— D'accord.

Johan fit la grimace en raccrochant. Il était incroyablement frustrant de ne pas savoir s'il valait la peine de faire le voyage et il ne voulait pas être à la traîne si l'affaire s'avérait être un meurtre. Si c'était le cas, ses collègues de Gotland auraient une avance énorme.

Il se battait depuis des années pour le financement d'une antenne régionale permanente à Gotland sans succès pour l'instant. Il ne comprenait pas pourquoi ses supérieurs ne saisissaient pas l'importance d'y avoir une équipe de reportage fixe. L'île était relativement grande. Sa population avoisinait les soixante mille habitants. Elle connaissait un développement dynamique, l'université et l'art s'épanouissaient dans une vie culturelle plutôt riche – Gotland ne sortait pas que de sa torpeur l'été, quand des centaines de milliers de touristes venaient l'envahir.

Quelques minutes plus tard, la dépêche de l'agence de presse TT apparut à l'écran :

Un homme a été retrouvé mort dimanche matin peu avant sept heures à Gotland. L'homme était pendu à la porte Dalman des remparts de Visby.
Il n'a pas encore pu être identifié. La police n'exclut pas l'hypothèse d'un crime.

Johan préféra par précaution s'assurer une place dans le prochain avion à destination de Visby. S'il s'agissait vraiment d'un meurtre, il devait partir immédiatement. Sa fatigue s'était soudain volatilisée, dans ce type de situation l'adrénaline prenait les commandes. Si c'était un meurtre, toutes les chaînes en parleraient, il en était convaincu. Un cadavre pendu au milieu des remparts idylliques de Visby. Oh mon Dieu.

S'il s'avérait que l'homme avait bien été assassiné aux portes de la ville, il irait plus tôt que prévu à Gotland et pourrait voir Elin et Emma. Au fond de lui, c'était ce qu'il espérait.

Bientôt, le rédacteur de l'édition nationale fit irruption dans le bureau et demanda ce que les nouvelles régionales avaient l'intention de faire.

Johan ne put lui répondre car déjà, le téléphone sonnait.

C'était Pia Lilja.

— Je suis presque sûre que c'est un meurtre, Johan. Je te conseille de rappliquer au plus vite.

— Qu'est-ce qui te fait croire ça ?

— Bon sang, je suis là pour le voir. Il est pendu à une corde accrochée à la grille – et la porte Dalman est carrément haute. Au moins cinq mètres. C'est impossible d'y grimper tout seul. En plus, la police a bouclé tout le secteur. Ils ne le feraient pas sans raison.

— OK, dit-il excité. Qu'est-ce que tu as comme matos pour l'instant ? Tu as déjà pu interviewer quelqu'un ?

— Non, la police ne dit pas un mot. À personne, si ça peut te rassurer. Mais j'ai tout dans la boîte. J'étais de l'autre côté du rempart avant qu'ils n'en bloquent l'accès et j'ai pu prendre le cadavre d'un super angle de vue avant qu'ils ne le descendent. Un spectacle assez macabre il faut dire. Je crois qu'à part nous, personne n'a les images.

— OK, ça me paraît clair. À tout à l'heure.

40

Les minutes s'écoulaient péniblement. D'habitude, le ferry était toujours à l'heure, mais évidemment pas ce jour-là. Il se tortilla dans son fauteuil du salon du pont supérieur. Il y avait peu de passagers à bord. Un peu plus loin devant lui, un couple âgé étalait déjà ses provisions : un thermos de café et des sandwiches faits maison, qu'ils dégustaient en faisant des mots croisés. Dans la rangée derrière lui, un homme d'à peu près son âge somnolait sous sa veste.

Lorsque le ferry leva enfin l'ancre, il poussa un soupir de soulagement.

Pendant un instant il avait été convaincu que la police ferait irruption dans le salon pour l'arrêter. Peu à peu, il s'autorisa à se détendre. Dans trois quarts d'heure, ils auraient rejoint le continent. Il attendait ce moment avec impatience.

Au restaurant, il dégusta une salade de pâtes au poulet et but du lait, ce qui le mit de meilleure humeur encore. L'opération avait réussi. Il fut surpris de constater à quel point cela avait été facile. Comme un soldat, il était resté concentré sur sa cible et avait strictement respecté son plan. Ensuite il avait été empli d'un calme et d'une satisfaction qu'il n'avait plus ressentis depuis belle lurette.

Lorsqu'il ne vit plus que le large devant lui, il se leva, prit ses deux sacs en plastique et monta l'escalier vers le pont supérieur. Par ce temps maussade il n'y trouva personne, et il lui fallait agir vite avant que cela ne change. Il regarda de tous côtés pour s'assurer qu'il était bien seul. Puis il souleva les deux sacs et les jeta par-dessus bord.

Lorsqu'ils s'enfoncèrent sous les flots mugissants, le dernier poids qui oppressait sa poitrine s'envola.

L'examen préliminaire du cadavre pratiqué par Sohlman était suffisamment clair. Tout indiquait qu'Egon Wallin avait été assassiné. Knutas convoqua immédiatement son équipe pour une réunion à la pause de midi. L'équipe chargée de l'enquête était composée de quatre personnes en plus de Knutas : le porte-parole et chef adjoint de la criminelle Lars Norrby, l'inspectrice Karin Jacobsson et l'inspecteur Thomas Wittberg. Seul Sohlman manquait à l'appel, car il était toujours sur les lieux de la découverte du corps à attendre l'arrivée du médecin légiste. Le procureur Birger Smittenberg avait également demandé à participer à la réunion aux côtés de l'équipe de policiers.

Knutas insista sur le fait qu'il leur faudrait maintenant agir sur tous les fronts et ce le plus vite possible – les premières vingt-quatre heures suivant un meurtre étaient déterminantes.

Quelqu'un avait eu la présence d'esprit de commander des sandwiches et du café. Quand ils furent tous installés, Knutas entama la réunion.

— Il s'agit d'un homicide. La victime est le marchand d'art Egon Wallin. Il a été découvert ce matin à sept heures moins le quart par une femme qui se rendait à son travail. Comme vous le savez sûrement déjà, il était pendu à la vue de tous au milieu de la porte Dalman. Les blessures au niveau de sa gorge montrent qu'il a été assassiné. Erik est en route et va bientôt se joindre à nous. Il pourra vous en dire plus. Le médecin légiste vient juste d'arriver de Stockholm et se trouve sur place.

— C'est incroyable, encore un cadavre pendu, comme l'été dernier ! s'exclama Wittberg. Mais qu'est-ce qui se passe ?

— Oui, c'est étrange, acquiesça Knutas. Mais Egon Wallin ne semble pas avoir été victime d'un meurtre rituel. La femme qui a découvert le corps est en train d'être interrogée, ajouta-t-il. Elle a d'abord été conduite à l'hôpital, où ils ont pu l'examiner et lui administrer un calmant. Évidemment, elle était en état de choc.

Knutas se leva brusquement et, à l'aide d'un stylo à bille, indiqua un endroit sur une carte accrochée au fond de la salle. Elle représentait le côté est des remparts, la porte Dalman et les espaces verts de l'Östergravar.

— Nous avons bouclé toute la portion de l'Östergravar situé entre la porte est et la porte nord le long de la rue Kung Magnus Väg. Nous allons maintenir cette portion fermée pour une durée indéterminée, jusqu'à ce que tous les prélèvements soient effectués. À l'intérieur des remparts, nous avons bouclé une partie de la rue Norra Murgata et de l'allée Uddensgränd tout près de la porte, mais nous allons devoir bientôt rouvrir ce secteur. Il n'est pas particulièrement fréquenté, mais il vaut mieux être prudent. C'est le secteur sur lequel les techniciens se concentrent en priorité. Et le tueur a dû venir par là.

— Qu'est-ce qui te fait penser ça ? demanda Karin Jacobsson.

— Sohlman m'a dit qu'il n'a sûrement pas été tué à la porte Dalman, le corps a été transporté.

— Comment peut-il déjà le savoir ?

Wittberg écarquilla ses grands yeux bleus.

— Aucune idée. Il a seulement dit que le lieu du crime et le lieu de la découverte du corps ne correspondent sans doute pas. Et si le ou les tueurs ont transporté Wallin, ils ont dû utiliser une voiture. J'ai du mal à croire qu'ils ont traversé l'Östergravar en voiture.

— Est-ce qu'il y a des témoins ? s'enquit Birger Smittenberg. Personne n'a rien vu ou entendu dans le voisinage ? La porte est en plein milieu d'un quartier résidentiel.

— On est en train d'interroger le voisinage et on ne peut qu'espérer qu'il en ressorte quelque chose. Mais il n'y a qu'une seule maison de laquelle on peut apercevoir la porte Dalman. L'emplacement a été très bien choisi – si on veut être tranquille en plein centre-ville. Et si l'on passe à l'acte en pleine nuit, avec un peu de chance on peut s'en sortir sans être vu.

— Mais tout de même, objecta Wittberg, c'est prendre un risque fou. Je veux dire, pour tirer un cadavre hors de la voiture et le pendre comme ça, il faut un sacré temps.

— Et une sacrée force, intervint Norrby. Tout le monde n'est pas capable de hisser quelqu'un là-haut. Enfin s'ils n'étaient pas plusieurs.

— Peu importe qui a fait ça, ils ont dû venir plusieurs fois près de la porte pour planifier leur coup. Il va falloir demander si quelqu'un a vu une personne rôder dans le coin ces derniers jours.

Knutas éternua fort et tandis qu'il se mouchait, le procureur lui lança : « Est-ce qu'on a déjà des pistes concrètes ? »

La porte s'ouvrit comme sur commande et Sohlman apparut. Il salua brièvement ses collègues et tendit la main en direction des sandwiches puis se servit du café. Knutas décida de le laisser manger avant de le submerger de questions.

— Que savons-nous sur la victime ? Knutas feuilleta son dossier. Il s'appelle Egon Wallin, est né en 1951 à Visby. Il a vécu toute sa vie ici. Marié à Monika Wallin, il a deux enfants adultes qui ont quitté le foyer. Il habite une maison mitoyenne dans la rue Snäckgärdsväg. Sa femme a été informée de son décès et se trouve actuellement à l'hôpital. Nous allons lui parler plus tard. Nous avons également contacté ses enfants qui vivent sur le continent. Egon Wallin était une figure locale. Lui et sa femme dirigent la galerie depuis vingt-cinq ans. Il a hérité l'entreprise de son père, qui est propriété familiale depuis des générations. Wallin n'a pas d'antécédents judiciaires. J'ai eu l'occasion de le rencontrer plusieurs fois, même si je ne peux prétendre l'avoir bien connu. Il était vraiment très sympathique et très apprécié. Est-ce que quelqu'un parmi vous le connaissait ?

Tous firent un signe de tête négatif.

Entre-temps, Erik Sohlman ayant ingurgité deux sandwiches, Knutas considéra qu'il était désormais en mesure de répondre à ses questions.

— Erik, qu'est-ce que tu peux nous dire ?

Sohlman se leva et s'approcha du rétroprojecteur situé au milieu de la salle. Il fit un signe à Smittenberg qui était assis à côté de la porte pour qu'il éteigne la lumière.

— Voilà donc le spectacle qui a été donné de voir à Siv Eriksson ce matin alors qu'elle se rendait à son travail. Elle est arrivée par la rue piétonne depuis Kung Magnus Väg et a découvert le cadavre pendu au milieu de la porte. Egon Wallin était habillé mais n'avait ni portefeuille ni téléphone sur lui. Ses vêtements vont être envoyés au labo aujourd'hui. On a également retrouvé un foulard sous le cadavre. On ne sait pas encore s'il appartenait à la victime mais il sera bien sûr également envoyé au labo.

Sohlman fit défiler des photos de la victime prises sous différentes perspectives.

— Je n'ai procédé qu'à un examen préliminaire mais pour une fois je suis pratiquement sûr qu'il s'agit d'un meurtre. À cause des plaies à la gorge. Quand on a descendu le corps, j'ai pu l'inspecter en détail et il ne fait aucun doute qu'il n'est pas mort par pendaison.

Il marqua une pause et but une gorgée de café. Un silence plein d'attente régnait dans la salle.

Sohlman pointa son stylo à bille sur l'un des clichés.

— Wallin a des plaies bien visibles qui n'ont rien à voir avec les marques de la corde autour de son cou. Les deux entailles parallèles larges de quelques millimètres que vous voyez là font tout le tour de son cou, juste au-dessus de la pomme d'Adam. Ces entailles montrent qu'il a été surpris par-derrière et étranglé à l'aide d'un mince fil métallique, comme des cordes de piano ou quelque chose de similaire. Soit le meurtrier n'était pas sûr que la victime soit morte, soit Egon Wallin s'est débattu et le tueur a dû frapper un nouveau coup, d'où les traces parallèles. À l'intérieur des entailles, certaines lésions indiquent que le fil est à l'origine de la mort. De plus, vous voyez là la trace plus large provenant probablement de la corde par laquelle Wallin a été pendu. Il n'y a aucune hémorragie ni cyanose. Vous voyez, le sillon est sec et jaunâtre, un peu comme du parchemin. Cela peut être le signe qu'il était déjà mort lorsqu'on l'a pendu. Sinon, ses blessures seraient tout à fait différentes.

Puis il fit défiler plusieurs photos du visage de la victime. Knutas eut un haut-le-corps instinctif. Voir des victimes qu'il connaissait et même appréciait ainsi défigurées était pour lui le pire des supplices. Il ne parvenait pas à faire fi de ses sentiments.

Sohlman par contre ne semblait avoir aucun problème de la sorte. Il se tenait debout à côté du projecteur dans sa veste en velours marron et sa tignasse informe et décrivait d'une voix calme et agréable cet acte horrible. De temps à autre, il buvait une gorgée de café, détendu, comme s'il montrait des photos de vacances. Knutas ne comprenait pas où Sohlman en trouvait la force.

Il jeta un bref regard à Karin. Elle étai pâle comme un linge. Knutas compatissait, il savait quels efforts elle devait fournir pour surmonter son dégoût. Les photos de la victime le touchaient également profondément. Le visage d'Egon Wallin était rouge et il avait les yeux ouverts. Il avait une blessure sur le front et une bosse, et sa joue était couverte d'égratignures. Knutas se demanda s'il s'était fait ces blessures en se débattant. Comme s'il avait lu dans ses pensées, Erik Sohlman reprit :

— Ces éraflures sur son visage sont incompréhensibles. Je ne comprends pas d'où elles peuvent venir. Bien sûr, on ne peut pas exclure qu'elles aient été provoquées lors de sa pendaison, mais c'est vraiment étrange. Et ses blessures à la gorge indiquent qu'il a été attaqué par derrière. Mais je laisse le soin au médecin légiste d'interpréter ces plaies au visage. Il faut bien qu'il lui reste encore un peu de travail.

Sohlman sourit.

— À quand remonte la mort ? demanda Karin qui recouvrait lentement la couleur naturelle de son teint.

— Difficile à dire. D'après la température du corps, je dirais au moins six heures. Mais c'est vraiment une estimation à la louche, il va falloir attendre le rapport d'autopsie pour en savoir plus.

— Y a-t-il d'autres indices ?

— Rien de notable dans la porte elle-même, quelques mégots et un chewing-gum, mais ils peuvent être là depuis longtemps. Il y a des traces de pneus fraîches menant à la porte et aussi des empreintes de pas. Mais ce n'est pas ce qui manque dans l'Östergravar. On a quadrillé le terrain avec des chiens mais ça n'a rien donné.

— Peut-il s'agir d'un simple meurtre crapuleux ? demanda Wittberg en jetant à ses collègues un regard interrogateur.

— Même si le tueur a pété les plombs et qu'il a tabassé sa victime, pourquoi est-ce qu'il se serait donné la peine de le pendre dans la porte ? objecta Karin, sceptique. Ça me paraît complètement invraisemblable.

Sohlman se racla la gorge.

— S'il n'y a pas d'autres questions, j'aimerais bien y retourner.

Il éteignit le rétroprojecteur, alluma la lumière et quitta ensuite la pièce.

Knutas regarda ses collègues dans l'expectative.

— Nous allons pour l'instant laisser de côté la question du mobile car il est beaucoup trop tôt pour faire des spéculations là-dessus. Par contre, il faut impérativement se renseigner sur Egon Wallin et la vie qu'il menait, ses affaires, son passé, ses employés, voisins, amis, proches…tout. Karin et Thomas peuvent s'en charger. Lars, tu t'occupes de la presse – les journalistes vont se précipiter sur nous comme des vautours. Vous savez combien ils aiment le scandale – pour eux, cette affaire est du pain béni.

— Est-ce qu'il ne vaudrait pas mieux organiser une conférence de presse dès aujourd'hui ? suggéra Lars Norrby. Sinon on va passer notre temps au téléphone. De toute façon, ils veulent tous savoir la même chose.

— Je trouve que c'est encore un peu tôt, opposa Knutas. Est-ce qu'un communiqué ne suffirait pas pour l'instant ?

Knutas détestait les conférences de presse et essayait dans la mesure du possible de les éviter. En même temps, il comprenait le point de vue du porte-parole de la police.

— On dirait que c'est une grosse affaire. Tu ne trouves pas que ce serait mieux de tous les convoquer en même temps ?

— D'accord, on va publier un communiqué juste après la réunion confirmant qu'il s'agit d'un meurtre et les invitant à une conférence de presse pour cet après-midi – ça te va ?

Norrby acquiesça.

— Et après, il va falloir se renseigner le plus possible sur Egon Wallin et ce qu'il a fait les jours précédant sa mort. Qui a-t-il vu ? Qu'a-t-il fait le jour du meurtre ? Qui l'a vu vivant pour la dernière fois ? Ce meurtre était prémédité.

Dans l'avion, Johan pensa à Emma. Tout était allé si vite qu'il n'avait même pas eu le temps de l'appeler. Ils allaient pouvoir se voir plus tôt que prévu. Il voyait son visage devant lui, ses yeux sombres, sa peau pâle et sa bouche délicate. La dernière fois qu'ils s'étaient vus, il avait trouvé qu'elle avait posé sur lui un regard nouveau en lui disant au revoir. Comme s'il comptait désormais plus pour elle. Cette relation à distance durait depuis trois ans, avec déjà ses hauts et ses bas mais la période où Emma était entrée dans sa vie était désormais la plus heureuse.

Il posa la tête contre l'habitacle et regarda par le hublot. Les gros nuages faisaient penser à la plage brumeuse sur laquelle Helena Hillerström avait eu le malheur de rencontrer son assassin trois ans auparavant. C'était la meilleure amie d'Emma, et lui et Emma s'étaient rencontrés dans le cadre de cette affaire. Johan avait interviewé Emma et ils avaient entamé une liaison. À l'époque, elle était mariée et mère de deux enfants. Tout cela lui paraissait déjà loin. Emma était maintenant divorcée d'Olle depuis un an et avait eu un nouvel enfant – cette fois de Johan. Elin avait huit mois et c'était un petit miracle. Mais il n'avait pas été facile d'entretenir cette relation. Il y avait tant de problèmes, tant de personnes impliquées.

Johan ne pouvait pas changer grand chose au fait qu'il travaille à Stockholm. Et Emma devait prendre en compte Sara et Filip, ses deux premiers enfants. Son ex-mari leur mettait encore des bâtons dans les roues et refusait toute forme de coopération en ce qui concernait les enfants.

Ils pédalaient à contrevent. Il avait plusieurs fois cru voir se profiler la fin de leur relation mais à chaque fois, ils s'étaient retrouvés. À présent, leur amour lui paraissait plus fort que

jamais. Johan avait accepté le fait qu'Emma ait besoin de consacrer du temps à ses deux autres enfants et qu'elle ne soit pas
encore prête à vivre avec lui bien qu'ils aient déjà Elin.

Ils essayaient de se voir le plus souvent possible. Johan faisait
le déplacement au moins une fois par semaine pour son travail,
mais il trouvait que c'était bien trop peu. Après l'été, il avait
l'intention de prendre son congé paternité et d'habiter avec
Emma dans sa maison de Roma. Cela serait leur baptême du
feu. Si tout se passait bien, ils se marieraient l'année suivante et
emménageraient définitivement ensemble. C'est en tout cas ce
qu'espérait Johan. Il aurait également aimé pouvoir ajouter un
autre enfant à sa liste de vœux, mais Emma s'y était farouchement opposée quand il avait osé évoquer le sujet.

Il avait à peine bu son café que le capitaine annonçait déjà
l'atterrissage vers Visby. Quand Johan était à Stockholm et
qu'Emma et Elin lui manquaient, Gotland lui paraissait infiniment loin. Il était maintenant presque arrivé.

Pia l'attendait déjà avec la voiture de reportage. Ses cheveux noirs étaient comme toujours hérissés dans tous les sens et elle s'était maquillée de manière aussi excentrique que d'habitude. Une pierre violette scintillait sur l'aile de son nez.

— Contente de te voir. C'est la pagaille ici.

Ses yeux marron brillaient.

— La police a publié un nouveau communiqué il y a une heure. Ils pensent que c'est un meurtre.

Elle lui tendit une feuille d'un air triomphant. Pia Lilja n'aimait rien de plus que cela. L'action. Les drames. L'agitation.

Johan lut les quelques lignes. Une conférence de presse aurait lieu à quatre heures. Il sortit un bloc-notes et un stylo à bille de sa poche et demanda à Pia Lilja d'allumer la radio pour qu'ils puissent écouter les informations des stations locales.

— Est-ce qu'ils ont dit quelque chose sur la manière dont il a été tué ? Bordel, non.

Pia roula des yeux et s'engagea en direction de la Porte Nord puis fit un virage à quatre-vingt-dix degrés au bout de la pente abrupte de Rackarbacken.

— Mais je sais qui est la victime, dit-elle satisfaite.

— Ah, qui donc ?

— Il s'appelle Egon Wallin, un notable de la ville. Il dirige, ou plutôt dirigeait, la plus grande galerie d'art de Visby, tu sais, celle de la grand place.

— Quel âge avait-il ?

— Je dirais la cinquantaine, marié, deux enfants. Gotlandais, originaire de Sundre, marié à une Gotlandaise. Il avait la réputation d'être un homme d'honneur. Un règlement de compte dans le milieu me paraît improbable.

— Tu crois que ça pourrait être un vol qui a mal tourné ?

— Peut-être, mais si le meurtrier n'en voulait qu'à son argent – pourquoi l'aurait-il tué et se serait en plus donné la peine de pendre le cadavre dans la porte ? Ce n'est pas un peu exagéré ?

Elle s'arrêta brusquement sur le parking derrière la cathédrale. Sûrement le parking ayant la plus belle vue de toute la Suède, pensa Johan en baissant les yeux sur la ville qui s'étendait devant lui, avec la majestueuse cathédrale et l'enchevêtrement de maisons et de ruines médiévales, puis la mer en arrière-plan, qu'on ne pouvait ce jour-là que deviner derrière l'épaisse brume grise.

Ils continuèrent à pied jusqu'à la porte Dalman.

Dans la rue régnait une agitation effrénée. Des policiers veillaient à ce que personne ne franchisse les cordons de sécurité. Le petit parking jouxtant la porte était rempli de voitures de police et des patrouilles accompagnées de chiens quadrillaient le secteur. Johan tenta de s'approcher le plus possible. Il aperçut Knutas, plongé dans une discussion avec un homme d'un certain âge. Johan reconnut le médecin légiste.

Il croisa le regard de Knutas qui fit signe au médecin légiste de lui accorder une seconde. Johan avait plutôt de bonnes relations avec la police depuis qu'il les avait aidés à mettre la main sur un tueur en série l'été précédent.

Knutas lui offrit une poignée de main particulièrement chaleureuse et longue.

— Comment vas-tu ?

— Ah merci, ça va mieux maintenant. J'ai une grosse cicatrice au-dessus du ventre qui j'espère va faire de moi l'attraction de la plage cet été. Alors, qu'est-ce que tu penses de cette histoire ?

Johan désigna la porte du menton.

— Je ne peux pas encore dire grand-chose sinon qu'on est pratiquement sûrs qu'il s'agit d'un meurtre.

— Comment a-t-il été tué ?

— Tu sais que je ne peux pas répondre à cette question.

— Comment pouvez-vous être sûrs qu'il ne s'est pas suicidé ? poursuivit Johan dans l'espoir que le commissaire laisserait échapper une remarque.

Mais il n'obtint rien à part un regard éloquent.

— D'accord, d'accord, dit Johan sur la défensive. Est-ce que tu peux confirmer que la victime est bien Egon Wallin, le marchand d'art ?

Knutas soupira.

— Pas officiellement. Tous les proches n'ont pas encore été mis au courant.

— Et inofficiellement ?

— Oui, c'est bien Egon Wallin. Mais ce n'est pas moi qui te l'ai dit.

— Est-ce que je peux t'interviewer, là tout de suite ? Officiellement je veux dire ?

Johan sourit.

— D'accord, mais vite alors.

Knutas n'en dit guère plus que ce que Johan savait déjà. Il était néanmoins extrêmement important de pouvoir interviewer le commissaire chargé de l'affaire sur place. De plus, on voyait en arrière-plan le travail d'enquête qui battait son plein. C'était le grand avantage de la télévision, de pouvoir amener les téléspectateurs au cœur de la réalité.

Ils interviewèrent encore quelques personnes qui se trouvaient dans les parages, puis Johan regarda sa montre.

— On peut encore passer à la galerie. C'est sans doute fermé mais on pourra au moins la filmer de l'extérieur. Je pourrai peut-être enregistrer mon commentaire devant.

— Bien sûr.

Pia replia le pied de la caméra.

Quand ils s'arrêtèrent devant la grand place, ils virent des fleurs et des bougies allumées sur les pavés devant la galerie.

Un écriteau portant la mention «fermé» était accroché à la porte. À l'intérieur, il faisait sombre et Johan ne pouvait que deviner les grands tableaux accrochés à l'intérieur. Puis il sursauta. Du coin de l'œil, il aperçut une personne monter les escaliers de la galerie. Il essaya de regarder à travers la vitrine pour mieux voir. Il toqua également plusieurs fois à la porte.

Bien qu'il ait attendu un long moment, personne n'était venu lui ouvrir.

Pendant toute la journée du dimanche, Knutas avait fait des allers-retours entre le commissariat et la porte Dalman. Ce n'est qu'en fin d'après-midi qu'il se souvint qu'il avait oublié d'appeler chez lui.

Quand il entendit la voix de Line, il se rappela soudain qu'ils avaient prévu d'aller déjeuner chez ses parents dans leur ferme de Kappelshamn dans le nord de Gotland. Il savait combien ses parents appréciaient que tout se passe comme prévu. En pensée, il entendait déjà la voix déçue de son père quand Line lui avait annoncé que Knutas n'avait pas pu venir. Au fond d'eux, ses parents n'avaient toujours pas accepté l'idée qu'il se soit engagé dans la police. Pas complètement. À leurs yeux, il ne serait jamais vraiment adulte.

Line, quant à elle, acceptait ces changements d'emploi du temps avec bienveillance, que ce soient l'annulation de leurs vacances à la montagne ou une réunion parents-profs manquée. On aura d'autres occasions, disait-elle, et c'était généralement le cas. C'était pour lui un énorme poids en moins que de ne pas à avoir mauvaise conscience en ce qui concernait son travail. Sa femme, qui était danoise, prenait les choses avec une légèreté qui lui rappelait à chaque fois combien il avait de la chance d'être marié avec elle. Il l'avait rencontrée par hasard dans un restaurant de Copenhague où se tenait un congrès de police. Line y travaillait en tant que serveuse pour financer ses études. Elle était aujourd'hui sage-femme à l'hôpital de Visby.

On se bousculait à la conférence de presse. Le fait que la victime soit si connue à Gotland rendait évidemment la nouvelle sensationnelle pour la presse locale. Et le fait qu'il ait été retrouvé pendu dans l'une des portes des remparts de Visby suffisait à répandre la nouvelle comme une traînée de poudre dans le reste des médias nationaux. Sans oublier qu'on était dimanche.

Quand Knutas et Norrby pénétrèrent dans la salle où devait se tenir la conférence de presse, la tension était palpable. Les journalistes se tenaient prêts sur leurs chaises, le bloc-notes sur les genoux, tandis que les photographes réglaient leurs objectifs. Tout devant sur le podium, les micros étaient alignés sur une table. Knutas délivra les principales informations et dévoila l'identité de la victime. Il n'y avait plus aucune raison de la garder secrète. Tous les proches avaient maintenant été informés, la rumeur s'était répandue dans Visby et le tas de fleurs devant la galerie ne cessait de grandir.

— Croyez-vous à un meurtre crapuleux ?

Cette question provenait d'un représentant de la radio locale.

— Nous ne pouvons rien exclure pour l'instant, dit Knutas.

— La victime avait-elle des effets personnels sur elle, un portefeuille par exemple ?

Knutas tressaillit. Johan Berg, bien sûr. Knutas et Norrby échangèrent un regard.

— Ce genre de détails appartiennent à l'enquête préliminaire, nous ne pouvons donc pas répondre à cette question.

— Comment pouvez-vous être aussi sûrs qu'il s'agit d'un meurtre ?

— Nous avons effectué un premier examen du corps et il apparaît que les lésions ne pourraient pas avoir été causées par la victime elle-même.

— Pouvez-vous décrire ces lésions ?

— Non.

— A-t-il été fait usage d'une arme ?

— Sans commentaire.

— Comment a-t-il été possible de le pendre aussi haut ? demanda le reporter de la radio locale impertinent sur lequel il était déjà tombé sur les lieux de la découverte du corps. Alors que vous-mêmes avez dû faire appel aux pompiers pour le déloger ?

— Nous supposons que nous avons soit affaire à plusieurs tueurs soit à un homme d'une force inhabituelle.

— Cherchez-vous un bodybuilder ?

— Pas forcément. Ils ont souvent l'air beaucoup plus forts qu'ils ne le sont en réalité.

Quelqu'un gloussa.

— Pensez-vous que le tueur vienne de Gotland, ou du continent ?

— Tout est possible.

— Et si le vol n'était pas le mobile – pourquoi aurait-t-il été tué ?

— Il est encore beaucoup trop tôt pour spéculer là-dessus. Nous travaillons sur tous les fronts et gardons toutes les portes ouvertes. À ce stade de l'enquête, on ne peut rien exclure.

— Que fait la police en ce moment ?

— Nous interrogeons le voisinage et suivons toutes les pistes qui nous ont été indiquées, et nous prions par ailleurs toute personne qui croit avoir vu ou entendu quelque chose la nuit du crime ou les jours précédents de se manifester auprès de nos services. Nous pensons que le coupable est venu repérer les lieux avant de passer à l'acte.

— Il y a eu un vernissage qui a eu beaucoup de succès dans la galerie d'Egon Wallin le jour du meurtre, dit Johan, est-ce qu'il pourrait y avoir un lien ?

— Nous l'ignorons mais nous serions reconnaissants à tous ceux qui ont été présents à ce vernissage de contacter la police.

La conférence n'alla pas plus loin. Knutas et Norrby prirent congé et se levèrent pour quitter la salle.

Les journalistes se ruèrent aussitôt sur Knutas pour obtenir des interviews individuelles. Il essaya d'en renvoyer un maximum à Norrby qui s'efforçait de répondre aimablement à leurs questions, l'une après l'autre.

Ils posèrent tous plus ou moins les mêmes questions que celles qui avaient été posées lors de la conférence de presse.

Au bout d'une heure, tout fut enfin fini et Knutas était épuisé. Il regrettait d'avoir proposé d'y participer. À ce stade de l'enquête, il aurait dû être disponible pour ses collègues, pas pour la presse.

Lars Norrby aurait pu mener la conférence tout seul.

Après tout, c'était quand même lui le porte-parole.

Après la conférence de presse, Knutas alla s'isoler un moment dans son bureau. Alors qu'à présent le silence l'entourait, la fatigue prenait le dessus. Il sortit sa pipe du tiroir supérieur de son bureau et commença à la bourrer tout en réfléchissant à la manière dont il pourrait convaincre Norrby de se charger seul des relations avec les médias. Knutas ne voulait plus perdre autant de temps qu'avant à informer la presse. En tant que responsable de l'enquête, il avait l'impression de perdre un temps précieux avec les journalistes, surtout ceux qui n'avaient quasiment rien à dire.

La plupart du temps, sa coopération avec Norrby se passait bien. Son collègue était certes un peu lent et tatillon, mais au niveau professionnel, il n'y avait aucun reproche à lui faire.

Knutas et Norrby avaient le même âge et travaillaient ensemble depuis vingt ans. Au début, il n'était pas évident que ce soit Knutas qui prenne les rênes de la criminelle et non Norrby, mais c'était arrivé, sans que Knutas sache exactement pourquoi.

Lars Norrby était un homme sympathique, divorcé et avait deux fils adolescents qui habitaient chez lui. Ce qui impressionnait le plus au niveau de son physique, c'était sa taille. Il faisait presque deux mètres. Sa corpulence plutôt mince voire maigre le faisait paraître plus grand encore.

Si Norrby s'était senti blessé que Knutas ait été nommé chef, il le cachait très bien. Jamais il n'avait montré une once de jalousie à son égard. Knutas le respectait pour cela.

Il mit la pipe froide dans sa bouche et composa le numéro de portable de Wittberg, mais la ligne était occupée.

Une liste des participants au vernissage était en train d'être constituée. Les employés de la galerie qui avaient ensuite participé au dîner étaient en train d'être interrogés.

Knutas avait demandé à Wittberg de faire venir l'artiste et son agent immédiatement. D'après les dires de Monika Wallin, son épouse, qui avait été interrogée une première fois à l'hôpital, ils avaient tous deux l'intention de rester à Gotland jusqu'à mardi.

Knutas espérait éclaircir quelques points en discutant avec eux. Ce ne pouvait pas être un hasard qu'Egon Wallin ait été assassiné précisément la nuit du premier vernissage de l'année, qui plus est après que celui-ci avait été un tel succès.

Il avait déjà demandé à Karin de l'aider à mener les interrogatoires, car son anglais était bien trop faible.

Le téléphone sonna, c'était Wittberg. Il paraissait essoufflé.

— Salut, je suis à l'hôtel Wisby.

— Et alors ?

— Mattis Kalvalis n'est plus là. Son agent non plus. Ils ont pris un taxi ce matin à neuf heures pour l'aéroport.

— Quoi ? Ils ont filé ?

Knutas s'affaissa dans son fauteuil.

— On dirait bien. Je viens d'appeler la compagnie aérienne pour savoir s'ils ont bien pris l'avion pour Stockholm, et effectivement, c'est bien le cas. L'avion a décollé ce matin à neuf heures.

Emma venait à peine de franchir le seuil de sa maison quand le téléphone sonna. Elle posa Elin par terre – emmitouflée dans sa grosse combinaison en nylon comme un Bibendum Michelin, elle était assise en toute sécurité.

— Emma Winarve.

— Salut, c'est moi, Johan.

Pourquoi avait-elle toujours des papillons dans le ventre quand elle n'entendait pas sa voix pendant quelque temps ?

— Salut !

Elin se mit à pleurer. Emma continua d'écouter sans quitter sa fille des yeux.

— Je suis à Visby. J'ai essayé de te joindre tout à l'heure mais tu n'as pas décroché.

— Non, j'ai fait une longue promenade. Dis, je peux te rappeler dans dix minutes ? Je viens de rentrer avec Elin.

— D'accord. À tout de suite.

Elle déshabilla sa fille à la hâte et détourna la tête en sentant l'odeur qui s'échappait de son pantalon et gagna la salle de bains pour lui changer sa couche, tout en pensant à Johan. Ces derniers temps, il lui avait plus manqué que d'habitude. Pas pour des raisons pratiques. Elle se débrouillait toute seule et Elin était un bébé plutôt facile. Sara et Filip s'étaient habitués à leur nouvelle vie après le divorce. Sara était maintenant en CE2 et Filip en CE1, mais Emma avait parfois l'impression qu'ils étaient jumeaux. Ils jouaient très bien ensemble, même mieux qu'avant le divorce. La séparation d'Emma et Olle les avait rapprochés. En même temps, leur confiance en leurs parents avait diminué. Ils avaient déjà pris conscience que rien ne dure pour toujours et que l'on ne doit rien tenir pour acquis.

Pour préserver ses enfants, Emma prenait son temps vis-à-vis de sa nouvelle relation. Son mariage était terminé mais elle n'était pas encore prête à se précipiter dans une nouvelle vie de famille. Elle avait délibérément tenu Johan à distance, même si elle était amoureuse comme jamais elle ne l'avait été.

Sa vie était complètement sens dessus dessous depuis qu'elle l'avait rencontré, et parfois, elle se demandait si tous ces soucis en avaient valu la peine. Mais au fond de son cœur, elle savait qu'il n'y avait pas de doute. C'est également pour cette raison qu'elle avait choisi de garder le bébé, qui n'était pas prévu, à un moment où leur relation était encore très fragile.

Quand Johan avait failli perdre la vie, alors qu'Elin n'avait qu'un mois, Emma avait été plus secouée qu'elle ne l'aurait pensé. Depuis, elle n'avait plus jamais douté de sa volonté d'être avec lui, il fallait juste faire les choses dans l'ordre et au bon moment, pour les enfants.

Elle prit Elin et embrassa sa nuque lisse. Le repas devait attendre encore un peu. Elle s'assit sur le canapé et composa le numéro de Johan.

— Salut chéri, comment ça va ?

— Bien merci, mais pourquoi es-tu là ? Il est arrivé quelque chose ?

— Un cadavre a été retrouvé sur la porte Dalman. Un meurtre.

— Oh mon Dieu. Quand ?

— Ce matin. Tu ne l'as pas entendu à la radio ? Ils ne font que parler de ça depuis ce matin.

— Non, j'ai raté ça. Ça a l'air horrible. Tu sais qui c'est ?

— Oui, le propriétaire de la galerie sur la grand place.

— Quoi ? Egon Wallin ? C'est vrai ?

— Tu le connais ?

— Non, mais tout le monde sait qui c'est.

— Il a été attaqué par un voleur ?

— J'en doute. C'est se donner beaucoup de travail que de pendre quelqu'un comme ça. Je pense qu'il y a une autre raison.

— Il a été pendu à la porte ? Mon Dieu, c'est horrible. Ça ressemble aux meurtres de l'été dernier. Tu crois que quelqu'un s'en est inspiré ?

— Un copycat tu veux dire ? J'espère que non. Mais je ne sais pas encore comment il a été tué. Seulement qu'on l'a retrouvé pendu à la porte. La police ne dit pas grand chose. Pia et moi, on a un sacré pain sur la planche, on va devoir concocter des reportages pour les régionales, *Rapport* et *Aktuell*.

— Tu seras donc occupé ce soir ?

La voix de Johan se radoucit.

— Je voulais te demander si je pouvais passer chez toi assez tard dans la soirée. Quand j'aurai fini.

— Oui, bien sûr. Pas de problème.

— Il sera peut-être neuf heures ou plus s'il se passe quelque chose entre-temps.

— Je sais. Ça ne fait rien. Viens quand tu veux.

Des voix surexcitées s'élevaient de la salle de conférence quand Knutas arriva pour la réunion de l'équipe chargée de l'enquête le dimanche soir. Il les trouva tous rassemblés autour d'un écran d'ordinateur.

— Ah, ces chiens de journaleux, maugréa Wittberg. Mais qu'est-ce qu'ils ont dans la tête ? dit-il en tapant un doigt contre sa tempe.

Knutas se faufila entre ses collègues pour voir de quoi il retournait.

Le journal du soir faisait sa une avec la photo d'Egon Wallin pendu à la porte Dalman. Le titre, simple et bref, «Assassiné», était écrit en gros caractères noirs.

La seule circonstance atténuante était qu'un policier avait partiellement dissimulé le visage de la victime, ce qui rendait impossible à quiconque de le reconnaître.

Knutas secoua la tête. Wittberg continua.

— Est-ce que ça leur arrive de penser aux proches ? Bordel, ce type avait une famille ! J'espère qu'ils ne vont pas mettre cette photo sur la version papier ! lança Karin. Ça serait vraiment le pompon !

— C'est à se demander si ça vaut encore la peine d'organiser des conférences de presse, dit Wittberg. On dirait que ça ne fait que titiller les journalistes.

— On est peut-être allés trop vite en besogne, admit Knutas.

Il avait été assez bête pour se laisser convaincre par l'argument de Norrby selon lequel une conférence de presse allait satisfaire les journalistes qui en retour les laisseraient mener leur enquête en paix. Mais on dirait que cela avait provoqué exactement le contraire.

Il sentit la colère le gagner. Les maux de tête commençaient à se faire sentir à l'arrière de son crâne.

— Le temps passe, il faut commencer à parler de l'essentiel, dit-il en s'asseyant à sa place en bout de table.

Tous s'installèrent et la réunion put commencer.

— Nous pouvons maintenant affirmer avec certitude qu'il s'agit d'un meurtre. J'ai reçu les premières conclusions du médecin légiste qui confirment celles de Sohlman, les blessures sont sans équivoque. Le cadavre va être transporté ce soir sur le continent à l'institut médico-légal. Nous aurons sans doute un rapport d'autopsie provisoire dès demain. Egon Wallin présentait d'étranges blessures au visage pour lesquelles nous n'avons encore aucune explication. Par respect pour les proches, nous n'avons pas encore fouillé son domicile ni la galerie. Je viens d'ailleurs d'avoir une conversation intéressante avec une employée, une certaine Eva Blom. Elle nous a raconté qu'une sculpture avait disparu. Une sculpture en calcaire de Gotland intitulée *Langueur*. Apparemment, c'est une réplique en miniature d'une sculpture se trouvant dans le jardin de Muramaris. Vous savez, la villa d'artiste près de Krusmyntagården.

— Quand a-t-elle disparu ?

— Samedi. Eva Blom dit que la sculpture était encore à sa place quand le vernissage a ouvert ses portes samedi. Elle s'en souvient très bien car elle a fait un tour pour s'assurer que tout était en ordre.

— Quand la galerie a-t-elle fermé ?

— Il y a eu des visiteurs jusqu'à sept ou huit heures. Ensuite, Egon Wallin, sa femme, l'artiste et les employés sont allés dîner au Donners Brunn. Ils ont fermé la galerie et ont activé l'alarme, comme d'habitude.

— Elle en est bien sûre ?

— À cent pour cent.

— Est-ce que l'œuvre avait de la valeur ?

— Non, elle est apparemment assez petite et faite d'un matériau pas spécialement noble. L'artiste est relativement inconnu, Eva Blom pense donc qu'elle ne peut pas avoir été volée pour être revendue.

— Mais alors, pourquoi ?

La question resta sans réponse.

Ses paupières étant de plus en plus lourdes, Knutas commençait à admettre qu'il était temps de rentrer chez lui. Mais d'abord, il devait rester un peu dans son bureau pour mettre de l'ordre dans ses pensées, repasser en revue les faits et se faire une impression générale de la situation.

Il se laissa retomber dans son vieux fauteuil en cuir tout moelleux. Il l'avait épargné lors de la rénovation complète qui avait eu lieu un an et demi auparavant, lors de laquelle tout le mobilier avait été remplacé. Il l'avait eu dans son bureau durant toute sa carrière à la brigade criminelle et ne pouvait se résigner à s'en séparer. Il y avait résolu tant d'énigmes. Il pouvait le faire tourner et s'y balancer un peu, ce qui facilitait la libre circulation des idées.

Le travail avait été si intensif depuis qu'on avait retrouvé le corps d'Egon Wallin dans la matinée qu'il ne parvenait que difficilement à retrouver le fil.

Il fut parcouru d'un frisson en pensant au spectacle qui s'était offert à ses yeux à la porte Dalman. Cet homme était si sympathique. Que se passait-il à Gotland ? Les crimes violents avaient connu une triste recrudescence ces dernières années, surtout les meurtres.

D'un autre côté, c'était le cas dans tout le pays. Il pensa à l'époque où le cambriolage d'une épicerie suffisait à faire les gros titres. Maintenant ce genre d'événements méritait à peine une brève. Le climat social devenait de plus en plus dur, et sur tous les fronts.

Il sortit sa pipe du tiroir supérieur de son bureau et commença à la bourrer avec précaution. Puis il se cala contre le dossier et plaça la pipe encore éteinte dans sa bouche.

Knutas trouvait le départ subit de l'artiste et de son agent des plus préoccupants. De plus, il s'était avéré qu'ils avaient pris l'avion avec l'un des marchands d'art présents au vernissage, Sixten Dahl. Pour l'instant, aucun d'entre eux n'avait répondu à leurs appels. Tiens, tiens, pensa Knutas. Ils réessaieraient le lendemain.

Il songea ensuite à Egon Wallin. Il avait eu plusieurs fois l'occasion de croiser le marchand d'art. Knutas et Line avaient visité sa galerie, ne serait-ce que pour regarder. Une fois, il avait acheté un tableau de Lennart Jirlow représentant le restaurant de Copenhague où Line travaillait quand ils s'étaient rencontrés. Il sourit en repensant à ce moment. Il l'avait offert à Line pour ses quarante ans, et jamais aucun de ses cadeaux ne lui avait fait plus plaisir. Knutas n'était pas vraiment doué en ce qui concernait le choix des cadeaux.

Il tenta de se remémorer Egon Wallin. Ce qui frappait tout de suite chez lui, c'étaient ses vêtements. Il portait toujours un long manteau et des santiags, et ressemblait plus à un citadin qu'à un Gotlandais. Ses cheveux cuivrés étaient aussi peu naturels que le léger hâle qu'il arborait tout au long de l'année.

Le physique de Wallin présentait un contraste saisissant avec celui de sa femme, qui était passablement quelconque et dont le visage était si inexpressif qu'on avait peine à s'en souvenir. À plusieurs reprises, Knutas s'était demandé pourquoi Wallin se donnait tant de peine alors que sa femme paraissait totalement indifférente à son image.

En fait, Knutas ne savait pas grand-chose de la vie privée de Wallin. Les fois où il l'avait rencontré, ils avaient toujours échangé quelques mots. La plupart du temps, la conversation tournait court. Knutas avait toujours eu envie de parler davantage avec Egon Wallin, mais il avait l'impression que ce désir n'était pas partagé. Bien qu'ils aient pratiquement le même âge, ils n'avaient aucun ami commun.

Les enfants de Wallin étaient bien plus âgés que les jumeaux de Knutas, Petra et Nils, qui allaient sur leurs quatorze ans. Ils n'auraient donc pas pu se rencontrer pas le biais de leurs enfants. Wallin ne paraissait pas particulièrement intéressé par le sport. Knutas, lui, pratiquait la natation, le hockey en salle et le golf. Il supposait que Wallin fréquentait essentiellement le milieu artistique dont Knutas ne faisait décidément pas partie. Il n'y connaissait vraiment rien à l'art.

Il se leva et s'approcha de la fenêtre. Il regarda le parking vide du supermarché. De là où il se tenait, il avait pratiquement vue jusqu'à la porte Dalman. Elle était incroyablement proche et il se demanda si le tueur en avait été conscient.

Le choix du lieu du crime était plus que téméraire si l'on considérait que l'on pouvait également voir la porte Dalman depuis la rue Kung Magnus Väg. Une voiture de police aurait pu passer pendant que le tueur était en train de hisser le cadavre. Peut-être était-il sous l'effet d'une drogue et ne s'en était pas soucié. Ou alors il ignorait que le commissariat se trouvait non loin de là. Il venait peut-être du continent. Il s'agissait de découvrir ce qui le reliait à Egon Wallin. Le meurtre avait-il un rapport avec ses affaires ou avait-il un tout autre mobile ?

Fatigué, il soupira. Il était déjà onze heures passées.

Tôt ou tard, il trouverait la réponse.

Johan se réveilla dans le grand lit double de Roma. Il tendit la main et caressa la douce épaule d'Emma, puis une mèche de ses cheveux. Il entendit un hoquet s'échapper du lit à barreaux et se leva aussitôt. Il faisait sombre dans la chambre et il sentit le corps d'Elin doux et chaud de sommeil tout contre le sien puis la posa sur la table à langer.

D'un petit coup, il fit glisser la caisse à jouets dans le couloir en chantonnant «Au clair de la lune». Elin rassembla ses pieds et se mit à babiller. Il approcha sa tête de son ventre et commença à lui faire des bisous, et Elin se mit à rigoler. Puis il cessa de s'agiter et posa son visage à côté de son petit corps, tout doucement. Il resta ainsi pendant plusieurs secondes, et Elin se détendit et se tut.

Il avait enfin un enfant, mais la dernière fois qu'il avait vu sa fille remontait à il y a deux semaines. Était-ce vraiment une vie? Elle grandissait auprès de sa mère et partageait le quotidien avec elle. Emma signifiait la sécurité pour Elin. Johan n'était qu'un figurant, il apparaissait de temps à autre, comme sorti d'une pochette-surprise, restait quelques heures, voire un jour ou deux, avant de disparaître à nouveau.

Était-ce vraiment une relation? Comment avait-il pu en arriver là?

Lorsqu'il était à Stockholm, absorbé par son travail, cela allait à peu près. Mais le manque survenait le soir, quand il se retrouvait seul chez lui. Pourtant, il n'était sorti de l'hôpital que deux mois plus tôt, on ne pouvait donc pas dire qu'ils aient longtemps vécu séparés depuis qu'ils étaient parents.

Ils avaient passé pratiquement toutes les fêtes de Noël ensemble, et il avait trouvé cela formidable. Ensuite le quotidien avait repris le dessus et les jours s'étaient écoulés l'un après l'autre, pour se transformer en semaines. Il se rendait à Gotland aussi souvent que possible. Mais à présent, il avait le sentiment que cela avait assez duré.

Il souleva Elin, lui réchauffa du lait au micro-ondes et s'assit avec elle, le biberon à la main, dans le canapé du salon. Le calme régnait à nouveau. Il en avait assez de cette vie, il fallait que cela cesse.

Emma apparut sur le seuil de la porte, ses cheveux châtain clair étaient ébouriffés, ils avaient poussé. Autrefois, ils lui allaient aux épaules, maintenant, ils descendaient jusque dans son dos. Elle avait les cheveux brillants et beaucoup de volume. Elle se tenait devant lui en culotte et le regardait de ses yeux encore ensommeillés. Même si elle était pâle et encore endormie, il la trouva belle. Ses sentiments étaient si naturels, ils étaient tout simplement présents. Même si tout le reste était loin d'être simple entre eux. Leur relation avait été compliquée depuis le début. Mais maintenant il était là, avec leur fille sur les genoux, et devant lui la femme qu'il aimait, et tout ce va-et-vient devait cesser. Il lui était bien égal de savoir s'il trouverait un emploi de journaliste à Gotland ou non. Cela n'avait plus d'importance. Il pouvait tout faire, caissier au Bricomarché ou laveur de voitures. Peu importe ce qu'il ferait.

— Tu es déjà réveillé ?

Emma bâilla en se dirigeant vers la cuisine.

— Viens là, l'exhorta-t-il d'une voix aussi douce que possible.

Elin dormait la bouche ouverte dans ses bras.

— Qu'est-ce qui se passe ?

— Assieds-toi.

Emma paraissait surprise, mais s'assit à côté de lui sur le canapé les jambes tendues. Il tourna la tête vers elle. Le silence régnait dans la pièce, elle paraissait sentir qu'il avait quelque chose d'important sur le cœur.

— Ça suffit maintenant.

Johan dit cela calmement et posément. Une lueur d'angoisse se lut dans les yeux d'Emma.

— Quoi donc?

Johan marqua une longue pause. Il se leva, disparut avec Elin dans la pénombre de la chambre et posa délicatement l'enfant dans son lit à barreaux. Elle dormait toujours. Il ferma la porte et revint dans le salon.

Emma le suivait du regard, inquiète. Johan s'assit dans le canapé et prit doucement son visage entre ses mains.

— Je veux emménager ici, dit-il calmement. Habiter avec toi et Elin, vous êtes ma famille. Je n'en peux plus d'attendre. Pour le travail, je trouverai bien quelque chose. Tu dois enfin me laisser m'occuper de vous, être un vrai père, pour Sara et Filip aussi. Je veux être ton mari. Est-ce que tu veux m'épouser?

Emma le regarda quelques secondes, bouche bée. Puis les larmes se mirent à couler le long de ses joues. Il ne s'était pas attendu à une telle réaction.

— Voyons ma chérie!

Il se pencha vers elle et la prit dans ses bras. Elle pleura au creux de son épaule.

— Ce n'est pas cette question qui te met dans cet état-là, si? demanda-t-il avec un sourire hésitant.

— Je suis fatiguée, sanglota-t-elle. Je suis tellement fatiguée.

Johan ne sut pas vraiment que répondre, c'est pourquoi il continua à lui caresser maladroitement le dos. Soudain, elle se mit à l'embrasser dans le cou, et ses baisers se firent de plus en plus passionnés. Elle écarta ses cheveux de son front et chercha avidement sa bouche, les yeux fermés.

Johan brûlait maintenant de désir, et il la plaqua fougueusement sur le canapé. Il l'embrassa passionnément, lui mordit presque les lèvres. Emma répondit avec un gémissement grave et passa ses jambes autour de lui. Ils firent l'amour sur le canapé, sur la table, contre la fenêtre et enfin par terre. Lorsqu'ils se retrouvèrent allongés l'un contre l'autre, il regarda le dessous de la table, qui n'était qu'à quelques millimètres de sa tête. Il sourit en l'embrassant sur la joue.

— Je suppose que je peux interpréter ça comme un oui.

Ce matin-là comme souvent, Knutas se rendit à pied au travail, en passant par la rue Östra Hansegata et la maison de la radio. Il vit de la lumière derrière les fenêtres du deuxième étage qui abritait actuellement les informations régionales, et il aurait bien voulu savoir si Johan s'y trouvait déjà. Ce ne serait pas surprenant.

Il faisait encore nuit et l'air était frais. Après le trajet, qui durait près de vingt minutes, Knutas eut les idées plus claires.

Quand il ouvrit la porte du commissariat, il sentit le frisson bien connu qui ne le parcourait qu'au début d'une affaire de meurtre. Les meurtres étaient bien sûr une chose horrible, mais en même temps ils donnaient lieu à une sorte de tension, un désir inébranlable de retrouver le meurtrier. La chasse commençait et il s'en réjouissait, sans la moindre honte. Knutas adorait son travail depuis qu'il avait intégré la criminelle, il y a vingt ans. Il en était le chef depuis dix ans et cela aussi lui plaisait, hormis peut-être l'énorme travail de paperasse dont il aurait préférer se passer.

Comme toujours, il salua d'un signe les dames de l'accueil et échangea quelques mots avec le collègue de garde avant de monter les marches menant à la brigade criminelle au deuxième étage.

Les collègues étaient au grand complet lorsqu'il pénétra dans la salle, deux minutes avant la réunion. Ces rencontres avaient toujours quelque chose de spécial au début d'une enquête criminelle. L'électricité emplissait toute la salle.

Erik Sohlman commença par faire un point sur l'enquête :

— Le meurtrier est arrivé en voiture par la rue Norra Murgata. Les traces et les plaies sur le corps d'Egon Wallin indiquent qu'il a été tué ailleurs et que son corps a ensuite été transporté vers la porte. Tous les indices retrouvés dans l'Östergravar sont au labo, mais ils ne sont sans doute pas d'un grand intérêt vu que le tueur n'est sûrement pas passé par là.

— Hier soir, nous avons pu interroger une première fois la femme de la victime, Monika Wallin, dit Knutas.

— À notre connaissance, elle est la dernière à avoir vu Egon Wallin vivant. Après le dîner au Donners Brunn le samedi soir, ils sont rentrés chez eux, dans la maison de la rue Snäckgärdsväg. Sa femme est allée se coucher tandis que Wallin voulait rester encore un moment seul. À son réveil, il n'était plus là. Il avait pris son manteau et était sorti. Nous connaissons la suite.

— Aurait-il pu y avoir une troisième personne dans la maison ? demanda Karin. Un invité surprise, ou un voleur ?

— Non, je ne crois pas. On dirait qu'il est sorti seul.

— Est-ce que sa femme a une idée d'où il avait l'intention d'aller ?

— Non, dit Knutas. Mais je vais la revoir aujourd'hui, peut-être qu'il en ressortira plus de choses. Hier, elle était encore sous le choc.

— Et en ce qui concerne les traces de pneus ?

— Difficile à dire. C'est une grande voiture, je dirais une camionnette ou une fourgonnette.

— Il va donc falloir vérifier tous les vols de véhicules ainsi que les locations, dit Knutas.

— Qu'est-ce que ça peut bien signifier ? lança Wittberg. Ça demande quand même une sacrée énergie d'exécuter quelqu'un comme ça. Pourquoi pendre sa victime à la porte ? Il doit y avoir une signification.

Il passa sa main dans ses boucles blondes. Knutas trouvait Wittberg très en forme pour un lundi matin. D'habitude, il était toujours fatigué de ses aventures du week-end. Le séduisant jeune homme de vingt-huit ans était le Casanova du commissariat. Avec ses yeux bleus, ses fossettes et son corps bien entraîné, il charmait toutes ses collègues. Toutes sauf Karin qui le considérait plutôt comme un sympathique petit frère, parfois un peu agaçant. D'habitude, Wittberg accumulait les conquêtes mais depuis quelque temps, il semblait s'être calmé. Il venait juste de rentrer d'un voyage en Thaïlande avec sa petite amie du moment et son bronzage marqué contrastait fortement avec la pâleur livide de ses collègues.

— Tout cela ne peut pas être un hasard, acquiesça Karin. C'était minutieusement planifié. Wallin devait connaître le tueur.

— Il nous faut la liste complète de tous les participants au vernissage et il faudra également voir s'il y en avait parmi eux qui n'avaient pas été invités, dit Knutas. Il faut tous les contacter et les interroger. Et après, nous mettrons tout en œuvre pour retrouver l'artiste et son agent.

— En tout cas, ils n'ont pas signalé leur départ à la réception de l'hôtel, dit Wittberg. Leurs affaires sont encore dans leur chambre et ils n'ont pas payé la note, ils ne sont donc peut-être partis que pour la journée. Je vais réessayer de les contacter aujourd'hui. Jusqu'à présent, ils n'ont pas répondu au téléphone. Mais j'espère quand même voir Sixten Dahl. Sa galerie va bientôt ouvrir et quelqu'un là-bas doit pouvoir nous aider. Peut-être qu'il sait où les deux autres se trouvent.

Ils furent interrompus par la sonnerie de son portable. Il le sortit de sa poche intérieure et décrocha.

Ils attendirent tous en silence, et écoutèrent leur chef marmonner et acquiescer en étudiant son expression qui passait de la grande surprise à l'air songeur. Lorsqu'il eut terminé la conversation, tout le monde était suspendu à ses lèvres.

— C'était Monika Wallin. Un camion de déménagement est arrivé chez elle tout à l'heure. Egon Wallin leur avait donné des instructions précises quant aux meubles à emporter. Et il avait payé d'avance.

L'intérieur du vénérable hôtel des ventes Bukowskis était empreint d'une sobre élégance. La réception se trouvait du côté de la rue Arsenalgata entre le Berzelii Park et Kungträdgården au centre de Stockholm.

L'expert Erik Mattson, en discret costume gris clair et cheveux peignés en arrière, accueillit son client habillé beaucoup plus simplement et qui paraissait légèrement perdu et mal à l'aise dans cet environnement distingué. Il avait coincé sous son bras un tableau enveloppé dans du papier journal.

L'homme avait décrit le tableau au téléphone dans la matinée : un paysage de rochers dans différents tons de gris, avec beaucoup de mer et de ciel et une petite maison blanche au toit noir. Bien qu'il ne soit pas signé, Erik avait trouvé cela intéressant et avait invité le client à passer déposer le tableau pour une expertise.

L'homme était maintenant là, engoncé dans un manteau qui avait connu des jours meilleurs et une fine écharpe assez démodée. Ses chaussures étaient tout sauf cirées, Erik Mattson le remarquait toujours. Des chaussures bien soignées étaient le signe que le client prenait soin de lui. Ce qui n'était pas le cas de l'homme qui lui faisait face et triturait son grand paquet. Son front était trempé de sueur. Le col de sa chemise était froissé, une tache souillait son manteau défraîchi et les gants qu'il venait de poser sur la table étaient usés jusqu'à la trame. L'homme parlait avec un fort accent du quartier de Södermalm. Plus grand monde ne parlait comme ça. Il en était presque charmant.

Erik espérait que le tableau n'ait pas été volé. Il dévisagea son client attentivement – non il n'avait décidément rien d'un criminel. Et son tableau ne valait certainement rien, car il était rare que les œuvres non-signées valent quelque chose. Mais il fallait tout de même l'estimer, car il se trouvait toujours ici et là des pépites qu'il n'aurait voulu à aucun prix rater, sinon elles pouvaient se retrouver aux mains de ses concurrents et il ne pouvait pas se le permettre.

Erik mena le client dans son cabinet exigu mais élégant. Là se trouvait une table de style gustavien avec une chaise de chaque côté, un tableau d'Einar Jolin au mur et une étagère pleine d'ouvrages de référence. Sur la table se trouvait également un ordinateur portable dont on pouvait se servir pour retrouver rapidement des informations sur une œuvre ou un peintre. Quand un tableau était difficile à classifier, l'expert faisait parfois appel à un collègue. Quelquefois, l'examen d'un tableau pouvait prendre plusieurs jours. C'était un travail passionnant et Erik adorait son métier.

Ils se mirent à deux pour poser le tableau sur la table et Erik sentit une tension bien connue monter dans sa poitrine. C'était l'un des moments les plus palpitants. Lorsqu'il était avec un client et ne connaissait l'œuvre que par ce qu'il lui en avait dit. Le suspense de savoir s'il s'agissait d'une œuvre de maître inconnue voire oubliée et qui vaudrait des millions de couronnes ou la copie sans valeur de quelque épigone.

Erik Mattson travaillait depuis quinze ans chez Bukowskis en tant qu'assistant de l'expert en peinture et sculpture modernes et avait fini par devenir l'estimateur le plus reconnu de la maison. Le fait qu'il demeure assistant avait ses raisons.

Le papier journal bruissa, le ruban adhésif n'était pas facile à enlever.

— D'où provient ce tableau ? demanda Erik pour tempérer la nervosité du client.

— Il était dans la maison de vacances de mon père dans l'archipel de Stockholm, et quand il l'a vendue, il nous a permis de prendre ce dont nous avions envie. J'ai toujours aimé ce tableau, mais je n'ai jamais pensé qu'il pouvait valoir quelque chose.

Il jeta à Erik un regard mêlé d'espoir et d'inquiétude.

— Un voisin l'a vu chez moi et l'a trouvé si réussi qu'il m'a conseillé de le faire estimer. En fait, je ne pense pas qu'il ait de la valeur, dit-il gêné. Mais ça ne coûte rien d'essayer.

— Bien sûr, nous sommes là pour ça.

Erik adressa un sourire d'encouragement à l'homme qui paraissait enfin se détendre.

— Savez-vous comment votre père a eu ce tableau ?

— Mes grands-parents l'ont acheté lors d'une vente aux enchères dans les années quarante. Depuis, il était accroché dans la maison de vacances. Sur Svartsö, vous savez, une veille villa de commerçants. Ils voulaient avoir un paysage rocheux. C'est tout.

Il ne restait plus que la dernière couche de papier à enlever.

Erik retourna le tableau et poussa un cri. Il ne parvenait pas à dissimuler sa surprise, tandis que le client, heureux, regardait Erik sortir sa loupe pour s'assurer de l'authenticité de l'œuvre. Aucun mot ne fut prononcé, mais la tension était palpable.

Il reconnut immédiatement le style du peintre. L'artiste avait plusieurs fois peint ce genre de motif, même si son œuvre n'était pas très conséquente, à peine une centaine de tableaux répertoriés à ce jour. Usé par un divorce en 1892, suivi de procès au cours desquels il avait perdu la garde de ses trois enfants, il s'était consacré à la peinture. Les îlots rocheux de l'archipel de Stockholm étaient son refuge. Phare, garde-côtes, les quelques buissons et la falaise sinueuse qui faisait face aux éléments devinrent les symboles de l'artiste, en rébellion contre l'esprit de son temps et défendant sa liberté de penser.

Il observait attentivement la nature, avait saisi le temps changeant de la ceinture rocheuse de Stockholm dans des nuances de bleu et de gris. Erik Mattson connaissait déjà ce paysage de Dalarö. Dans le phare isolé, sur la plage déserte sous le ciel dramatique, l'artiste avait trouvé un motif qui lui correspondait totalement à ce moment. Il ne lui était pas inhabituel de ne pas signer l'œuvre. Il considérait la peinture comme un passe-temps auquel il se consacrait en cas de panne d'inspiration.

Il était tout de même considéré comme l'un des plus grands artistes de tous les temps. Erik Mattson estimait l'œuvre à quatre à six millions.

L'artiste n'était autre que le célèbre écrivain August Strindberg.

Dire que Monika Wallin, la femme de la victime, avait l'air quelconque aurait été à peine exagéré. Avec ses courts cheveux blond cendré et sa coupe indéfinissable, sa bouche fine sans couleur et sa silhouette droite un peu anguleuse, elle était au premier abord quelqu'un qui se fondait dans la masse. Elle ouvrit la porte de la maison de la rue Snäckgärdsväg après que Knutas eut sonné à quatre reprises.

Elle était pâle et paraissait fatiguée. Sous ses yeux se dessinaient de profondes poches.

Knutas savait qu'ils avaient déjà eu l'occasion de se rencontrer mais ne s'étaient jamais parlé. Pourtant il ne put s'empêcher d'être surpris de si peu la reconnaître. Monika Wallin n'était pas le genre de personne à laisser une forte impression, c'était certain. Knutas se présenta et lui tendit la main.

— Toutes mes condoléances.

Elle lui serra la main sans exprimer la moindre émotion. Sa poignée de main était étonnamment forte.

— Entrez, dit-elle en le précédant.

Il n'eut pas besoin d'avancer beaucoup dans l'entrée pour voir que cette maison était habitée par des amateurs d'art.

Des tableaux étaient partout accrochés aux murs clairs, des petits et des grands, des artistes contemporains les plus divers. Knutas pouvait lui-même constater qu'il s'agissait d'œuvres d'une qualité exceptionnelle.

Ils s'assirent dans des fauteuils avec vue sur la mer gris-bleu. Seul le chemin menant à Snäck séparait leur terrain de la plage. Knutas sortit son bloc-notes et son stylo.

— Racontez-moi. Que s'est-il passé ce matin ?

Monika Wallin tenait un mouchoir dans sa main qu'elle ne cessait de froisser en parlant.

— J'étais dans la cuisine quand un camion de déménagement s'est engagé dans notre allée. J'ai bien sûr pensé qu'ils s'étaient trompés d'adresse. Mais quand ils ont sonné, il s'est avéré qu'ils avaient un contrat signé par Egon. C'est lui qui les avait engagés.

— Est-ce que vous avez une copie du contrat ?

— Oui, ils ont laissé plusieurs papiers.

Monika Wallin se leva et continua de parler tandis qu'il l'entendit ouvrir un tiroir.

— Ils ont dû s'en aller bredouilles. Mais de toute façon, ça n'avait pas d'importance puisque Egon avait tout payé d'avance.

Elle revint en tendant une fine feuille bleu clair à Knutas. Ce dernier vit qu'il s'agissait d'un double, les meubles auraient dû être transportés dans la rue Artillerigata à Stockholm.

— Artillerigata, dit-il d'un air songeur. C'est à Östermalm, non ?

Monika Wallin secoua la tête.

— Je ne sais pas où c'est.

— Il n'y a pas de numéro de téléphone fixe sur le contrat, marmonna Knutas. Seulement un numéro de portable. Est-ce le numéro de votre mari ?

— Oui.

— Et vous ne vous êtes doutée de rien ?

— Non, ça a été un grand choc. Malheureusement ça n'a pas été le seul. Egon avait ici un bureau avec quelques tiroirs fermés à clé. Bien sûr, je savais où il cachait la clé, mais jusqu'à présent je n'ai jamais eu de raison de fouiller. Tout à l'heure, j'y ai jeté un œil.

Elle prit un classeur qui se trouvait sur la table. La bouche de Monika Wallin était petite et sèche et elle serrait les lèvres encore plus qu'avant.

— Il y a un formulaire de demande de divorce qu'il avait déjà rempli, un contrat de vente pour un appartement dans la rue Artillerigata à Stockholm et un contrat de cession de la galerie à un certain Per Eriksson. Eh oui, ajouta-t-elle, on a du mal à y croire.

— Est-ce que je peux voir ?

Knutas se pencha avec zèle sur les papiers.

Il les parcourut rapidement. Apparemment, Egon Wallin avait soigneusement préparé son départ.

— Je ne sais pas comment je vais faire pour surmonter ça. D'abord le meurtre et maintenant ça.

— Je comprends quelle épreuve ce doit être pour vous, dit Knutas avec empathie. Et je suis désolée de devoir vous déranger encore, mais je dois vous poser certaines questions. Dans le cadre de l'enquête.

Monika hocha la tête. Elle continua encore un moment de jouer avec son mouchoir.

— Racontez-moi votre samedi et le vernissage, la pria Knutas. Qu'avez-vous fait ce jour-là ?

— Egon est allé assez tôt à la galerie, je n'étais pas encore réveillée. Un tel vernissage n'a plus rien d'exceptionnel – il aimait bien y être en avance pour effectuer les derniers préparatifs. Pour vérifier une dernière fois que les tableaux sont bien droits et ce genre de choses. Je m'occupe toujours du buffet et je suis arrivée vers onze heures, en même temps que le traiteur.

— Quelle impression vous a fait Egon ? Se comportait-il de manière inhabituelle ?

— Il était plus nerveux que d'habitude, irritable. J'ai trouvé ça bizarre parce que tout se déroulait exactement comme prévu.

— Que s'est-il passé ensuite ?

— L'artiste, Mattis Kalvalis, est arrivé et à partir de ce moment-là nous n'avons plus eu une seule minute à nous. Il avait toujours besoin de quelque chose, de l'aide, un verre d'eau, un cendrier, des cigarettes… Je n'ai jamais rencontré quelqu'un d'aussi stressé. Il lui était complètement égal de savoir que nous avions encore du travail. Il était très envahissant.

Elle soupira et secoua légèrement la tête.

— Les invités sont arrivés vers une heure, et on a tourné à plein régime jusqu'à sept heures du soir.

— S'est-il passé quelque chose de notable pendant le vernissage ?

— Oui en effet. Egon a disparu pendant un bon moment sans que personne ne sache où il était.

— Combien de temps s'est-il absenté ?

— Je dirais environ une heure.

— Lui avez-vous demandé où il était passé ?

— Oui, mais il a seulement dit qu'il était allé chercher du vin. Il y avait tellement de choses à faire que je n'ai pas cherché plus loin.

Son regard se posa sur la fenêtre et ils gardèrent le silence pendant quelques minutes. Knutas attendit de voir si elle allait reprendre la parole d'elle-même. Lors d'interrogatoires aussi importants, il était essentiel d'avoir assez de recul pour savoir se taire.

— Comment était-il lorsqu'il est revenu ?

— Exactement comme avant, énervé.

— Est-ce qu'un des invités pouvait être à l'origine de son agacement ?

— Je ne sais pas, dit-elle en soupirant. Si c'est le cas, je dirais que c'est Sixten Dahl, il était le seul invité qu'Egon n'aimait pas. C'est un marchand d'art de Stockholm.

Knutas retint son souffle. Sixten Dahl était parti le dimanche matin à Stockholm avec l'artiste et son agent. Il tenta de n'en rien laisser paraître.

— Que lui reprochait Egon ?

— Ils se sont rencontrés plusieurs fois et Egon trouvait Sixten Dahl totalement imbuvable. C'était sûrement parce qu'ils étaient exactement pareils, dit-elle pensivement. Ils se chamaillaient souvent pour les mêmes artistes car ils avaient exactement les mêmes goûts. Et c'est ce qui s'est passé pour Mattis Kalvalis. Je sais que Sixten Dahl s'intéressait aussi à lui, mais il a choisi Egon.

— Que s'est-il passé après le vernissage ?

— Nous sommes allés dîner au Donners Brunn.

— Qui ça ?

— Moi, Egon, l'artiste et le reste des employés de la galerie.

— Combien de personnes travaillent ici ?

— Quatre en tout, les autres sont Eva Blom et Gunilla Rudberg, qui sont depuis vingt ans chez nous.

Knutas prenait consciencieusement des notes. Il trouvait l'histoire concernant Sixten Dahl hautement intéressante. Il espérait que Wittberg avait réussi à le joindre entre-temps. Eva Blom était une veille connaissance. Ils avaient été camarades de classe. Il savait qu'elle habitait la commune de Väte avec sa famille. Par contre, il ne connaissait pas Gunilla Rudberg.

— Savez-vous que l'artiste et son agent lituanien ont quitté l'hôtel ?

— Quoi ? Son agent ? Non, je n'étais pas au courant.

— Ils se sont rendus à Stockholm hier. Savez-vous s'ils avaient des affaires à y régler ?

— Aucune idée, répondit Monika Wallin, paraissant sincèrement surprise. Il devait signer un contrat d'agence avec Egon aujourd'hui. Mais cela n'est maintenant plus d'actualité, bien sûr.

— Quand projetait-il de retourner en Lituanie ?

— Mardi après-midi. Je le sais car nous devions déjeuner ensemble avant de l'emmener à l'aéroport.

— Hm. Knutas se racla la gorge. Revenons au soir du meurtre. S'est-il passé quelque chose de particulier lors du dîner au Donners Brunn ?

— Non. Nous avons bien mangé et bien bu. L'ambiance était détendue. Mattis s'était calmé une fois la pression retombée. Il a raconté un tas d'histoires drôles lituaniennes, et nous avons ri aux larmes.

— Comment a fini la soirée ?

— Nous avons quitté le restaurant vers onze heures et nous nous sommes dit au revoir devant la porte avant de nous séparer. Egon et moi sommes rentrés en taxi. Je suis allée me coucher tout de suite, mais Egon a dit vouloir rester encore un peu debout. Ça se passe souvent comme ça, je suis fatiguée assez tôt alors qu'il est un vrai couche-tard. Je vais presque toujours me coucher avant lui.

— Quand l'avez-vous vu pour la dernière fois ?

— Avant de me coucher, assis dans le fauteuil du salon, dit-elle en réfléchissant.

— Il n'avait ni son portefeuille ni son portable sur lui quand on l'a retrouvé. Les aurait-il laissés à la maison ?

— Je ne pense pas. Egon ne sortait jamais sans son téléphone. Il l'avait toujours sur lui, même pour aller aux toilettes. Et je ne peux pas imaginer qu'il soit sorti sans son portefeuille. Et puis j'aurais dû les trouver ici, ce qui n'a pas été le cas.

— Voulez-vous essayer d'appeler son numéro ? Peut-être qu'il est ici quelque part.

— Bien sûr.

Monika se leva, chercha son téléphone et composa le numéro. Pas un bruit. Elle fit encore un essai en faisant le tour de la maison.

— Non, dit-elle en soupirant. Je n'ai que le répondeur.

— D'accord, dit Knutas. Merci pour votre aide. Pourriez-vous me donner son numéro ?

— Bien sûr.

— Encore une dernière question à propos de samedi. Nous avons appris qu'une sculpture avait disparu de la galerie ?

— Oui, c'est regrettable. Un des invités du vernissage a dû la voler.

Elle paraissait plutôt calme pour quelqu'un dont le mari avait été sauvagement assassiné la veille, pensa Knutas. Et qui en plus avait voulu la quitter le jour même sans tambour ni trompette.

Il se demanda comment il réagirait si Line disparaissait de manière aussi macabre. Il serait vraisemblablement à l'hôpital psychiatrique de Visby, anesthésié par les sédatifs. Il en eut des frissons.

— Vous avez deux enfants, c'est ça ? demanda-t-il.

— Oui, un fils de vingt-trois ans et une fille de vingt. Elle fait des études de médecine à Umeå.

— Et que fait votre fils ?

— Il travaille dans un jardin d'enfants.

— Ah bon.

— Ils vont arriver aujourd'hui.

— Bien sûr, dit Knutas. Excusez-moi si je pose des questions d'ordre personnel à présent, mais comment décririez-vous votre relation de couple ?

Comme si Monika Wallin s'était attendue à cette question, elle répondit sans hésiter.

— Calme et ennuyeuse. Nous fonctionnions comme de bons amis, mais au fil des ans, nous avons développé une sorte de relation fraternelle. Nous gérions l'entreprise ensemble, rien de plus.

— Pourquoi êtes-vous restés ensemble ? Ce ne peut plus être à cause des enfants.

Knutas aurait aimé se couper la langue pour avoir posé cette question. Il fallait prendre plus de pincettes avec une femme qui venait à peine de perdre son mari. Cette question lui avait tout simplement échappé. Monika Wallin ne parut pas lui en vouloir.

— Nous pensions sûrement que nous avions une vie agréable. Le travail à la galerie absorbait tout notre temps, il avait ses voyages d'affaires, je m'occupais surtout de la comptabilité. Nous vivions côte à côte, mais nos chemins ne se croisaient jamais. En fait, je pense qu'il avait quelqu'un d'autre.

Elle se redressa quelque peu et Knutas dut s'avouer qu'il avait finalement réussi à la trouver attirante. À y regarder de plus près, ses cheveux n'étaient pas gris souris mais d'un léger blond cendré, et dans la lumière de la fenêtre, il vit qu'ils brillaient. Sa peau était lisse et nette. Sa pâleur était tout simplement belle.

— Qu'est-ce qui vous fait penser cela ?

— Nous n'avions plus de vie conjugale. Autrefois, Egon avait des besoins assez importants.

Elle se racla la gorge.

— Sinon, il y avait le fait qu'il était toujours de très bonne humeur quand il revenait de Stockholm, et puis il prenait davantage soin de lui et restait tard devant son ordinateur. Il prétendait qu'il travaillait mais en réalité, je crois qu'il chattait avec quelqu'un.

— L'avez-vous interrogé à ce sujet?

— Non. Pourquoi l'aurais-je fait? Cela n'a plus d'importance. Notre relation se situait à un autre niveau.

— Vous n'avez donc aucune idée de qui ce pourrait être?

— Pas la moindre.

Le meurtre du marchand d'art Egon Wallin à Visby avait soulevé une émotion nationale. Pia Lilja avait été la seule à posséder des images de la victime pendue à la porte et tous les journaux du pays convoitaient ces clichés. Max Grenfors, le rédacteur en chef des informations régionales, s'était montré plus qu'enthousiaste suite à la diffusion du reportage de Johan.

— Chapeau! Bon boulot! Et quelles images! Pia est vraiment imbattable!

— Mais tu ne voudrais pas…

— Si, si, je l'ai déjà appelée pour la féliciter, l'interrompit Grenfors comme s'il savait ce qu'il s'apprêtait à dire. Tu as vu les journaux de ce matin? Tous les médias ne parlent que de ce meurtre – et tout le monde va vous réclamer des images, dit-il en haletant presque d'excitation. Préparez-vous à devoir livrer des sujets pour le treize heures et l'édition de l'après-midi.

Parfois, Johan en avait par-dessus la tête du cynisme de son chef. Le cliché de Pia montrant le cadavre sur la porte était dans tous les journaux. Et comme presque tous les Suédois séjournent au moins une fois dans leur vie à Gotland, la photo avait suscité une vive émotion. Johan avait vu dès le matin que l'affaire avait fait l'ouverture du bulletin d'information matinal. Max Grenfors aurait aimé avoir un direct de Gotland, mais son supérieur de la rédaction nationale l'avait freiné dans son élan, estimant qu'il leur fallait récolter encore plus de matière.

Johan s'engagea dans le parking de la chaîne dans la rue Östra Hansegata et gara sa voiture sur l'emplacement réservé aux nouvelles régionales. Autrefois, toutes les rédactions étaient rassemblées dans un bâtiment à l'intérieur des remparts, mais avaient ensuite déménagé dans l'ancienne caserne militaire. Le bâtiment avait à l'origine été une écurie pour les chevaux de cavalerie et l'architecte avait souhaité que cela reste visible après sa transformation. Les portes, les poutres et les larges lambris en étaient témoins. Presque tout avait été laissé en blanc et marron. Tout l'aménagement était élégant et la plupart des employés étaient satisfaits du déménagement, même si la rédaction n'avait plus une place aussi centrale qu'auparavant. On avait attribué aux nouvelles régionales deux pièces qui donnaient sur un parc au deuxième étage. Pia était assise devant son ordinateur et leva brièvement la tête lorsque Johan pénétra dans la rédaction.

— Salut, dit-il. Il y a du nouveau ?

— Non, mais regarde ça, dit-elle en désignant la chaise à côté d'elle d'un geste diligent. Tu as vu ? Tous les journaux ont pris mes photos.

Elle cliqua sur la page d'accueil de plusieurs quotidiens. Le pauvre Egon Wallin était affiché en une de tous les sites.

— Oh mon Dieu, souffla Johan, écœuré. Moralement c'est vraiment douteux. Même Grenfors a hésité cette fois-ci.

— Oui, mais en même temps, c'est un putain de bon cliché, marmonna Pia les yeux toujours rivés à l'écran.

— Mais pense à ses proches. Tu crois que ses enfants se réjouissent de voir leur père en une de tous les canards du pays ? Et pourquoi fais-tu des photos ? Tu es censée filmer, non ?

Pia poussa un soupir et leva les yeux vers Johan.

— N'oublie pas que je travaille en free-lance et que j'ai toujours un appareil photo sur moi. Et là, j'ai pu faire une photo que personne d'autre n'a réussi à prendre. Bon sang, c'est facile d'être loyal et compatissant quand on a un salaire qui tombe tous les mois. J'ai des factures à payer. Et bien sûr, j'imagine que ce doit être dur pour ses proches. Mais on travaille pour une rédaction d'information et on ne peut pas sans arrêt prendre des pincettes en sacrifiant l'info. Je trouve la photo acceptable, on voit le corps seulement de côté et pas le visage. Personne ne peut le reconnaître. En plus, ses enfants sont adultes.

— Personne, à condition que ce ne soit pas un proche ! répondit sèchement Johan. Est-ce que Grenfors t'a appelée ?

Il voulait mettre fin à cette discussion et changer de sujet. Johan adorait Pia, mais en ce qui concernait l'éthique, leurs points de vue divergeaient, et il aurait tout aussi bien pu foncer droit dans le mur que de s'opposer à elle. Le pire, c'était que la plupart des rédacteurs, et Grenfors le premier, étaient du même avis qu'elle. Les personnes dont il était question dans le reportage étaient trop souvent oubliées, et Johan trouvait qu'il était souvent possible de rapporter des informations sans trop les heurter. De plus, en tant que reporter, il était responsable du contenu de ses sujets, et son nom apparaissait au bas de l'écran.

Lorsque les discussions étaient particulièrement houleuses, Grenfors hurlait à Johan qu'il était un putain de lèche-bottes, en d'autres termes qu'il réfléchissait beaucoup trop aux conséquences que pourraient avoir ses reportages.

Au sein des journalistes, il y avait une école qui prônait une neutralité radicale, de laquelle Grenfors se réclamait, mais Johan ne voyait pas les choses de la même façon. Il trouvait que les journalistes continuaient de porter une certaine responsabilité une fois l'interview publiée. *A fortiori* dans le domaine des faits divers, où les victimes et leurs proches étaient directement concernés. La télévision et son énorme champ de diffusion étaient particulièrement concernés par cette responsabilité.

Il en avait assez de ce débat sans fin. Tous les jours, il devait prendre position et cela menait sans cesse à de nouveaux conflits. Pia et lui avaient passé une bonne partie de la journée de dimanche à se disputer au sujet de la photo d'Egon Wallin. Johan n'avait pas voulu la rendre publique mais face à l'insistance de Pia et des directeurs de la rédaction, il avait finalement cédé et accepté de diffuser une courte séquence montrant le corps dans la porte de loin. C'était à peine quelques minutes avant le sur du journal, et ils auraient probablement perdu la totalité du reportage s'ils n'étaient pas parvenus à se mettre d'accord.

Une nouvelle journée avait commencé et lui et Pia décidèrent d'attaquer par la galerie, au cas où elle était ouverte. Ils espéraient qu'au moins une des employées y serait. Pendant le trajet, Pia le regarda sous sa frange noire hirsute.

— Tu n'es pas en train de faire la gueule, hein ?

— Bien sûr que non, on a seulement des avis différents.

— Bien, dit-elle en se caressant le genou.

— Qui a bien pu se balader à la galerie hier ?

— Sûrement une des employées. Elle a dû nous voir arriver et n'avait sûrement pas envie de nous parler, dit Pia en évitant un gros chat roux qui venait de sauter sur la route.

D'un geste assuré, elle manœuvra la voiture dans les étroites ruelles pavées et s'arrêta au milieu de la grand place. En hiver cela ne posait aucun problème puisqu'elle n'était pas encombrée de nombreux stands comme en été.

Pia posa son pied de caméra dans la rue et commença à filmer. Alors qu'elle venait de l'allumer, une femme d'un certain âge assez ronde portant un manteau en peau de mouton et un bonnet en fourrure vint avec un bouquet de fleurs dans les mains. Johan lui tendit immédiatement le micro.

— Que pensez-vous de ce meurtre ?

La femme parut d'abord hésiter puis se lança.

— C'est horrible qu'un tel crime touche notre petit Visby. Et Egon était un homme tellement sympathique, toujours aimable et courtois. Je n'arrive pas à croire que tout ça soit arrivé.

— Pourquoi venez-vous déposer des fleurs ici ?

— C'est le moins qu'on puisse faire pour honorer la mémoire d'Egon. La plupart d'entre nous sont tellement choqués qu'ils ne savent pas comment réagir.

— Est-ce que vous avez peur maintenant ?

— Bien sûr, on se demande s'il y a un timbré en liberté quelque part. Si on peut encore se sentir en sécurité en se promenant en ville.

La femme avait les larmes aux yeux. Elle se tut et agita la main pour signifier qu'elle ne voulait plus être filmée. Johan demanda si elle était d'accord pour qu'il utilise ces images dans son reportage. La femme n'avait rien contre et épela consciencieusement son nom.

Un écriteau en acier moderne était fixé entre deux crochets sur le mur en pierre datant du Moyen Âge. La galerie s'appelait Wallin Art. Dans la vitrine, une photo d'Egon Wallin trônait derrière une bougie allumée. Lorsqu'ils remarquèrent que des gens se trouvaient derrière la porte fermée, Johan toqua à la porte et une femme se tourna vers lui. Elle lui ouvrit, et une sonnerie retentit lorsqu'ils franchirent le seuil de la galerie. La femme se présenta – elle s'appelait Eva Blom – tandis qu'une autre femme debout devant un comptoir écrivait « Fermé pour cause de décès » sur une feuille de papier.

— Oui, nous n'allons sûrement pas ouvrir aujourd'hui, annonça Eva Blom avec un sourire figé. Je ne crois pas que Monika en ait envie, ne serait-ce qu'à cause de tous ces journalistes qui ont téléphoné depuis hier.

Elle jeta un regard à Pia qui filmait déjà le portrait d'Egon Wallin dans la vitrine.

Eva Blom portait un pull-over noir et une jupe noire ainsi qu'un rouge à lèvres rouge vif qui marquait un joli contraste avec sa peau laiteuse. Elle leva ses yeux bleus à travers une paire de lunettes teintée de rouge.

— Que puis-je faire pour vous ?

Il se présenta et présenta Pia.

— Comme vous pouvez l'imaginer, nous voudrions rendre compte de ce qui s'est passé et entendre vos réactions. Vous avez travaillé avec Egon Wallin, dit-il en regardant Eva Blom d'un air grave.

Elle n'était pas très grande et lui allait à peine jusqu'aux épaules.

— Seulement si vous ne filmez pas, dit-elle brièvement. Je ne veux pas passer à la télé.

— Malheureusement nous ne pouvons donner des informations qu'avec les images, puisque nous travaillons pour la télévision, répondit Johan. Pouvons-nous filmer la galerie alors ?

Grenfors ne serait pas content s'ils n'obtenaient pas d'inter-view. De plus, Johan s'était farouchement opposé à accéder à la demande de son chef consistant à interviewer la veuve. Pour lui, c'était dépasser les bornes.

L'inspecteur Karin Jacobsson était la collègue qui comptait le plus aux yeux de Knutas. Ils travaillaient ensemble depuis quinze ans. Elle était perspicace et douée, mais ce qui lui avait plu dès le début c'était surtout sa personnalité. Elle était vive, charmante et énergique, et avait toujours sa propre opinion. Il n'avait jamais rencontré personne d'aussi droit. Du moins en ce qui concernait le travail. Elle était jolie, assez petite et avait de grands yeux de biche marron. Pendant son temps libre, elle jouait au foot, ce qui se voyait à son corps musclé. Son signe particulier était ce grand espace entre ses incisives que l'on découvrait lorsqu'elle souriait. Karin était presque toujours vêtue d'un pull et d'un jean et les rares fois où elle arrivait en robe au travail en été, tous les sourcils se levaient. Elle avait trente-neuf ans et était célibataire, d'après le peu qu'en savait Knutas. Si elle avait une relation, elle le gardait pour elle, mais dans une petite ville comme Visby, c'était quasiment impossible.

Ses parents habitaient à Tingstäde et lui rendaient visite de temps en temps. Karin gardait une sorte de mystère que Knutas ne parvenait par à percer.

Ils étaient tous deux assis dans le bureau de Knutas et tentaient d'imaginer quel pouvait être le mobile du meurtre d'Egon Wallin.

— Plutôt bizarre que l'artiste et son agent soient partis à Stockholm le matin du crime, mais il peut bien sûr y avoir une raison toute simple, dit Karin. Peut-être que c'était prévu.

— Oui, j'espère qu'on pourra les joindre aujourd'hui pour leur poser la question. Mais on ne peut pas ignorer qu'il s'agit d'une étrange coïncidence : ils prennent justement l'avion avec le plus féroce concurrent d'Egon Wallin, celui-là même qui a tenté de mettre le grappin sur Mattis Kalvalis.

— Bien sûr, mais combien de vols pour Stockholm y a-t-il le dimanche ? objecta Karin. Il n'y a peut-être aucun rapport. Je pense qu'on devrait plutôt se demander pourquoi Egon Wallin est sorti de chez lui au milieu de la nuit. Quel homme normalement constitué ramène sa femme de soirée à onze heures puis décide soudain de faire encore une promenade ? En plus, il faisait un froid de canard samedi soir. La seule raison que je pourrais imaginer est qu'il avait rendez-vous avec quelqu'un.

— Moi aussi j'y ai pensé. Mais s'il avait une maîtresse, qui cela pourrait-il être, et où est-elle passée ? Pourquoi ne vient-elle pas nous voir ? Egon Wallin n'a pris ni sa voiture ni le taxi, on l'a déjà vérifié. Il a dû partir à pied et rencontrer son meurtrier en chemin, à moins qu'il n'ait été tué au domicile de sa maîtresse.

— Il y a une autre possibilité, remarqua Karin. Sa maîtresse est peut-être mariée. Son mari aurait alors peut-être découvert le pot aux roses et tué Egon Wallin pour se venger.

— Si ce n'est pas la maîtresse elle-même, rétorqua Knutas. Mais j'ai du mal à imaginer qu'une femme ait pu pendre un cadavre là-haut. En tout cas pas sans aide.

Knutas fut interrompu par une violente envie d'éternuer. Il s'essuya soigneusement le nez puis poursuivit.

— Bon sang, on pourrait spéculer jusqu'au siècle prochain, on n'en serait pas plus avancés.

Karin but une dernière gorgée de café et se leva.

— Au fait, et toi ? Comment ça va ? demanda Knutas.

Il l'observa attentivement. Quelque chose lui pesait, il le sentait depuis plusieurs jours. Elle est vraiment ravissante, pensa-t-il en la voyant hésiter.

Quand elle avait intégré la police de Visby, il avait un temps été troublé par elle, mais ensuite il avait rencontré Line et oublié son intérêt naissant pour Karin.

Knutas avait du mal à percer ses pensées ou ses émotions. Elle avait bâti un mur infranchissable autour de sa vie, c'est pourquoi personne n'osait lui poser de questions d'ordre privé. À part si cela concernait le football.

Le plus étrange était que Knutas se sentait particulièrement à l'aise avec elle et lui parlait de tout, tandis que sa collègue ne se livrait que rarement. Il consultait souvent Karin lorsqu'il avait des problèmes avec Line ou l'un des enfants. Dans ces moments-là, elle se montrait attentive et compréhensive. Mais lorsqu'il lui posait des questions sur elle, elle se dérobait toujours. Elle était malgré tout particulièrement importante à ses yeux, et il angoissait à l'idée qu'elle trouve un poste plus intéressant ailleurs. Karin travaillait depuis seize ans à la police de Visby, et tant qu'elle ne serait pas personnellement liée à l'île à travers une relation amoureuse, il aurait toujours cette angoisse. Elle pouvait toujours rencontrer quelqu'un sur le continent et s'installer avec lui ou se voir proposer un emploi impossible à refuser.

Bien qu'ils n'aient que treize ans de différence, il avait parfois l'impression d'être son vieux père. Knutas était devenu si dépendant de son aide et tenait tant à leur collaboration que pour rien au monde il n'aurait souhaité la voir partir.

Elle hésita encore quelques secondes avant de lui répondre :

— Ça va.

— Tu es sûre ?

Son visage était impénétrable lorsqu'elle rencontra son regard.

— Bien sûr, tout va bien.

Bien qu'il vît parfaitement que quelque chose la turlupinait, il savait qu'il ne devait plus poser de questions.

La demande inattendue de Johan avait complètement bouleversé Emma. Quelque part, tout cela lui paraissait inévitable, comme si cette décision devait être prise tôt ou tard. Ils avaient eu un enfant ensemble. Quand Emma avait décidé de le garder et de mettre fin à son mariage, elle avait pour ainsi dire déjà choisi. Mais elle avait tout de même continué à hésiter, et en pensant à la manière dont elle s'était comportée avec Johan depuis leur rencontre, cela tenait du miracle qu'il veuille toujours être avec elle.

Il était parti au travail en ville. Il l'avait embrassée, sans rien dire. Elle l'avait regardé marcher sur le chemin enneigé jusqu'à sa voiture. Ses boucles sombres, sa veste en cuir marron élimée et son jean délavé.

Quelque part, c'était simple, elle l'aimait et il était évident qu'ils allaient se marier. En même temps, elle avait très peur que tout se passe comme avec Olle. Que la tristesse du quotidien s'installe une fois passé l'enthousiasme d'être ensemble. C'était simple : le suspense disparaissait tout doucement, lentement, ce qui les conduisait immanquablement à ne plus être attirés l'un par l'autre. Leur vie sexuelle s'étiolait car ils ne parvenaient plus à rallumer la flamme qui brûlait autrefois. Tout ce qui restait paraissait mécanique et accompli dans l'obligation.

Elle frissonna sous la couette encore imprégnée de l'odeur de Johan. Il ne fallait pas que ça arrive. Elle se leva, sauta dans ses pantoufles et alla chercher un tee-shirt traînant sur le siège du canapé. Puis elle retourna dans la chambre et se pencha au-dessus du lit à barreaux dans lequel Elin ronronnait doucement. Le soleil illuminait la cuisine. C'était presque irréel après des semaines de grisaille. Elle avait quasiment oublié à quoi ressemblait le soleil.

Elle se prépara du café et des toasts, puis s'assit à sa place préférée à côté de la fenêtre pour admirer la neige. Elle était suffisamment haute pour que les enfants fassent de la luge. Elle se réjouissait à cette idée. Il y avait une colline dans les environs qu'ils adoraient dévaler. Bientôt, Elin pourrait accompagner Sara et Filip.

Ces derniers étaient chez leur papa à présent. Emma s'était habituée à ce changement de vie hebdomadaire et était même contente de pouvoir être seule avec Elin la moitié du temps. Elle regarda la chaise en face d'elle. Pendant toutes ces années, Olle avait été assis là, buvant son thé vert dont Emma ne pouvait guère supporter l'odeur. Johan ne buvait pas de thé vert, Dieu soit loué.

Elle se demanda quelles habitudes il aurait une fois qu'ils auraient emménagé ensemble.

Il s'assiérait sûrement là, pensa-t-elle en essayant d'imaginer Johan attablé en face d'elle. Combien de temps durerait cette relation ?

Elle soupira et plaça un nouveau toast dans le grille-pain. Bien sûr, elle savait qu'elle avait été échaudée par l'échec de sa première union et pensait sûrement de manière trop négative. Rien ne laissait penser que cette fois aussi cela se passerait mal.

Après avoir mangé et débarrassé la table, elle retourna voir Elin. La petite dormait toujours.

En allant dans la chambre à coucher, son regard tomba sur le petit miroir rond de l'entrée. Elle s'arrêta, le retira du mur où il était fixé et l'emporta dans sa chambre. Allongée sur le lit, elle tint le miroir au-dessus d'elle.

Elle examina longtemps son visage pâle. Ses yeux étaient encore endormis et tristes, ses lèvres incolores bien que ses cheveux soient encore beaux et se déploient sur l'oreiller. Qui était-elle en réalité, et que voulait-elle ? Elle avait mis trois enfants au monde mais avait toujours l'impression d'être une petite fille perdue. Elle était aimée de beaucoup de personnes, mais se sentait abandonnée. Elle ne s'était jamais sentie sereine.

Soudain elle réalisa qu'elle avait rarement pris ses propres décisions. De grandes décisions. Quand Olle et elle s'étaient rencontrés, c'était Olle qui lui avait fait la cour et qui avait pris la plupart du temps l'initiative. Il était beau, sympathique, attentionné et très amoureux d'elle. Avait-elle glissé dans cette relation par confort, comme une marionnette sans volonté ?

Elle changea le miroir de position. Rencontra son propre regard. Il était temps de décider elle-même quelle direction sa vie allait prendre.

Au fond, cette décision n'était pas si difficile. Pas difficile du tout.

Plus tard dans l'après-midi, Knutas obtint des réponses à de nombreuses questions importantes. Wittberg fit irruption dans son bureau et s'affala dans le fauteuil réservé aux visiteurs. Il avait les cheveux hirsutes, et ses joues brûlaient d'excitation.

— Oh putain, écoute voir ça. Je ne sais même pas par où commencer.

— Lance-toi alors.

— J'ai réussi à joindre Sixten Dahl, Mattis Kalvalis et son agent Vigor Haukas. Ils sont vraiment allés à Stockholm ensemble. Sixten Dahl a fait une offre qu'on ne refuse pas à l'artiste pendant le vernissage. Comme il n'avait pas encore signé le contrat avec Egon Wallin, il a été d'accord pour aller visiter la galerie de Dahl le dimanche, faire la connaissance des employés et en savoir plus sur les conditions exactes du contrat. Jusqu'ici tout va bien. Mais en ce qui concerne la galerie de Visby, elle a été vendue à un certain Per Eriksson de Stockholm.

— Oui, ça on le savait déjà.

— Mais en fait, il paraît que Per Eriksson n'est qu'un prête-nom. Le véritable acquéreur serait Sixten Dahl.

Wittberg se laissa retomber dans son siège, l'air triomphant.

— Bon sang !

Knutas en laissa presque tomber sa pipe.

— Il va falloir regarder ça de plus près. Est-ce que les deux Lituaniens vont bientôt rappliquer ?

— Ils sont déjà à l'hôtel. Ils rentrent chez eux en fin d'après-midi. Je me suis donné la liberté de les convoquer pour demain midi.

— Bien. Et Sixten Dahl ?

— Il va être interrogé demain matin par les collègues de Stockholm.

— Bon boulot, Thomas.

Le téléphone sonna. C'était l'un des médecins légistes qui voulait communiquer les premiers résultats de l'autopsie. Il posa sa main sur le combiné.

— Autre chose ?

— Oui, tu peux déjà t'y préparer.

— On en reparle pendant la réunion alors. J'ai le médecin légiste au bout du fil.

Wittberg s'éclipsa.

— Commençons pas les causes de la mort, lui dit son interlocuteur. Wallin a été tué quelques heures avant d'être pendu. Au vu de ses blessures, je dirais qu'il a été attaqué par-derrière et étranglé avec un mince fil métallique, peut-être une corde de piano. Il y a des traces de lutte sur les bras, des particules de peau sous ses ongles et des éraflures au cou qui laissent penser qu'il a tenté de se défendre. En même temps, le fil de fer a pénétré si profondément dans la peau que...

— Merci, ça suffira, je n'ai pas besoin d'explications plus détaillées pour l'instant.

Knutas était devenu de plus en plus sensible au fil des années. Il ne supportait plus d'entendre les descriptions minutieuses des blessures des morts.

— Bon, d'accord.

Le médecin légiste toussota et paraissait légèrement irrité.

— En ce qui concerne les autres blessures, il a quelques plaies au visage, une bosse au-dessus des sourcils et une éraflure sur la joue. Elle a sûrement été causée lorsque l'on a traîné son corps par terre.

— Pourrais-tu nous dire depuis combien de temps il est mort ?

— Seulement qu'il a probablement été tué entre minuit et cinq ou six heures du matin. C'est tout pour le moment. Je vais te faxer le rapport tout à l'heure.

Knutas le remercia et raccrocha. Puis il appela le commissariat central de la police criminelle à Stockholm et demanda à parler à Martin Kihlgård. Les relations entre les deux hommes n'étaient pas sans frictions mais Knutas avait besoin de renfort. Comme Kihlgård était particulièrement apprécié ici, il aurait été idiot de faire appel à quelqu'un d'autre. Après plusieurs sonneries, Kihlgård décrocha enfin. Il avait manifestement la bouche pleine.

— Oui, allô ? demanda-t-il d'une voix étouffée.

— Salut, c'est Anders Knutas. Comment ça va ?

— Knutte ! s'exclama son collègue avec enthousiasme. Je me demandais déjà quand tu allais appeler. Excuse-moi, il faut juste que j'avale.

Un bruit de mastication frénétique se fit entendre, suivi de deux longues gorgées de boisson. Le tout couronné par un petit rot. Knutas fit la grimace. L'insatiable appétit de Kihlgård lui tapait sur les nerfs, d'autant plus quand son collègue stockholmois s'avisait de l'appeler Knutte, bien qu'il lui ait maintes fois demandé d'arrêter.

— Oui, je suis en vie et je suis vraiment content que tu appelles, je commençais vraiment à m'ennuyer ici.

— Super, commenta sèchement Knutas. Je crois qu'on pourrait avoir besoin d'aide.

— Oh oui, bon sang, avec tout ce qui se passe chez vous, c'est carrément le Far West !

— Oui, c'est à se demander comment ça va finir, soupira Knutas.

— Je vais rameuter quelques collègues et on va sûrement débarquer demain par le premier avion.

— Formidable, dit Knutas. À plus.

Cela faisait maintenant plusieurs jours qu'il revenait ici. D'abord, il avait eu une furieuse envie d'entrer, puis il avait décidé d'attendre. Avant chaque visite, il se déguisait. Par prudence. Il courait toujours le risque de rencontrer un visage familier. Il avait décidé de tout faire dans l'ordre et de prendre son temps. Lentement mais sûrement, il s'approcherait, et, le moment venu, il passerait à l'attaque. Sans pitié. D'abord, il voulait mieux connaître sa victime. Car après, il serait trop tard.

À présent, il observait l'homme derrière la vitrine. Il essaya de rassembler son courage et d'entrer. Il n'avait pas peur de l'homme, c'était de lui-même qu'il avait peur. De ne pas pouvoir se contrôler et de l'attaquer immédiatement. Il respira profondément plusieurs fois. La maîtrise de soi était normalement l'une de ses qualités premières, mais là, il hésitait.

Il remarqua qu'il avait le souffle court et réalisa qu'il n'y arriverait pas. Il décida donc de faire le tour du pâté de maisons pour se calmer. Lorsqu'il revint, l'homme venait de sortir du bâtiment, une grande sacoche noire à la main, et marchait en direction du métro.

Il le suivit. Au bout de trois stations, l'autre descendit et remonta par les escalators avant de traverser la route et de disparaître dans la salle de sport la plus chère de la ville. Il le suivit, paya son entrée à l'accueil – un prix exorbitant. Ils lui ont demandé cent cinquante couronnes.

À cette heure, la salle était presque vide. Un appareil ronronnait. La musique tonnait dans les haut-parleurs. Une femme en tee-shirt moulant faisait du stepper en lisant un livre. Au bout d'un moment, sa proie sortit du vestiaire. Il commença à sprinter sur le tapis de course, un spectacle pitoyable.

Bien qu'il eût décidé d'y aller lentement pour prolonger la douleur autant que possible, il eut soudain une envie irrépressible de faire quelque chose, là, tout de suite, juste histoire de lui faire peur. Il alla aux toilettes pour s'assurer que son camouflage était bien en place.

Lorsqu'il ressortit, l'autre était passé aux haltères. Il était allongé sur un banc et poussait comme un forcené. De loin, il vit que l'autre ne cessait d'ajouter des poids sur la barre. Il finit par pousser des gémissements tonitruants à cause de l'effort. Quarante kilos de chaque côté.

Il regarda d'abord autour de lui avant de s'approcher. L'homme était allongé sur le dos et ne le voyait pas. Il n'y avait personne alentour, la femme au tee-shirt moulant s'entraînait dans une autre salle et leur tournait le dos, et le seul homme présent dans la salle était parti. Il lui fallait rester sur ses gardes.

À la dernière seconde, il se reprit. Pour une raison inconnue, il s'arrêta et fit quelques pas en arrière. Il ne devait pas trop en faire. Cela pourrait tout anéantir. Il devait se contrôler pour ne pas faire de bêtise. Qu'adviendrait-il si la police l'arrêtait avant que tout soit fini ? Ce serait une catastrophe !

Il monta les quelques marches menant à la cafétéria. Il s'installa dans un fauteuil et tenta de se concentrer pour retrouver une respiration régulière.

Au bout d'un moment, il se leva pour aller chercher un verre d'eau mais fut soudain pris de nausée. Il courut vers les toilettes les plus proches qui se trouvaient sous les salles d'entraînement.

Son corps fut secoué de violents spasmes et il vomit dans la cuvette. Il fut irrité de voir que des larmes coulaient le long de ses joues. Ensuite, il resta longtemps assis par terre en essayant de se ressaisir. Arriverait-il à exécuter son plan ?

Soudain, on frappa à la porte. Il se figea, son cœur se mit à battre la chamade.

Il se redressa brusquement, se rafraîchit le visage à l'eau froide et tira plusieurs fois la chasse. Lorsqu'il ouvrit la porte, il faillit s'évanouir. C'était lui. Il lui demanda d'un air préoccupé comment il allait.

Pendant quelques secondes qui lui parurent une éternité, il fixa ses yeux gris-vert emplis de compassion. Il marmonna que tout allait bien en se dirigeant vers la sortie.

Quand Knutas informa les collègues présents à la réunion de l'arrivée prochaine de Kihlgård, tout le monde applaudit.

Le commissaire un peu rustre et bon vivant n'était pas seulement un bon policier, c'était aussi un clown qui avait égayé de nombreuses réunions désespérantes. Karin Jacobsson le portait particulièrement dans son cœur, et elle rayonnait de bonheur. Knutas n'avait pas vu Karin aussi contente depuis un bon bout de temps. Parfois, il en arrivait même à se demander si ces deux-là n'étaient pas un petit peu amoureux. En même temps, il n'arrivait pas à se les imaginer ensemble. Karin faisait la moitié du poids de Kihlgård et lui arrivait à peine à la poitrine. De plus, ils avaient quinze ans de différence, ce qui n'était bien sûr pas forcément un obstacle, mais Kihlgård faisait plus vieux, et paraissait appartenir à une autre génération. Kihlgård rappelait à Knutas Thor Modéen, la star de films à grand spectacle des années quarante. La ressemblance était frappante. Mais il ne fallait pas se laisser tromper par les allures joviales de Kihlgård. C'était un policier particulièrement intelligent, dur, à l'esprit acéré et qui ne craignait rien ni personne.

Quand les effusions d'enthousiasme suite à cette nouvelle se furent tues, Thomas Wittberg prit la parole. Il avait interrogé le voisinage et rapportait des informations intéressantes de la rue Snäckgärdsväg, où habitaient les Wallin.

— D'abord, nous avons découvert que Monika Wallin avait un amant, commença Wittberg.

— Ah bon ? s'étonna Knutas.

Quand il avait parlé à Monika Wallin quelques heures plus tôt, cela ne lui serait jamais venu à l'idée.

Toute l'assistance attendait fébrilement la suite.

— Elle a une liaison avec son voisin, Rolf Sandén. Il habite dans la maison mitoyenne. Il est veuf depuis quelques années et ses enfants ont quitté le foyer. Un ouvrier du bâtiment en préretraite. D'après les voisins, cela dure déjà depuis quelques années. En fait presque tout le monde me l'a confirmé sauf une petite vieille à moitié sourde et aveugle, pas étonnant qu'elle n'ait rien remarqué. Si Egon Wallin n'était pas au courant, c'était sûrement le dernier du coin à ne pas l'être.

— Ça craint du boudin, dit Karin.

Knutas lui jeta un regard interloqué. Il n'avait jamais entendu cette expression dans sa bouche auparavant.

— Et le voisin, Rolf Sandén, tu lui as parlé? demanda-t-il à Wittberg.

— Ouais, il venait de renter chez lui quand je l'ai appelé mais devait ressortir tout de suite après. Je l'ai convoqué pour demain au commissariat. En tout cas, il a été plutôt coopératif et a tout de suite admis qu'il avait une liaison avec Monika Wallin. Au vu des circonstances, j'ai trouvé son comportement assez étrange, il avait comme un air gaillard. C'est bizarre d'être aussi joyeux quand son voisin et mari de sa maîtresse vient de se faire assassiner de manière aussi atroce. Ça paraît déplacé. Il aurait au moins pu essayer de faire comme s'il était touché.

— Peut-être qu'il voit ça comme sa chance, dit Karin. La voie est enfin libre et il peut vivre sa relation au grand jour après toutes ces années de cache-cache. Peut-être qu'il aime sincèrement Monika Wallin et n'attendait que le moment de pouvoir la conduire devant l'autel.

— Ou peut-être que c'est lui qui l'a tué, suggéra Norrby.

— Qui sait, dit Wittberg, à moins que ce ne soit sa femme.

— Ou les deux, grogna Sohlman d'une voix d'outre-tombe en levant les mains comme un vampire sur le point de mordre.

Knutas se leva d'un bond. Les spéculations à deux sous allaient bon train autour de cette table, et cela l'agaçait parfois.

— La réunion est terminée, annonça-t-il en quittant la salle.

Entre deux interviews, Johan et Pia regagnèrent la rédaction pour chercher de nouvelles batteries de caméra et consulter les dernières nouvelles. Tandis que Johan allumait l'ordinateur, il reçut un SMS.

« OUI JE LE VEUX - BIENTÔT »

Il resta cloué à sa chaise les yeux rivés à l'écran avec un sourire béat.

— Qu'est-ce qui se passe ? demanda Pia qui le voyait paralysé sur sa chaise. Sans un mot, elle saisit son téléphone.

Pia lut, mais ne put s'empêcher d'être gênée.

— Qu'est-ce qu'elle veut dire par là ?

— Qu'elle le veut.

Il se retourna vers Pia.

— Qu'elle le veut ! S'écria-t-il, fou de joie. Tu comprends ? Elle est prête ! Enfin !

Il tira Pia stupéfaite de sa chaise, la prit sans ses bras et dansa avec elle dans toute la pièce.

— Oui, mais… elle veut quoi ?

Puis elle réalisa de quoi il s'agissait.

— Non ! C'est pas vrai ! Elle veut que vous emménagiez ensemble, que vous soyez vraiment ensemble ?

— Oui, cria Johan. Oui !

Quelques collègues de la radio apparurent dans l'embrasure de la porte pour savoir ce qui se passait. Les cris de joie de Johan avaient résonné dans toute la rédaction.

Pia reprit son téléphone.

— Et il y a écrit bientôt. Pourquoi bientôt ? Qu'est-ce qu'elle veut dire par là ?

— Je ne sais pas mais si ça ne tenait qu'à moi on se marierait demain. Oh mon dieu c'est géniaaaal !

Les images défilaient dans la tête de Johan. Emma et lui dans l'église avec tous leurs proches et amis, la grande fête avec Emma dans une magnifique robe blanche, tous deux en train de couper la pièce montée, Emma en salopette et gros foulard avec un gros ventre en train d'attendre leur deuxième enfant, préparant paisiblement un gâteau pendant qu'Elin jouerait par terre, Emma et les enfants en vacances au soleil, des réunions de parents d'élèves à l'école, leur maison de vacances dans laquelle ils resteraient assis à siroter leur café dans la véranda pour leurs vieux jours pendant que leurs petits-enfants feraient des galipettes sur la pelouse. Il se précipita sur ses collègues de la radio et les embrassa, puis il s'empara de son téléphone et appela Emma.

Elle paraissait essoufflée, et on entendait Elin babiller derrière elle.

— C'est vrai ? Tu le veux vraiment ? s'écria-t-il, rayonnant de bonheur.

Emma rit.

— Oui, je le veux. J'en suis absolument certaine.

— Mais c'est incroyable ! Je veux dire, c'est génial, chérie ! Je rassemble mes affaires et j'emménage chez toi aujourd'hui, ça te va ?

— D'accord, dit-elle en riant. On habite donc ensemble à partir d'aujourd'hui.

— J'arrive ce soir, dès qu'on aura fini.

— Appelle-moi quand tu seras en route.

— Bisous !

— Bisous ! À toute !

Il reposa lentement son appareil, sans vraiment croire à ce qu'il venait d'entendre. Avait-elle vraiment dit oui après tous ces va-et-vient ? Il fixa Pia, qui avait les larmes aux yeux.

— Tu crois qu'elle est sérieuse ? demanda-t-il.

— Oui, bien sûr, dit Pia en riant. Elle est sérieuse, Johan.

Erik Mattson quitta son travail chez Bukowskis vers cinq heures, et sur le chemin du retour, comme souvent, il fit halte au restaurant Grodan, dans la rue Grev Turegata, pour boire un verre. Le bar venait d'ouvrir quand il entra, mais il allait sans doute se remplir très vite d'habitants riches et haut placés d'Östermalm, désirant prendre un verre après le travail. Des gens comme lui. Du moins en apparence.

Il y retrouvait ses meilleurs amis aussi souvent que possible. Ce soir-là, Per Reutersköld, Otto Diesen et Kalle Celling étaient déjà à leur poste, bière à la main. Ils se connaissaient depuis fort longtemps, depuis leurs années au lycée Östra Real.

Ils avaient maintenant dépassé la quarantaine, ce que l'on voyait plus chez certains que chez d'autres. La plupart de ses amis se contentaient de boire deux ou trois bières avant de rentrer chez eux auprès de leur famille tandis qu'Erik, deux à trois fois par semaine, retournait dans le quartier autour de la place Stureplan après une douche rapide à son appartement.

Il avait certes lui aussi des enfants mais il était divorcé et ces derniers avaient grandi chez leur mère.

Tout ça à cause de l'alcool et de la drogue. Au tout début, il pensait avoir plus ou moins tout sous contrôle, mais ce n'était apparemment pas tout à fait le cas. Il avait ensuite replongé plusieurs fois alors que les enfants étaient chez lui, et il avait donc perdu leur garde. Après le divorce, il s'était senti très mal et était tombé dans une profonde dépression. À cette époque, les enfants étaient encore petits et n'avaient sans doute pas tout saisi du chaos et de l'amertume qui régnaient entre leurs parents.

Avec le temps, leurs relations s'étaient améliorées. Erik avait pu contrôler son addiction de manière à ce que les enfants n'en souffrent pas et ils eurent bientôt le droit de lui rendre visite tous les quinze jours. Ces week-ends étaient son trésor. Erik aimait ses enfants et faisait tout pour eux. Ou presque. Il n'arrivait pas à rester totalement abstinent. C'était trop demander. Il se contentait, selon ses propres mots, de maintenir les choses à un niveau acceptable.

Il accomplissait son travail avec brio, à part les lendemains de fêtes un peu trop arrosées. Cela arrivait régulièrement et son chef tolérait ses absences car il voulait absolument le garder. Ses compétences d'expert étaient reconnues et contribuaient à diffuser la bonne réputation traditionnelle de la maison, et de plus Erik leur faisait faire des économies car il était très rapide.

Néanmoins, à cause de son penchant pour la boisson, Erik n'obtint jamais de promotion. Et il avait fini par se faire une raison.

Erik était sympathique et sociable, toujours tiré à quatre épingles. Il avait de la répartie et était toujours de bonne humeur. Il aimait plaisanter, mais jamais aux dépens des autres.

Il donnait l'impression d'être accessible mais en réalité il se blindait si bien qu'il était difficile de vraiment l'atteindre. Il faisait beaucoup plus jeune que ses quarante-trois ans. Il était grand, musclé et élégant. Avec ses cheveux noirs peignés en arrière, ses grands yeux gris-vert et ses traits marqués, il était bel homme.

De temps en temps il paraissait ailleurs, et ses proches en déduisaient que c'était dû à sa consommation d'alcool. On aurait dit qu'il était complètement détaché du monde qui l'entourait. Comme s'il vivait dans son propre monde, séparé de tous les autres.

Dans son milieu, tout le monde savait tout sur la famille des autres, sauf pour Erik. Il parlait volontiers de ses enfants, mais jamais de ses parents.

Il était malgré tout de notoriété publique qu'il était le fils d'un grand patron. Son salaire d'assistant chez Bukowskis ne lui permettait pas de vivre dans le luxe. Mais tout le monde savait que même si ses relations avec ses parents étaient tendues, il recevait chaque mois suffisamment d'argent pour lui permettre de s'assurer un bon train de vie. Il était à l'abri jusqu'à la fin de ses jours.

Il était debout accoudé au bar en costume rayé, une bière à la main, et regardait autour de lui d'un air distrait tout en écoutant Otto parler de son bonheur d'avoir foncé dans une belle brune sur une piste de ski au cours d'un voyage d'affaires. Tout ça avait fini dans une chambre d'hôtel où nus, ils avaient essayé d'apaiser la douleur en se massant mutuellement. Qu'Otto soit marié ne semblait déranger aucun des hommes présents. Parfois, Erik s'étonnait qu'ils se comportent tous de manière aussi pubertaire.

Ils racontaient les mêmes histoires depuis des années. Alors que leur vie se transformait à tous les niveaux, qu'ils obtenaient de nouveaux emplois et agrandissaient leur famille, le temps semblait s'arrêter quand ils se rencontraient. Il se surprit à penser que cela lui plaisait. Il y puisait une sorte de sécurité, la certitude que rien ne changerait entre eux quoi qu'il advienne. Pour Erik c'était une consolation, et quand ils se quittèrent, après les tapes sur l'épaule et les accolades d'usage, il était de bonne humeur. Il s'arrêta au japonais du coin et commanda quelques sushis à emporter.

Son appartement était situé au dernier étage d'un immeuble de la rue Karlaväg avec vue sur le parc de Humlegården et la bibliothèque royale. Il ouvrit la porte et fut accueilli par une pile de courrier dans l'entrée. Il ramassa le tas de publicités et de factures en soupirant. Ce que ses amis ne savaient pas, c'était que ses parents avaient mis fin aux virements mensuels. Il vivait au-dessus de ses moyens et était tous les mois pris de panique en voyant arriver les factures.

Sans ouvrir la moindre enveloppe, il laissa retomber la pile de courrier et mit un disque de Maria Callas. Ses amis se moquaient souvent de cette passion. Puis il se doucha, se rasa et se changea. Il resta longtemps devant le miroir à arranger sa coiffure avec du gel.

Son corps était détendu et un peu fatigué. Pendant la pause de midi, il était allé à la salle de sport pour se soumettre à une assez longue séance d'entraînement. Le sport était censé contrebalancer sa consommation d'alcool élevée. Il savait qu'il buvait trop, mais ne voulait pas arrêter. De temps en temps, il mélangeait l'alcool aux médicaments, mais seulement quand il tombait dans une profonde dépression, ce qui lui arrivait plusieurs fois par an. Parfois, elle disparaissait au bout de quelques jours mais d'autres, elle durait pendant des mois. Il s'y était habitué et avait sa façon d'en venir à bout. La seule chose qui le détruisait pendant ses périodes dépressives, c'était qu'il ne voulait pas voir ses enfants. Le fait qu'ils comprennent son problème, à présent, rendait les choses plus faciles. Ses enfants étaient presque adultes, Emelie avait dix-neuf ans, Karl vingt et David vingt-trois. Erik faisait de son mieux pour leur cacher ses dépressions. Il ne voulait pas être un poids pour eux ni les inquiéter. La plupart du temps, il faisait comme si de rien n'était et prétextait un voyage ou une montagne de travail. Et les enfants aussi avaient leur propre vie, leurs amis et petits amis, leurs études, le sport et la fête. Il pouvait parfois s'écouler des semaines avant qu'ils ne donnent de leurs nouvelles, mis à part David, mais c'était peut-être dû au fait que David était l'aîné.

Erik Mattson menait une double vie. L'une en tant qu'expert compétent et reconnu chez Bukowskis, avec une vie sociale bien remplie, beaucoup d'amis, de belles fêtes, des voyages et – même si ce n'était que sporadique – ses enfants. Son autre vie était totalement différente – sombre, secrète et destructrice. Mais il en avait besoin.

Au bout d'une heure, Erik Mattson quitta son appartement. Il savait déjà que la nuit serait longue.

Knutas fut réveillé par de violents maux de tête. Il avait mal dormi. L'image d'Egon Wallin l'avait poursuivi jusque dans ses rêves et il s'était réveillé plusieurs fois pour ruminer sur l'affaire. La journée, il avait à peine le temps de réfléchir, c'est pourquoi il devait analyser ses impressions la nuit. L'enquête était sans cesse interrompue par des choses qui n'avaient rien à voir avec le travail de police, ce qui le rendait presque fou. Et le fait que les médias soient si bien informés était un réel problème.

Il en arrivait parfois à se demander si cela avait été une bonne idée de nommer son adjoint Lars Norrby porte-parole. Plus le porte-parole en savait sur l'enquête, plus il courait le risque d'en dévoiler trop.

En fait, il aurait été préférable de l'exclure de l'enquête, mais il ne se serait sans doute pas laissé faire, et aurait poussé les hauts cris.

La désormais célèbre photo du cadavre pendu à la porte leur avait causé beaucoup de soucis. Cela ne l'avait pas étonné que Pia Lilja soit l'auteur du cliché. Avec Johan Berg, ils formaient une équipe redoutable dont Knutas se serait bien passé. Il respectait Johan, néanmoins. Le journaliste était certes bien trop curieux, mais il ne posait jamais de questions superflues. De plus, il avait plusieurs fois contribué à la résolution d'affaires, c'est pourquoi Knutas et les autres policiers étaient plus enclins à lui répondre. Et le fait qu'il ait presque perdu la vie dans le cadre d'une enquête augmentait encore la bienveillance à son égard. Cependant, à la longue, cela allait leur attirer des problèmes. Berg était un reporter qu'il valait mieux éviter si l'on voulait travailler en paix. Surtout quand il était avec Pia Lilja. L'humilité et le respect du travail de la police n'étaient

114

pas vraiment son fort. Elle jouait des coudes et ne perdait pas de temps à prendre des pincettes avec qui que ce soit. Ses cheveux noirs hérissés comme une brosse à crin, ses peintures de guerre autour des yeux et son anneau dans le nez, qui s'était transformé en perle lors de leur dernière rencontre, allaient parfaitement avec son attitude agressive et embarrassante. Bien sûr, Knutas percevait les avantages d'entretenir de bonnes relations avec la presse, mais parfois, cela le perturbait tant dans son travail qu'il aurait aimé pouvoir tous les envoyer au diable.

Il tâtonna à la recherche du réveil, il n'était que cinq heures et demie. Il se tourna de côté et regarda Line. Elle portait une chemise de nuit rose avec de grandes fleurs orange. Sur son bras posé au-dessus de sa tête se détachaient des milliers de taches de rousseur sur sa peau blanche. Il adorait chacune d'entre elles. Ses boucles rousses s'étaient répandues sur tout l'oreiller.

— Bonjour, lui murmura-t-il à l'oreille.

Elle grogna en guise de réponse. Doucement, il la prit par la taille pour voir si elle réagissait.

— Qu'est-ce que tu fais ?

Quand elle était fatiguée, elle parlait parfois danois. Elle venait de Fionie, mais ils s'étaient rencontrés à Copenhague, quinze ans auparavant. On dit que l'amour change avec les années et qu'il n'est plus vraiment celui du début, mais se transforme en quelque chose de plus profond. Certains comparaient cette nouvelle relation à celle de bons amis, la passion disparaissant et se transformant en complicité. Pour lui et Line, ce n'était pas le cas. Ils se disputaient et s'aimaient avec la même fougue qu'au début.

Line adorait son travail de sage-femme. Être tous les jours entourée de sang, de douleur, de bonheur incroyable et de profond désespoir, cela laissait forcément des traces. Elle riait beaucoup et pleurait facilement, elle était ouverte et personne ne pouvait prétendre qu'elle n'exprimait pas clairement ses désirs ou ses émotions. En un sens, cela rendait la vie avec elle plus facile. En même temps, il en avait parfois assez de ses sautes d'humeur et de son tempérament. De ses colères injustifiées, comme il les appelait. Cela la rendait encore plus furieuse lorsqu'il faisait l'erreur de le dire tout haut.

À présent elle était allongée à côté de lui, calme et détendue. Elle se tourna vers lui et le regarda de ses grands yeux verts.

— Bonjour mon chéri. Il est déjà si tard?

Il l'embrassa sur le front.

— Restons encore un peu au lit.

Un quart d'heure plus tard, il alla dans la cuisine et mit du café à chauffer. Dehors, il faisait encore nuit. Le chat vint se frotter à sa jambe et il le mit sur ses genoux où il prit immédiatement ses aises. Il pensa à la conversation qu'il avait eue la veille avec la femme de la victime. Pourquoi n'avait-elle pas évoqué sa liaison avec Rolf Sandén? Elle devait pourtant savoir qu'ils l'apprendraient tôt ou tard.

Je dois la rappeler, pensa-t-il en attrapant son vieux calepin usé. Il parcourut les notes prises durant leur entretien mais pouvait à peine déchiffrer son écriture. De plus, la reliure était si effilochée que les pages se détachaient toutes seules. Ça ne va plus, pensa-t-il. Il faut absolument que je m'en achète un neuf.

Il jeta un coup d'œil à l'horloge fixée au mur de la cuisine. La première réunion de la journée était prévue à neuf heures au lieu de huit car Knutas avait donné son accord pour participer à une émission de télévision. Il se demandait à présent pourquoi il avait accepté. Devant la caméra, il était nerveux et en regardant le résultat, il avait toujours l'impression d'avoir été pataud et maladroit. Lorsqu'il était sous la lumière impitoyable des projecteurs, il avait du mal à trouver les bons mots pour satisfaire à la fois ses supérieurs et les journalistes, ce qui était, en soi, déjà mission impossible. Il ne devait pas en dire trop mais assez pour inciter la population à lui fournir des informations utiles.

Et la police avait effectivement besoin d'aide. Jusqu'ici, ils avaient peu d'indices concrets, et parmi les témoins qui s'étaient présentés, pas un seul n'avait pu leur donner une information pouvant les aider à avancer. Rien dans la vie d'Egon Wallin n'aurait pu mener sur la piste du tueur. Il n'avait pas de mobile. Personne ne croyait à une agression pour vol, bien que son portefeuille et son téléphone portable aient disparu.

Egon Wallin s'était occupé de sa galerie pendant de nombreuses années, il avait travaillé dur et avec détermination. Il s'entendait bien avec ses employés et n'avait jamais eu de démêlés avec la justice – et d'après ce qu'ils savaient avec personne non plus.

L'interview se passa mieux que prévu. Il était assis dans un minuscule studio d'enregistrement et était passé en direct dans le journal du matin. Le présentateur y était allé plutôt mollo et n'avait pas posé de questions trop dérangeantes. Au bout de trois minutes, Knutas était en nage mais malgré tout satisfait. L'appel du chef de la police de la région quelques minutes après l'émission confirma qu'il avait bien manœuvré durant l'entretien.

De retour au commissariat, il appela l'expert psychiatre qui lui avait déjà prêté main-forte l'année précédente. Il espérait qu'elle pourrait l'aider à analyser le comportement du tueur et ainsi les aider à avancer dans l'enquête. Mais elle lui dit qu'il était encore trop tôt et lui demanda de la rappeler plus tard. Et elle avait sans doute raison. Il parvint pourtant à lui soutirer une chose : elle ne voulait pas exclure qu'il s'agissait d'un acte isolé, mais ne pensait pas qu'il s'agissait d'un hasard. Selon elle, le meurtre avait été planifié et ce peut-être depuis un long moment. Le coupable savait probablement qu'Egon Wallin sortirait cette nuit-là, et qu'il sortirait seul.

Ils devraient réinterroger le voisinage. Quelqu'un avait sûrement remarqué quelque chose, comme un inconnu en compagnie de Wallin. Et en considérant le fait qu'il devait sans doute connaître son tueur, cela réduisait pas mal le cercle des possibilités. Egon Wallin avait beau connaître beaucoup de gens, cela facilitait tout de même les choses de savoir que son tueur se trouvait dans son entourage.

Le quai se remplit de voyageurs attendant patiemment, aguerris par les invariables retards des trains de banlieue, les aiguillages gelés, les voies enneigées et les portes des wagons bloquées par le froid. D'aussi loin qu'il s'en souvienne, les Stockholmois avaient toujours dû vivre avec le chaos des trains de banlieue.

Il dévisagea les personnes qui l'entouraient avec dégoût. Ces idiots finis se gelaient dans leurs manteaux en laine, parkas et cache-nez. Des jeans, des gants, des bottes, des nez et des yeux rouges qui coulaient dans le froid. Il faisait moins dix-sept degrés. Désespérés, ils fixaient le panneau d'affichage qui les informait des annulations et des retards de trains. Impatient, il sautillait d'une jambe sur l'autre pour se réchauffer. Putain de froid, il le détestait tellement. Comme il haïssait ces pauvres diables devant lui. Quelle vie pitoyable ils menaient !

À huit heures, dans la nuit persistante, beaucoup de gens attendaient dans le vent glacial pour s'engouffrer dans des bus brinquebalants puant la laine mouillée, les gaz d'échappement et l'humidité pour se rendre à la gare. Là, ils attendaient encore jusqu'à l'apparition du train. Quand celui-ci arrivait enfin, les voyageurs devaient supporter de voir défiler les stations, serrés comme des sardines, jusqu'à ce que leur train atteigne la gare centrale de Stockholm une demi-heure plus tard.

Au bout de ce qui lui parut être une éternité, son train apparut. Il se fraya un chemin jusqu'à une place située à côté de la fenêtre. Il avait mal à la tête, et bien qu'il n'y ait pas beaucoup de lumière dans le wagon, il plissa les yeux.

Le trajet en train jusqu'à la ville fut une véritable torture. Il était coincé à côté d'une grosse vieille. Il posa la tête contre la fenêtre et regarda à l'extérieur pour ne pas avoir à regarder les gens dans le wagon. Le train vrombissait à travers les cités de banlieue, toutes plus tristes les unes que les autres. Il aurait pu s'épargner ce trajet, vivre une tout autre vie. Comme toujours, cette pensée le mit en colère. Son corps réagissait instinctivement. Il se sentait mal en pensant à la vie qu'il aurait pu avoir. Si tout cela n'était pas arrivé.

L'impatience s'était peu à peu calmée et il sentait qu'il fallait enfin que quelque chose se passe. Il ne pouvait plus attendre très longtemps. Il avait de plus en plus de mal à faire comme si de rien était. Parfois, il avait peur de s'être trop mis la pression. À la gare centrale, il se laissa emporter par la foule dans les couloirs à travers les portes battantes jusqu'au métro. Le train était déjà sur le quai et il courut les derniers mètres qui l'en séparaient. La gare de Gamla Stan, la vieille ville de Stockholm, n'était plus qu'à une station.

Ce fut Monika Wallin qui contacta Knutas. Il allait au travail quand le téléphone sonna. Elle paraissait nerveuse.

— J'ai trouvé quelque chose. Il faut que vous veniez, s'il vous plaît.

— Qu'y a-t-il ?

— Je ne peux pas vous le dire au téléphone. Hier, je suis allée voir dans notre débarras et j'ai trouvé quelque chose que vous devriez voir absolument.

Knutas jeta un œil à sa montre. Il serait en retard à la réunion, mais peu importait. Heureusement, il était venu en voiture ce matin-là. Même si la rue Snäckgärdsväg n'était pas si loin, de l'autre côté de l'hôpital, c'était plus rapide en voiture. Au lieu de s'arrêter devant le commissariat, il continua tout droit, tourna dans la rue Kung Magnus Väg et prit le rond-point devant la pâtisserie. Lorsqu'il atteignit le petit parking, Monika Wallin l'attendait déjà. Elle portait un coupe-vent rose et à sa grande surprise du rouge à lèvres rose.

— Bonjour, dit-elle d'un air légèrement pincé en tendant la main.

Même ses gants étaient roses. Elle le précéda dans la maison. La porte du débarras était ouverte, Monika le guida à travers le cagibi faiblement éclairé qui paraissait plus grand de l'intérieur que de l'extérieur. Il était encombré d'objets, et si les pièces de la maison étaient propres et ordonnées, ici, c'était le chaos. Les pots de fleurs étaient renversés au milieu des vieilles paires de skis, des collections de pierres, des abat-jour, des pneus de vélo, des cartons, des outils et des outils de jardinage.

— Ici, c'était le domaine d'Egon, dit Monika Wallin. Je n'y allais jamais, justement à cause du désordre. Je ne pouvais même pas changer une ampoule car je ne savais pas où les chercher.

Une fois arrivée au seul endroit où l'on pouvait se tenir debout, elle soupira et regarda autour d'elle, résignée. Les murs étaient couverts d'étagères pleines de bibelots et tout au fond une table était couverte de cartons.

— C'est là, derrière, marmonna-t-elle en se faufilant dans l'étroit passage qu'elle s'était frayée pour atteindre le fond de la pièce.

Là se trouvait une porte qu'elle ouvrit.

— Elle mène à la chaufferie qui est à côté de la buanderie. Il y a une autre porte mais nous avons mis un sèche-linge devant, c'est pourquoi on n'y accède que par ici.

Knutas la suivit et ils pénétrèrent dans une pièce encore plus petite. Contrairement à la pièce précédente, il y régnait de l'ordre. Des cartons étaient soigneusement empilés contre les murs. Sur un côté se trouvait une table de cuisine d'un modèle assez ancien mais bien conservée. Monika Wallin déplaça une planche d'aggloméré sur l'un des murs et souleva une bâche. Knutas fut piqué par la curiosité. Il s'approcha pour voir ce qu'elle dissimulait.

Monika Wallin tira un petit carton, le posa sur la table et en sortit le papier de soie qui en recouvrait la surface.

— Regardez ça, dit-elle. Je n'ai aucune idée d'où ça vient.

Curieux, Knutas considéra le contenu des cartons.

Dans l'un d'eux se trouvait un tableau, à peine plus grand qu'une feuille A4. Il représentait une vue du château de Stockholm. On devinait en arrière-plan l'église de Ridderholm au milieu d'un paysage maritime. Les couleurs dorées qui se reflétaient dans les fenêtres du château laissaient supposer que l'artiste avait peint le crépuscule. Knutas n'était pas vraiment un connaisseur en matière d'art, mais il pouvait reconnaître une œuvre de qualité. Il ne put trouver de signature.

— Qui a peint ça ?

— Je n'en suis pas sûre. Je ne suis pas une experte. Je m'occupais surtout de la comptabilité. Mais si je devais deviner, je dirais que c'est un Zorn.

— Anders Zorn ? s'exclama Knutas, stupéfait. Ça doit valoir une fortune.

— En effet, si c'est bien un Zorn. Mais ce n'est pas tout.

Le tableau suivant était un peu plus grand et avait un beau cadre doré. En voyant le sujet, Knutas devina immédiatement qui en était le peintre. Deux femmes nues rondes à la peau blanche et aux joues rondes sur le rivage de ce qui était sûrement le lac Siljan.

— Ça, c'est vraiment un Zorn n'est-ce pas ? demanda-t-il, excité, en cherchant la signature, qui se trouvait dans le coin droit.

Il n'en croyait pas ses yeux. Il se trouvait dans la cave poussiéreuse d'une maison à Visby et y admirait des œuvres de l'un des plus grands artistes suédois de tous les temps. C'était inouï !

Monika Wallin avait encore d'autres toiles à lui montrer : un cheval peint par Nils Kreuger, des moineaux picorant dans la neige par Bruno Liljefors, et un autre tableau représentant deux jeunes garçons devant une villa. Ce tableau était signé C. L., Carl Larsson.

Knutas ressentit tout à coup le besoin de s'asseoir sur un escabeau posé dans le petit réduit.

— Vous n'avez jamais eu connaissance de la présence de ces tableaux chez vous ?

— Bien sûr que non. Ils n'étaient pas exposés à la galerie, nous ne les avons pas achetés et ils ne sont répertoriés nulle part.

— Ce sont des artistes très connus. Combien peuvent valoir ces œuvres selon vous ?

— Une fortune, soupira-t-elle. Sûrement plusieurs millions de couronnes en tout.

— Vous avez ouvert d'autres cartons ?

— Non, je n'en ai plus le courage. Je vous les laisse.

— Nous allons devoir fouiller la maison, vous en êtes consciente ?

Elle opina et fit un geste de la main résigné.

Tandis qu'ils attendaient du renfort, Monika Wallin lui offrit du café. Knutas en profita pour mettre sur le tapis ce qu'il venait d'apprendre. Il ne passa pas par quatre chemins :

— Pourquoi n'avez-vous pas évoqué votre liaison avec Rolf Sandén lors de notre dernière conversation ?

Monika Wallin ne semblait pas surprise par la question. Son visage était inexpressif.

— Je ne pensais pas que cela avait de l'importance.

— Tout ce qui a un rapport avec Egon a de l'importance. Était-il au courant ?

Elle poussa un long soupir.

— Non, il n'était pas au courant. Et il ne se doutait de rien.

— Comment pouvez-vous en être aussi sûre ?

— Nous avons fait attention. Nous nous voyions la journée, quand Egon était en ville. Je travaillais beaucoup chez moi. En fait, je ne suis à la galerie que le lundi.

— Les voisins, eux, ont l'air bien informés.

— Difficile de l'éviter dans une si petite ville. Mais ça m'est égal, je n'ai de contacts avec personne ici de toute façon.

— Sauf avec Rolf Sandén...

— Oui, sauf avec lui.

Les tableaux retrouvés dans la maison des Wallin furent réquisitionnés par la police et envoyés par le premier avion à l'hôtel des ventes Bukowskis à Stockholm pour identification et expertise. Erik Mattson les reçut le mardi matin.

Il ne lui fallut pas plus d'une heure pour identifier les tableaux et se convaincre de leur authenticité. C'étaient tous des originaux. Le tableau le plus grand représentant les collines au bord du lac Siljan valait entre trois et quatre millions. Le reste des œuvres valaient une centaine de milliers de couronnes chacune. En tout, il estima leur valeur totale à quatre à cinq millions de couronnes. Les tableaux étaient connus et une recherche Internet avait montré qu'ils étaient tous volés.

Les deux tableaux de Zorn avaient été dérobés dans une collection à Göteborg trois ans plus tôt, le tableau de Carl Larsson à une exposition à Falun un an auparavant et le Bruno Liljefors avait été volé il y a quelques mois à peine.

Quand il eut fini, Erik Mattson appela immédiatement Knutas.

— Nom de dieu, dit Knutas. Tous volés ? Vous êtes sûr ?

— Certain. Vous le verrez vous même en consultant vos fichiers.

— Et vous êtes sûr que ce sont des originaux ?

— Il n'y a pas l'ombre d'un doute.

— Merci beaucoup.

Knutas raccrocha et composa le numéro de la centrale de la police criminelle à Stockholm pour s'informer sur les circonstances de ces vols et les personnes suspectées d'en être les auteurs.

Il regarda par la fenêtre, dérouté.

Egon Wallin était donc impliqué dans des vols d'œuvres d'art commis dans tout le pays, ou avait au moins servi de receleur, ce qui était également un grave délit. Knutas était choqué. Comment avait-il pu être aussi aveugle ? Il avait toujours considéré Egon Wallin comme un homme droit. Y avait-il encore d'autres choses qu'il ignorait sur lui ?

La fouille de la maison des Wallin et de la galerie aurait lieu dans la journée. Il attendait déjà les résultats avec impatience.

Il n'échappa pas aux médias que la maison des Wallin avait été bouclée pour être fouillée. Les voisins avaient vu les policiers sortir les tableaux de la cave et la rumeur selon laquelle ceux-ci avaient été volés se répandit immédiatement.

— Je le savais, dit Pia surexcitée, dans la voiture qui se dirigeait vers la rue Snäckgärdsväg. Je savais que quelque chose clochait chez Egon Wallin.

Lorsqu'ils arrivèrent, il régnait déjà une grande agitation dans le quartier. Le périmètre avait été bouclé et plusieurs voitures de police stationnaient devant la maison. Quelques voisins sans états d'âme regardaient la police faire son travail. Johan put apercevoir la silhouette de Monika Wallin à la fenêtre de la cuisine. Elle lui faisait pitié.

Il s'avança vers l'un des policiers en faction.

— Que se passe-t-il ?

— Je ne peux pas vous répondre. Il faut vous adresser au porte-parole ou au commissaire Knutas, qui dirige l'enquête préliminaire.

— Est-ce que l'un d'eux est présent ?

— Non.

— Mais vous pourriez au moins me dire pourquoi vous avez bloqué l'accès à la maison, non ?

— Nous avons trouvé des choses dans la maison qui intéressent la police, je ne peux pas vous en dire plus.

— Est-ce que ce sont des tableaux volés ?

Le policier resta impassible.

— Je ne peux rien vous dire.

Johan et Pia essayèrent de parler à certains voisins qui ne purent que leur dire qu'ils ignoraient si les Wallin conservaient des œuvres volées chez eux. Plusieurs d'entre eux les

126

renvoyèrent auprès de la commère du quartier qui habitait au bout de la rue. Si quelqu'un savait quelque chose, c'était bien elle. Elle était grande et maigre, et ses longs cheveux argentés étaient noués en chignon. Elle portait une robe élégante. On aurait dit qu'elle s'apprêtait à sortir.

— De quoi s'agit-il ? demanda-t-elle, méfiante. Vous êtes de la police ? J'ai déjà dit tout ce que je savais.

Le fait que Pia ait une grosse caméra sous le bras ne semblait pas lui mettre la puce à l'oreille.

Ils se présentèrent.

— Vous êtes de la télé ? Sans blague !

Elle rit d'un air gêné et passa une main dans ses cheveux pour les lisser.

— Ingrid Hasselblad, annonça-t-elle en tendant une main anguleuse.

Ses ongles étaient rouges et soignés. Soudain, elle ouvrit grand la porte.

— Mais entrez, je vous en prie. Je peux vous offrir du café ?

— Oui, merci.

Johan et Pia échangèrent un regard. Le café était le signe que l'interview allait sûrement durer plus longtemps que prévu, mais cette fois cela en vaudrait peut-être la peine.

Mme Hasselblad les mena au salon. Il y avait une splendide vue sur la mer, elle était si proche que les vagues paraissaient pouvoir s'abattre à chaque seconde contre la fenêtre.

— Je vous prie de m'excuser un instant.

Mme Hasselblad disparut, et lorsqu'elle reparut avec le café, Johan remarqua qu'elle avait remis du rouge à lèvres ainsi qu'un peu trop de fard à joues.

Le café se révéla être du jus de chaussette et les petits gâteaux desséchés, mais Johan et Pia n'hésitèrent pas à se servir.

— Ça ne fait pas mal ? demanda Mme Hasselblad en désigna la perle dans le nez de Pia.

— Bien sûr que non, je ne le sens même pas.

Pia s'esclaffa.

— Après tout c'est la mode, nous les vieux, on n'y comprend plus rien.

Mme Hasselblad secoua les miettes de sa robe. J'ai été mannequin autrefois. Mais c'était il y a très longtemps.

— Nous aimerions vous poser quelques questions au sujet des Wallin, dit Johan qui commençait à en avoir assez de ces banalités. Pouvons-nous vous filmer ?

— Bien sûr, aucun problème.

Ingrid Hasselblad se redressa et sourit à la caméra comme si l'on s'apprêtait à faire son portrait.

— Imaginons qu'il n'y a pas de caméra et que nous avons une simple discussion.

— D'accord.

Ingrid Hasselblad resta figée droite comme un i, un sourire plaqué sur les lèvres rouges.

— Bien, si vous voulez bien vous tourner vers moi, la pria Johan. Nous allons faire un premier essai sans caméra. Pour se mettre dans l'ambiance.

Il fit signe à Pia de commencer à filmer.

— Qu'avez-vous vu à la maison des Wallin ?

— Quand je suis passée devant chez eux après les courses ce matin, des policiers sortaient de la maison en portant des tableaux.

— Et qu'ont fait les policiers avec ces tableaux ?

— Ils les ont chargés dans une voiture de police. Ils étaient recouverts de draps, mais quand l'un des policiers en a mis un dans le coffre, le drap est tombé et j'ai pu jeter un coup d'œil.

— Vous savez de quel tableau il s'agit ?

— Je ne suis pas sûre, mais ça ressemblait fort à un Zorn. Des femmes assises dans l'herbe près d'un lac ou d'un fleuve, enfin en tout cas au bord de l'eau.

— Vous avez déjà remarqué quelque chose de particulier dans la famille Wallin ?

— Il rapportait souvent des tableaux mais ça ne m'a jamais étonnée vu qu'ils avaient une galerie. Et ce n'est pas étrange d'avoir des œuvres d'art chez soi.

— Avez-vous déjà vu Monika Wallin rapporter des tableaux ?

— N...non, répondit Mme Hasselblad avec hésitation. Jamais

— Avez-vous autre chose à nous raconter ?

— Oui, c'est le moins qu'on puisse dire.

Johan sentit le suspense monter.

— Quoi donc ?

— Cette Monika trompe son mari. Avec son voisin, Rolf Sandén, dit-elle en désignant du menton le mur d'en face. Ça dure déjà depuis des années. Ils se voient quand Egon est au travail.

— Pourriez-vous nous décrire Rolf Sandén ?

— Il est veuf depuis plusieurs années. Sa femme était charmante et sympathique mais elle est malheureusement décédée dans un accident de voiture. Leurs enfants n'habitent plus à la maison depuis longtemps.

— Il ne travaille pas pendant la journée ?

— Il est en préretraite. Il était dans le bâtiment et s'y est cassé le dos. Mais il est encore jeune, à peine cinquante ans. Il a fêté son anniversaire en grande pompe cet été.

Elle se pencha vers lui et dit à voix basse.

— Il va au champ de courses, et j'ai entendu dire qu'il était accro au jeu.

— Qui dit ça ?

Johan la dévisagea avec intérêt. C'était de mieux en mieux.

— C'est ce qu'on dit. Tout le monde sait que Rolf Sandén est un joueur invétéré. Vraiment tout le monde.

Ingrid Hasselblad se tortilla sur son siège, puis se tourna vers Pia.

— Est-ce qu'on commence bientôt ? Il faut juste que je fasse un raccord de rouge à lèvres.

Quand Knutas pénétra dans le commissariat avec le sand-wich qu'il venait d'acheter, il sut immédiatement que Kihlgård était arrivé. Impossible de ne pas entendre son rire tonitruant. Des voix fortes entrecoupées de salves hilares s'échappaient de la salle de réunion. On aurait dit qu'il s'y déroulait un cocktail mondain. C'était toujours comme ça. À peine Kihlgård pointait-il le bout de son nez que l'ambiance s'échauffait à la brigade criminelle.

Personne ne prêta attention à Knutas quand il ouvrit la porte. Kihlgård lui tournait le dos et venait manifestement de raconter l'une de ses innombrables anecdotes qui les faisaient tous se plier en deux.

— Et alors il est venu et il a tout bouffé! poursuivit Kihlgård d'un ton enjoué en écartant les bras. Jusqu'à la moindre putain de miette!

Cette chute provoqua une avalanche de fous rires à en faire trembler les murs. Knutas regarda autour de lui sans un mot et tapa sur l'épaule de Kihlgård. Lorsqu'il se retourna, l'enthousiasme se lut sur le visage de son collègue.

— Mais c'est Knutte! Salut! Alors, comment tu vas, vieille branche?

Knutas disparut presque dans la violente accolade de son imposant collègue. Il lui tapa maladroitement sur l'épaule.

— Ah, ça va. En tout cas toi, tu as l'air d'avoir la pêche.

— Eh oui, tout baigne comme dirait l'autre.

Kihlgård éternua très fort, les rires fusèrent dans toute l'équipe.

Ce n'étaient pas seulement les plaisanteries de Kihlgård qui prêtaient à sourire, mais toute son attitude qui relevait du comique. Sa touffe de cheveux hirsute pointait de tous les côtés comme si elle n'avait jamais vu de peigne. Son visage était presque toujours rouge, il avait les yeux légèrement globuleux et portait des pulls col V de couleurs criardes qui serraient son ventre rond. Le fait qu'il gesticule sans arrêt en parlant et qu'il mange en permanence accentuait encore cette impression d'avoir un clown en face de soi. Il était difficile de lui donner un âge, il pouvait aussi bien avoir quarante que soixante ans. Mais Knutas savait qu'il avait trois ans de plus que lui, donc cinquante-cinq.

Knutas salua les collègues arrivés de la centrale avec Kihlgård et commença par un résumé de l'état de l'enquête. Quand il eut fini, il regarda ses collègues de Stockholm d'un air inquisiteur :

— Alors, qu'est-ce que vous en dites ?

— Il y a sans aucun doute de nombreuses pistes à explorer, avança Kihlgård. Ces vols sont particulièrement intéressants. Ce n'étaient pas n'importe quels tableaux. Ce n'était donc pas un simple petit brocanteur.

— La question est de savoir s'il jouait les receleurs depuis longtemps, dit Karin.

— Dans ce cas, on aurait dû remarquer quelque chose, dit Knutas d'un air préoccupé.

— Vous ne trouvez pas étrange qu'il ait gardé tout ça dans un cagibi ? intervint Wittberg. Les tableaux n'y étaient sûrement pas en sécurité.

— Peut-être que pour ces tableaux, il ne s'agissait que d'un hasard. Une exception, suggéra Norrby.

— Mais pourquoi étaient-ils encore là, alors qu'il avait minutieusement préparé tout le reste ? demanda Karin.

— Il avait sûrement l'intention de les revendre une fois à Stockholm, avança Norrby. Il devait y avoir ses contacts.

— Est-ce qu'il avait un ordinateur ? demanda Kihlgård.

— Bien sûr, répondit Knutas. Aussi bien chez lui qu'à la galerie. Nous sommes en train d'en fouiller les données.

— La vente de la galerie a dû sacrément secouer les personnes concernées, non ? Comment ont réagi sa femme et ses employés au fait que ce soit Sixten Dahl qui soit derrière tout ça ?

— Monika Wallin a paru assez résignée en ce qui concerne la vente de la galerie quand je lui en ai parlé. Bien sûr, ce n'est peut-être qu'une façade. Il faudra regarder ça de plus près et demander encore de l'aide à Stockholm pour qu'ils passent en revue tous les contacts professionnels de Wallin et aillent visiter l'appartement dans lequel il comptait emménager.

— Il devait avoir de très bonnes relations à Stockholm, marmonna Kihlgård. Sa femme ne sait rien à ce sujet ?

— Pour l'instant, elle n'a rien évoqué de tel, répondit Knutas en s'en voulant de ne pas avoir posé la question lors de sa dernière visite chez la veuve.

— Et les invités du vernissage ? s'enquit Kihlgård. Vous avez la liste ?

— Oui, je m'en suis occupée, dit Karin en soulevant une grande feuille de papier. Je les ai classés en trois colonnes : ceux qui ont reçu une invitation, ceux qui ont été invités et qui sont venus, et dans la troisième le reste des visiteurs qui n'avaient pas été invités et que les employés se souviennent avoir aperçus.

— Y a-t-il des noms intéressants ?

— Oui, absolument. Deux marchands d'art très connus de Stockholm dont on sait que Wallin était en affaires avec eux : un certain Hugo Malmberg, qui a une galerie dans la Gamla Stan, et bien sûr Sixten Dahl que nous connaissons déjà, dit Karin. Il doit être interrogé ce matin mais Stockholm ne nous a pas encore donné de nouvelles, on ne sait donc pas encore ce qu'il en est ressorti. En tout cas, ce dernier nous intéresse particulièrement puisqu'il a été en concurrence avec Egon pour avoir l'artiste lituanien et a acheté la galerie de Wallin par le biais d'un prête-nom.

— Vous allez sûrement aussi les faire venir ici tous les deux pour les interroger vous-mêmes, non ?

Kihlgård lui jeta un regard interrogateur en ouvrant un paquet de bonbons de gélatine en forme de voitures. Knutas se tut un moment avant de répondre :

— Oui, mais pas tout de suite.

— En considérant qu'Egon Wallin a préparé en secret son déménagement à Stockholm et qu'il était impliqué dans un trafic d'œuvres d'art, il est quand même plutôt intéressant de savoir que deux autres marchands d'art se trouvaient dans sa galerie le jour où il a été assassiné, non ?

Kihlgård se fourra une poignée de bonbons dans la bouche.

Knutas sentit l'irritation monter en lui. Pourquoi ne pouvait-il pas passer cinq minutes avec son collègue sans que celui-ci le chauffe à blanc ?

— C'est la prochaine étape. Nous devrions d'abord attendre les nouvelles de Stockholm et voir ce qu'a donné son interrogatoire.

Il prit ses papiers et se leva pour signifier que la réunion était terminée.

Knutas avait besoin d'air.

Son estomac criait famine, midi était déjà passé depuis bien longtemps. Le sandwich que Knutas s'était acheté à la pause n'était pas parvenu à le rassasier, mais il avait de toute façon autre chose dans la tête que la nourriture : il devait interroger Mattis Kalvalis et son agent avant qu'ils ne retournent en Lituanie.

Knutas alla aux toilettes pour se rafraîchir le visage et prit une pastille à la menthe.

Les deux hommes l'attendaient déjà à l'accueil. Il n'avait jamais rencontré l'artiste auparavant, mais l'avait seulement vu en photo. Le moins que l'on puisse dire, c'était que Mattis Kalvalis détonait dans le commissariat

Ce qui attirait le plus l'attention chez lui, c'étaient ses cheveux noirs dont la frange était teinte en vert fluo. Une longue chaîne pendait d'une de ses oreilles, et il portait un pantalon en cuir rouge et une veste du même vert fluo que sa frange. Il portait également des bottes de baseball, les mêmes que Knutas avait quand il était petit.

Son agent, quant à lui, était l'exact opposé. Vigor Haukas ressemblait à un mineur russe, costaud et aux traits grossiers, une chapka sur la tête et une doudoune marron sur le dos. Ses mains étaient trempées de sueur.

Knutas se présenta en quelques phrases d'un anglais scolaire puis les mena à l'étage au sein de la brigade criminelle. Heureusement, il aperçut Karin en train de discuter avec Kihlgård près de la machine à café et lui fit signe de le suivre.

Les deux Lituaniens déclinèrent le café qu'on leur proposa et s'installèrent sur le canapé dans le bureau de Knutas. Ce dernier laissa le soin à Karin, qui parlait mieux anglais que lui, de mener l'interrogatoire tandis qu'il écoutait et observait les deux hommes. Assister à un interrogatoire en tant que spectateur avait de nombreux avantages. Il pouvait mieux voir les expressions changer à chaque question et les hésitations des personnes interrogées.

— Je peux fumer ? demanda l'artiste en tirant une cigarette d'un paquet froissé dans la poche de sa veste.

— J'ai bien peur que non.

L'homme fluet au style original avait presque déjà mis sa cigarette dans la bouche. Il s'arrêta et remit la cigarette dans son paquet sans sourciller.

Karin détailla son visage jeune et pâle aux traits fins et aux sillons creusés. Il avait de larges ombres noires sous les yeux. Mattis Kalvalis paraissait ne pas avoir dormi depuis plusieurs jours. Il se sentait visiblement mal à l'aise à côté de son agent sur le canapé de Knutas.

Après les questions de rigueur sur les noms et adresses, Karin se tourna vers l'artiste :

— Est-ce que vous connaissiez bien Egon Wallin ?

Mattis Kalvalis hésita à répondre.

— En fait, pas très bien. Nous nous entendions bien d'un point de vue strictement professionnel mais nous ne nous sommes rencontrés que quelques fois.

— Comment vous êtes-vous rencontrés ?

— Ce doit être il y a un an, dit l'artiste en jetant un œil à son agent qui fit un signe de tête approbateur. Oui, au printemps dernier, à Vilnius. À un congrès, je crois.

Il regarda à nouveau l'homme à côté de lui. Celui-ci se pinça les lèvres et hocha la tête.

— Et comment êtes-vous entrés en contact, là-bas ?

— Nous étions assis à la même table lors d'un repas que le ministère de la Culture lituanien avait organisé. Il avait vu mes œuvres, car j'exposais dans une petite galerie à Vilnius et il m'a dit qu'elles lui plaisaient. Le lendemain, on s'est retrouvés pour déjeuner et il m'a proposé de me représenter en Scandinavie.

— Et vous avez accepté tout de suite ?

— Non, je n'étais pas sûr de moi. C'était ma première expo et elle avait eu un certain succès, on en avait beaucoup parlé dans les journaux. J'ai eu beaucoup de propositions mais celle d'Egon Wallin était la meilleure.

Knutas resta songeur. Comment Wallin était-il parvenu à évincer aussi facilement les autres ? Il l'écrivit sur son bloc-notes.

— À combien se montait son offre ?

Karin fixait Mattis Kalvalis. Ses yeux étaient aussi sombres que les siens.

— Il voulait vingt pour cent du produit des ventes en Scandinavie.

— Et en quoi c'était aussi avantageux ?

— Tous les autres demandaient vingt-cinq pour cent. En plus, il semblait avoir beaucoup de relations.

Mattis Kalvalis sourit. La nervosité du début semblait apaisée.

— On dirait qu'il a eu raison, vu que c'était votre première exposition ici. Si j'ai bien compris, vous avez presque tout vendu.

— Oui, c'est vrai.

— Et on a aussi eu pas mal de publicité, intervint Vigor Haukas, qui prenait la parole pour la première fois. Mattis a été interviewé par tous les grands journaux ce week-end et les demandes ne cessent de pleuvoir. Egon Wallin faisait vraiment très bien son travail, on l'a senti tout de suite. Maintenant, reste à savoir ce qui va se passer par la suite.

— Oui, approuva Mattis Kalvalis en haussant les épaules d'un air résigné.

L'expression de son visage trahissait malgré tout qu'il ne se faisait pas d'énormes soucis.

— Le soir du meurtre, vous étiez tous les deux au Donners Brunn. Qu'avez-vous fait ensuite ?

— Je n'étais pas au dîner, rectifia Haukas. Je ne me sentais pas bien, je suis donc directement rentré à l'hôtel.

— Ah bon ?

Karin fronça les sourcils. Elle avait toujours cru que Vigor Haukas avait participé au dîner.

— J'avais sûrement un peu trop bu. J'étais encore excité par tout ce qu'on avait vendu.

— Qu'avez-vous fait une fois à l'hôtel ?

— J'ai dormi. J'étais exténué après toute cette nervosité et cette agitation.

Il eut un rire gêné. Karin se tourna vers Mattis Kalvalis.

— Pouvez-vous nous raconter cette soirée ?

— Bien sûr. Le vernissage a été un succès. J'ai trouvé tout ça très intéressant et j'ai vraiment eu du plaisir à discuter avec tous les visiteurs. Les gens ici sont si ouverts et enthousiastes, dit-il avec ferveur en triturant sa frange. Il y avait aussi beaucoup de journalistes et j'ai donné plusieurs interviews. Ensuite on est allés au restaurant, sans Vigor donc, et on s'est bien amusés.

— Combien de temps êtes-vous resté au restaurant ?

— Je suis parti vers onze heures.

— Qu'avez-vous fait ensuite ?

— Je suis rentré directement à l'hôtel. Je devais me lever tôt le lendemain matin.

— Et vous n'avez rencontré personne ?

— Non, l'hôtel est juste à côté du restaurant. Je suis monté dans ma chambre et me suis couché.

— Est-ce que quelqu'un vous a vu ?

— Non. La réception est fermée le soir, il n'y avait personne à l'accueil.

— Personne ne peut donc le confirmer ?

— Non, répondit l'artiste, surpris. Vous me soupçonnez ?

Sa main trembla lentement jusqu'à sa frange.

— Non, ce sont de simples questions de routine, répondit Karin sur un ton rassurant.

— D'accord. Pas de problème.

Mattis Kalvalis eut un rire gêné et jeta un bref regard à son agent.

— Pourquoi vous êtes-vous rendus à Stockholm ?

137

— Autant vous le dire tout de suite. J'avais certes convenu avec Egon qu'il me représenterait en Scandinavie, mais je n'avais pas encore signé de contrat. Au cours du vernissage, un galeriste de Stockholm m'a fait une proposition encore plus alléchante.

— Sixten Dahl ?

— Exactement, lui-même. Il m'a proposé de venir voir sa galerie et de me parler plus en détail de son offre. J'avais donc déjà décidé de faire ce voyage pendant le vernissage.

— Et vous avez signé le contrat avec Sixten Dahl ?

L'artiste fit un vague mouvement de la main.

— Oui, en effet. Son offre était tellement meilleure. De toute façon ça n'a plus d'importance maintenant, puisque Egon est mort.

Après l'interrogatoire, Karin et Knutas allèrent déjeuner à la pizzeria du coin. À deux heures passées, ils étaient les seuls clients et Knutas avait tellement faim qu'il était sur le point de s'évanouir. Ils commandèrent chacun une *cappricciosa* au comptoir puis s'installèrent à une table avec vue sur la rue. Le beau soleil avait fait place aux nuages gris et à la neige boueuse.

— Je ne suis pas sûre que ce soit une bonne idée de les relâcher tout de suite, dit Karin en secouant la tête. Il y a encore trop de zones d'ombre.

— C'est sûr, approuva Knutas, mais que faire ? On ne peut pas les arrêter.

Karin but une gorgée de sa bière légère.

— Cette affaire est de plus en plus compliquée. D'abord le meurtre d'Egon Wallin, puis l'organisation secrète de son divorce, les tableaux volés et sa femme qui a un amant. Quel fouillis !

Les pizzas servies, ils mangèrent en silence. Knutas dévorait si énergiquement qu'il en eut le hoquet. Il commanda une eau minérale qu'il ingurgita à la hâte.

— Il y a deux éléments omniprésents, dit-il alors. L'art et Stockholm. Wallin s'apprêtait à s'y installer, et Kalvalis semblait y avoir des contacts. Tu en vois d'autres ?

— Les secrets, répondit Karin. Wallin et sa femme avaient des secrets l'un pour l'autre. Wallin a pu vendre sa galerie, se trouver un appartement à Stockholm et enclencher une procédure de divorce sans que sa pauvre femme n'ait le moindre soupçon.

— Et Mattis Kalvalis ? marmonna Knutas d'un air pensif. Quel pourrait bien être son secret ?

139

Il repoussa son assiette et dévisagea Karin d'un air scrutateur. En parlant de secrets, pensa-t-il, et toi, que me caches-tu?

— Comment tu vas? demanda-t-il.

— Moi?

Elle paraissait déprimée.

— Oui, toi!

— Oh, ça va bien.

— Tu mens très mal.

— Oh, arrête.

Malgré tout, elle rit.

Knutas la regarda droit dans les yeux:

— On se connaît depuis assez longtemps pour que tu saches que tu peux te confier à moi, non?

Karin rougit.

— Mais je t'assure, Anders, il n'y a rien de spécial. Il y a des hauts et des bas dans la vie, tu le sais bien.

— Tu as un copain?

Karin tressaillit. Knutas fut lui-même étonné de l'audace de sa question. Il n'arrivait pas à croire qu'il l'avait posée.

— Non, je n'en ai pas, murmura-t-elle.

Elle fixa son verre à moitié vide et le tourna lentement entre ses doigts.

— Désolé, dit-il. Je ne voulais pas être indiscret. J'avais seulement l'impression que quelque chose te tracassait. Je me trompe?

Elle soupira.

— D'accord. C'est vrai j'ai quelques soucis personnels mais je n'ai pas envie d'en parler ici.

— Quand alors? demanda-t-il.

Soudain, il se mit en colère.

— Quand en auras-tu envie? Quand as-tu l'intention de me dire quelque chose? On travaille ensemble depuis quinze ans, Karin. Si tu as des problèmes, je veux t'aider. Tu dois me donner une chance de pouvoir faire quelque chose.

Karin bondit de sa chaise et le fusilla du regard.

— M'aider? maugréa-t-elle. Pourquoi tu m'aiderais, toi?

Sans lui laisser la moindre occasion de répondre, elle quitta la table et se précipita hors du restaurant.

Knutas resta coi et la regarda sortir.

Il ne comprenait absolument rien.

Lorsque le groupe d'investigation se réunit le mercredi matin, peu de témoins s'étaient manifestés, malgré les appels lancés dans les médias.

— Comment peut-on assassiner quelqu'un et le pendre à la vue de tous sur les remparts de Visby sans que personne ne remarque quoi que ce soit ?

Knutas laissa échapper un éternuement qui gicla sur la moitié du bureau. Il traînait depuis des semaines un rhume qui ne semblait pas vouloir passer. Il s'excusa auprès de ses collègues et essuya le meuble avec un mouchoir.

— Si seulement on savait où le meurtre a été commis, soupira Karin.

— On va bientôt le découvrir, dit Norrby d'un ton rassurant. Et je peux tout de même vous annoncer que nous avons inspecté l'appartement dans lequel Wallin comptait s'installer, au 38 Artillerigata à Stockholm. Il l'a acheté il y a deux mois, le 17 novembre pour être exact. Un trois pièces rénové. Presque entièrement aménagé avec des meubles flambant neufs, une nouvelle télé et une chaîne hi-fi. La cuisine disposait déjà de couverts et de vaisselle. Il avait acheté l'appartement suite à une annonce et payé 4,2 millions de couronnes.

Wittberg siffla.

— La peau du cul. Il roulait sur l'or alors ?

— Les prix sont élevés dans le quartier d'Östermalm, mais en plus c'était un appartement de cent cinq mètres carrés avec balcon et vue panoramique au cinquième étage.

Norrby marqua une courte pause et passa la main dans ses cheveux.

— Et pour répondre à ta question : oui, il avait de l'argent. Il venait de céder sa galerie. Il a sûrement utilisé le produit de la vente. En plus, il avait des actions et des obligations.

— Une assurance vie ?

— Oui, à trois millions. En cas de décès, l'argent revient à son épouse.

— Tiens, tiens, fit Kihlgård en se laissant retomber contre le dossier de sa chaise et en croisant les mains sur son ventre. On a donc un mobile. Il faudrait peut-être quand même réinterroger Monika Wallin. Il y a encore beaucoup de questions restées en suspens après les derniers interrogatoires.

Il jeta un bref regard à Knutas qui se tortillait sur son siège, visiblement gêné.

— Elle avait un amant, et la mort de son mari la rend riche. Deux mobiles classiques pour un meurtre.

— Et les enfants ? intervint Karin. Qu'est-ce qu'ils reçoivent ?

— Un pactole également. Je ne sais pas combien au juste, mais il semble qu'il pesait plusieurs millions, dit Norrby. L'épouse et les enfants sont héritiers à parts égales, ce qui fait pas mal d'argent.

— On a donc trois personnes avec un mobile, dit Karin. On n'a pas encore interrogé les enfants. En ce qui concerne Rolf Sandén, l'amant, il a un mobile et la force physique nécessaire. Malheureusement, il a un alibi pour la nuit du meurtre. Il a un ami à Slite chez qui il a passé la nuit. Cet ami a confirmé qu'ils ont passé toute la soirée ensemble.

— Je me suis informé sur les contacts professionnels d'Egon Wallin à Stockholm, dit Kihlgård. D'abord en ce qui concerne Sixten Dahl, à qui il a vendu sa galerie sans le savoir. Dahl n'a rien dit d'intéressant lors de son interrogatoire. Il a lui aussi un alibi pour la nuit du meurtre. Il a hébergé chez lui un bon ami de Stockholm et ils ont passé toute la nuit ensemble. Enfin, pas dans ce sens-là, s'empressa-t-il d'ajouter. On l'a interrogé sur ce point. L'hôtel était plein, il n'y avait donc plus de chambres individuelles. Il y avait une conférence sur la coopération entre les pays riverains de la Baltique.

— C'est vrai, confirma Karin. Cela concernait les gazoducs entre la Russie et l'Allemagne qui doivent passer par là.

— Exactement. Et le personnel de la réception et du restaurant a confirmé les propos de Dahl. Ils sont revenus vers
onze heures et sont montés directement dans leur chambre.

— Ce qui ne veut pas forcément dire qu'ils ne sont pas
ressortis, suggéra Karin.

— Et le fait qu'ils aient dîné dans le même restaurant que
Wallin et les autres est un hasard intéressant, dit Knutas.

— Il va falloir encore regarder ça de plus près. En tout cas,
Sixten Dahl va venir s'installer six mois pour mettre la boutique en route puis sa femme va le suivre. Ah ça, ça ne devrait
pas être là, marmonna-t-il en feuilletant son dossier visiblement
à la recherche de quelque chose.

Puis, son visage s'éclaira.

— Ah si, le voilà.

Il chaussa soigneusement ses lunettes et mordit dans son
petit pain à la cannelle qu'il arrosa d'une gorgée de café avant
de continuer. Tous attendaient patiemment qu'il ait fini de s'essuyer la bouche.

— Egon Wallin a acheté des parts dans une galerie du quartier de Gamla Stan à Stockholm. Elle est détenue par quatre
autres personnes, Egon Wallin aurait été la cinquième.

— Qui sont les autres? demanda Knutas qui avait déjà
oublié son irritation face aux piques de Kihlgård.

— J'ai la liste ici.

Il ajusta ses lunettes sur son nez et commença à lire :

— Katarina Ljungberg, Ingrid Jönsson, Hugo Malmberg,
et Peter Melander.

— Hugo Malmberg, je connais ce nom-là, dit Karin. Il
n'était pas au vernissage?

Elle parcourut les listes posées devant elle sur la table.

— Oui, voilà, s'exclama-t-elle satisfaite. Il a été interrogé à
Stockholm. Par un certain Stenström.

— Intéressant. Voilà qu'on commence à trouver des choses,
dit Knutas. Où en étaient leurs affaires?

— Tout était dans la poche, répondit Kihlgård. Il avait payé
et il ne semblait y avoir aucun problème.

— Il faut aller voir Malmberg immédiatement, déclara Knutas. Et aussi les autres. Peut-être que l'un d'entre eux est impliqué dans le trafic de tableaux volés.

— Et ça nous donnerait aussi un nouveau mobile, se risqua Wittberg. L'un des partenaires ne voulait peut-être pas de Wallin dans leurs rangs.

— Mais est-ce que ça l'aurait conduit jusqu'au meurtre ? Non, ça ne colle pas.

Norrby secoua la tête.

Le froid impitoyable incitait les gens à rester chez eux. En cette nuit de février, Stockholm était inhabituellement calme. La température était tombée à moins dix-sept degrés et tout paraissait figé, gelé.

Quand Hugo Malmberg ouvrit la porte sur la rue Långholmsgata, l'air glacé lui fouetta le visage. Il enfouit son visage dans une écharpe et remonta son col. Il resta quelques secondes à guetter dans la rue déserte. Pas de taxi à l'horizon. Il était presque trois heures du matin. Il alluma une cigarette et attendit en sautillant d'une jambe sur l'autre pour braver le froid. Au moment où il envisagea de retourner à l'intérieur, il se rendit compte qu'il ne connaissait pas le code. Il leva les yeux vers le quatrième étage de la façade. Il n'y avait plus de lumière aux fenêtres de Ludvig et Alexia. Ils s'étaient couchés très rapidement, peut-être soulagés qu'il soit enfin parti.

Il venait de passer un vendredi soir entre amis attablé autour d'un délicieux repas, à siroter du bon vin. Il se sentait serré à la ceinture, devait faire attention à ne pas prendre de poids. Il était resté plus longtemps que les autres, ce qui n'était pas inhabituel. Cette fois-ci, son hôte et ami Ludvig s'était perdu dans une discussion sans fin sur le désintérêt de la presse écrite pour l'art contemporain, alors qu'elle laissait la littérature prendre toute la place. Quand tous les arguments furent sortis et que toute l'indignation fut expulsée, il était déjà deux heures et demie. Les invités restants s'était éclipsés les uns après les autres, ce qui n'avait pas le moins du monde incité les deux amis à interrompre leur vive conversation. C'était donc la femme de Ludvig qui s'était chargée de recevoir les bises d'au revoir sur le pas de la porte.

Hugo avait fini par se résoudre lui aussi à rentrer, et Ludvig lui avait appelé un taxi. Les voitures arrivaient toujours bien trop vite, c'est pourquoi Hugo avait immédiatement pris l'ascenseur pour attendre devant la porte en fumant la cigarette tant attendue.

On n'avait pas le droit de fumer chez Ludvig et Alexia. Lorsqu'il eut éteint la deuxième, le taxi n'était pas encore arrivé. Il regarda à nouveau sa montre. Cela faisait maintenant dix minutes qu'il attendait et il commençait à être pessimiste. Il avait malheureusement oublié son téléphone chez lui et il n'avait pas envie de se mettre à crier sous les fenêtres ou à jeter des cailloux en l'air contre les vitres.

Il regarda en direction du pont Västerbro. En fait, il n'avait pas beaucoup à marcher pour rentrer. Il suffisait de traverser le pont, puis de descendre les marches et traverser le parc de Rålambshov. Puis il ne restait que quelques centaines de mètres à parcourir sur l'avenue Norr Mälarstrand jusqu'au coin de la rue Ericssonsgata, où il habitait. Il en aurait pour vingt minutes, une demi-heure maximum. Le froid glacial le faisait hésiter mais s'il marchait suffisamment vite, ce ne serait sûrement pas si terrible.

Hugo Malmberg était l'un des galeristes les plus réputés de Stockholm. Il était copropriétaire d'une grande galerie dans le quartier Gamla Stan et avait amassé une petite fortune grâce à de bons investissements sur le marché de l'art dans les années quatre-vingt, qui n'avaient cessé de fructifier depuis.

Il marcha d'un pas rapide jusqu'au pont Västerbro pour se réchauffer et se mettre en condition. L'air froid rendait toute respiration douloureuse. La Suède n'est pas un milieu hospitalier pour les hommes. Si Dieu existait, il avait sûrement oublié ce coin de l'extrême Nord de l'Europe. La ville était paralysée dans une obscurité gelée. La couche de glace sur les ponts étincelait dans la lumière des réverbères. Le pont s'ouvrait devant lui, formant un arc de cercle harmonieux et juste en dessous, la glace compacte s'étendait jusqu'au centre-ville. Il remonta encore son col et fourra les mains dans son manteau.

Le bus de nuit lui passa sous le nez lorsqu'il atteignit le pont Västerbro. Il n'avait même pas pensé à le prendre. Juste en dessous de lui, on apercevait Långholmen avec ses arbres nus et ses rochers. L'ancienne île-prison au milieu de la ville était aujourd'hui pratiquement recouverte de forêt et de pontons.

Un peu plus loin se trouvait un escalier qui descendait du pont jusqu'à l'île isolée.

Soudain, il aperçut une silhouette qui bougeait en bas entre les arbres. L'homme portait une parka sombre et un bonnet de laine.

Au moment où il passa devant l'escalier, leurs regards se croisèrent. L'homme en noir était grand et paraissait musclé sous sa veste. Il avait des traits fins, une mèche blonde dépassait de son bonnet.

Il ne lui vint pas à l'idée de lui adresser la parole. C'était une situation étrange. Ils étaient seuls dans la nuit glacée, ils auraient peut-être dû se saluer. Le jeune homme était vraiment séduisant. Mais peu importait, tout ce qu'il voulait c'était rentrer chez lui au plus vite. Ses joues étaient anesthésiées par le froid. Il pressa le pas.

Derrière lui, on n'entendait pas un bruit. Il ne savait pas si l'homme de l'escalier le suivait ou s'il était parti dans l'autre sens, en direction du quartier de Södermalm. Au bout d'un moment, il ne put résister à la tentation de se retourner pour vérifier. Il sursauta de surprise, l'homme était quelques mètres derrière lui. Il regarda Hugo Malmberg droit dans les yeux en souriant.

Sans savoir comment interpréter ce sourire, Hugo Malmberg continua à marcher.

Lorsqu'il s'approcha du point le plus haut du pont, le vent se leva. L'air était d'un froid si mordant qu'il rendait la respiration douloureuse.

Il continua en direction du centre de Stockholm en se disant qu'il n'avait jamais vu la ville aussi déserte qu'à présent. Tout autour de lui était gelé, comme si la vie et la rumeur de la ville avaient soudain été pétrifiées en plein mouvement. L'art lui procurait le même sentiment. Une peinture d'artiste qui le touchait, qui figeait l'espace d'un instant tout ce qui l'entoure, comme une photo – le temps et l'espace s'arrêtaient et la seule chose qui restait, c'était lui et la toile qu'il admirait.

Et puis il vit à nouveau l'inconnu qui était soudain devant lui. Comment était-ce possible ?

Un sentiment de gêne le submergea. Quelque chose clochait dans le comportement de l'homme. Soudain, il réalisa à quel point il était sans défense, bien visible au milieu du pont sans la moindre échappatoire s'il s'agissait d'une agression. Il pouvait bien sûr se mettre à courir mais son poursuivant le rattraperait sûrement avant même qu'il ait accéléré le pas.

Derrière, dans l'avenue Norr Mälarsrand, il vit remonter un taxi en direction du centre-ville.

Il continua à marcher tout en ne perdant pas de vue l'homme de l'autre côté du pont. En même temps, il entendit le vrombissement d'un moteur qui s'amplifia vite en un vacarme assourdissant. Un camion traversait le pont dans sa direction. Il aperçut une seconde le visage du conducteur, puis le camion passa devant lui à vive allure.

Lorsque le camion l'eut dépassé, l'homme sur le pont avait disparu.

L e samedi, la sonnerie du téléphone tira Knutas de son sommeil. Il reconnut immédiatement la voix excitée de Sohlman à l'autre bout du fil.

— Je crois qu'on a trouvé le lieu de crime.

— Où ça ?

Knutas fut immédiatement réveillé.

— Près de la porte de l'Amour. Je crois que tu devrais venir.

Knutas sauta du lit et se précipita sous la douche. Line tendit la main vers lui, encore endormie.

— Qu'est-ce qui se passe ? marmonna-t-elle, fatiguée.

— Il y a du nouveau, je dois y aller.

Il l'embrassa sur le front.

— Je t'appelle tout à l'heure ! s'écria-t-il en descendant les marches jusqu'au rez-de-chaussée.

Il avait le temps d'avaler une tartine, mais le café allait devoir attendre, ce qui était pour lui un sacrifice presque insupportable. Le café était son élixir de vie matinal.

Il roula aussi vite qu'il put jusqu'au port puis le long des remparts jusqu'à la petite ouverture du côté ouest qu'on appelle «la porte de l'Amour». Lorsqu'il arriva devant, une grande partie du périmètre était déjà bouclé.

— Que s'est-il donc passé ? demanda-t-il à Sohlman qui avait passé sa tête à travers l'ouverture en voyant arriver Knutas.

— Un témoin a trouvé ça ce matin.

Sohlman lui tendit un sac plastique contenant un portefeuille en cuir noir.

— Tout est encore dedans, ce qui signifie qu'on peut définitivement exclure la théorie du vol.

149

— Le portefeuille de Wallin, constata Knutas.

— Il a dû le perdre pendant l'agression. Il y a plusieurs indices qui laissent supposer qu'il a été assassiné ici. On a retrouvé des projections de sang sur le rempart et un mégot de la même marque que sur les lieux de la découverte du corps. Lucky Strike. C'est une marque assez rare. Du moins ici à Gotland.

— Aucune trace de son téléphone ?

— Malheureusement non.

— Ici aussi on peut accéder en voiture, dit Knutas en regardant le sol autour de lui. Mais il ne reste aucune trace de pneu, n'est-ce pas ?

— Pas sûr. Il n'a plus neigé depuis et il n'y a quasiment pas de circulation ici. En tout cas pas en hiver. On aura peut-être de la chance.

— Le meurtrier l'a sûrement suivi depuis la rue Snäckgärdsväg jusqu'ici. La question est de savoir où allait Wallin. En ville bien sûr, mais où exactement ?

— Il devait avoir rendez-vous avec quelqu'un. Soit dans l'un des restaurants encore ouverts tard le samedi soir, soit dans un hôtel. Je ne peux pas imaginer d'autre endroit.

— À moins qu'il ait voulu aller chez quelqu'un, objecta Knutas. Un habitant de Visby, qu'il voulait voir en secret.

— Ou alors il avait rendez-vous avec le meurtrier.

— C'est également une possibilité, bien sûr.

Knutas soupira.

— En tout cas, c'est une bonne chose d'avoir trouvé le lieu du crime. Où est le témoin ?

— En interrogatoire, dit Sohlman. Pendant ce temps, on va continuer à travailler ici.

— D'accord, alors je vous convoque tous pour une réunion cet après-midi. Je compte sur vous pour faire les choses assez discrètement pour ne pas avoir les médias aux basques.

— Ça ne va pas être une mince affaire, dit Sohlmann. On va boucler une zone assez large presque toute la journée. J'espère qu'on va pouvoir découvrir d'où il est venu exactement.

— J'ai l'impression que notre homme connaît particulièrement bien les environs, dit Knutas d'un air pensif. Imagine, si c'est un Gotlandais !

Il appela Line depuis le commissariat pour l'informer qu'il devrait rester une grande partie de la journée au commissariat.

Même s'il s'était réjoui d'avoir une journée de libre, il était content qu'il se passe enfin quelque chose. Quand l'enquête piétinait pendant plusieurs jours, il avait tendance à se décourager. Son impatience augmentait avec les années.

Quelques minutes plus tard, il eut un appel de Sohlman. Il était de retour au commissariat et procédait à l'examen approfondi du portefeuille de Wallin et de son contenu.

— Tu peux descendre un instant ?

— Bien sûr.

Knutas descendit les escaliers jusqu'au laboratoire situé au sous-sol du bâtiment.

Sohlman avait réparti le contenu du portefeuille sur une table éclairée par un tube au néon.

— Rien n'a l'air de manquer, carte de crédit, argent, pièce d'identité. Le portefeuille était dans un trou recouvert de neige, pas étonnant qu'on ne l'ait retrouvé que maintenant.

— Est-ce que le témoin l'a touché ?

— C'est un retraité qui promenait son chien. Le chien a trouvé le portefeuille en fouinant dans la neige. Le témoin a tout de suite vu le permis de conduire d'Egon Wallin et a eu la présence d'esprit de le lâcher et de nous appeler. En plus, il n'a pas ôté ses gants. Il a vu à la télé comment se comporter dans une telle situation. Il s'est arrêté et a surveillé le portefeuille jusqu'à notre arrivée. On peut dire merci à toutes les émissions de faits divers. Par contre il n'y a pratiquement pas d'empreintes dessus parce qu'il est resté longtemps dehors. Mais c'est un autre problème.

— Qu'est-ce que tu as trouvé ?

— Ce qui a particulièrement attiré mon attention, c'est ceci.

À l'aide d'une pince, Sohlman saisit un petit bout de papier posé sur la table. C'était un Post-it jaune sur lequel étaient griffonnés quatre chiffres.

— Sûrement un code, dit Knutas. Le code de sa carte de crédit ?

— Ce ne serait pas très malin de le garder comme ça dans son portefeuille à côté de sa carte de crédit, aussi facile à trouver, dit Sohlman. Bien sûr, il y a des gens qui font des choses aussi idiotes, mais je ne crois pas que ce soit le style de Wallin.

— Tu as raison, approuva Knutas. Il doit y avoir une autre signification. Est-ce que la galerie dispose d'un digicode ?

Sohlman le regarda d'un air dubitatif.

— Wallin gérait cette galerie depuis vingt-cinq ans. Il y était tous les jours. Même s'ils avaient changé le code récemment, il l'aurait su par cœur.

— Il faut envisager toutes les possibilités, dit Knutas. Je vais mettre Kihlgård sur le coup. Cela lui permettra de penser à autre chose qu'à la bouffe.

Erik Mattson reprenait lentement conscience. Au loin, il entendait une douche couler et d'autres bruits qu'il ne parvenait pas à identifier. Ce n'était pas le vrombissement des moteurs dans la rue. C'était plus fort que celui qu'il entendait sous ses fenêtres de la rue Karlaväg. L'air de la chambre était chargé et humide et le lit était plus mou et défoncé que le luxueux confort des lits Dux auquel il était habitué. Il était rompu de fatigue et il avait mal entre les jambes. La migraine le tenaillait.

Il ouvrit les yeux et comprit immédiatement qu'il se trouvait dans une chambre d'hôtel. Il commençait à se remémorer les événements de la veille et avant même qu'il ait eu le temps de réfléchir, un homme de haute taille apparut dans l'encadrement de la porte. L'homme séchait son crâne rasé tout en observant Erik allongé dans le lit. Il était tout mouillé et continuait de se passer la serviette sur le corps sans aucune gêne. Son membre flasque pendait entre ses cuisses. Son corps entraîné débordait de muscles, sa peau était étrangement blanche et il n'avait presque pas de poils, même pas au pubis. Un tatouage représentant une petite tortue se dessinait sur son bras. C'était niais.

Ils s'étaient connus dans l'une des boîtes homos les plus décadentes de la ville, dans lesquelles Erik se rendait souvent les vendredis. Un demi-verre et quelques regards appuyés avaient suffi à ce que l'homme musclé s'approche. Il était très intéressé, et ils avaient à peine bu quelques verres que l'autre avait déjà proposé d'aller chez lui. Quand Erik avait déclaré que c'était payant, l'autre s'était d'abord mis en colère et l'avait laissé en plan. Mais il était rapidement revenu pour connaître le tarif. Celui-ci avait dû lui convenir puisqu'ils avaient quitté le club en taxi quelques minutes plus tard jusqu'à l'hôtel de l'autre. Il était dur et déterminé, presque violent. Plusieurs fois, Erik avait pris peur, mais l'homme n'avait jamais dépassé les limites. Même s'il n'était pas passé loin. Lorsqu'il s'était éclipsé pour aller aux toilettes, Erik avait rapidement ingurgité deux petites pilules jaunes, pour faire passer la douleur et tenir le reste de la nuit. Son client paraissait insatiable et encore loin d'être satisfait.

À présent, Erik remarquait que cela avait été plus violent que d'habitude. Parfois il y prenait lui aussi du plaisir, tant sexuellement que mentalement. C'était une sorte d'exutoire, comme si ce comportement autodestructeur lui faisait du bien. Sa vie n'était que la descente en roue libre d'une pente raide. Il pouvait tout lui arriver, cela n'avait plus d'importance. Parfois, la douleur qu'il éprouvait le lendemain lui procurait un certain sentiment de satisfaction. Le moment où il pénétrait dans un club en sachant qu'il partagerait l'intimité de l'un de ces hommes quelques heures plus tard, sans savoir encore de qui il s'agissait, était un moment de tension dont il ne fallait pas sous-estimer le pouvoir excitant. Bien sûr, cette double vie lui procurait son lot de jouissance et lui permettait de tenir la barre financièrement. En même temps, c'était épuisant, tant mentalement que physiquement. Parfois, la peur et le désespoir le submergeaient et le plongeaient dans un vide sidéral qu'il tentait de combler en avalant des pilules et de l'alcool fort. Ce n'était qu'une fuite passagère, mas il ne voyait pas d'issue. Il n'y avait pas d'autre vie possible pour lui. Il était prisonnier, comme un poisson rouge dans un bocal.

L'homme lui sourit et le ramena à la réalité. D'un geste triomphant, il laissa tomber la serviette et après avoir jeté un coup d'œil à son sexe, Erik comprit que l'autre n'en avait toujours pas eu assez.

Tous étaient rentrés à Stockholm pour le week-end. Tous, sauf Martin Kihlgård. Parfois, Knutas en venait à se demander si Kihlgård avait une vie en dehors du travail. En réalité, il ne savait pas grand-chose de lui. Il n'avait jamais parlé d'une éventuelle famille, et comme il ne portait pas d'alliance, Knutas en avait conclu qu'il n'était pas marié. Knutas ne savait rien non plus de ses loisirs, mis à part son intérêt pour la nourriture bien sûr. Il l'avait d'ailleurs retrouvé en train de savourer un sandwich au salami et au brie lorsqu'il était entré dans le bureau que Kihlgård occupait pendant son séjour sur l'île de Gotland.

— Comment ça va ?

— Bien. Je regardais ce code bizarre, et j'en suis arrivé à me poser une question toute simple.

Kihlgård parlait la bouche pleine, comme si de rien était, et Knutas devait attendre qu'il ait fini chaque bouchée.

— Ben oui, je me demandais comment l'assassin avait pu savoir que Wallin allait encore sortir ce soir-là.

Knutas haussa les épaules.

— Il se peut que ce ne soit qu'une coïncidence. Peut-être qu'il espionnait Wallin et qu'il attendait que les lumières s'éteignent.

— Ou peut-être qu'il savait que Wallin devait retrouver quelqu'un !

Kihlgård avait pris un ton triomphant, comme si son hypothèse était nouvelle et allait totalement changer la donne.

— Oui, nous avons déjà évoqué cette hypothèse, et nous l'avons retournée dans tous les sens d'ailleurs, répondit Knutas, qui perdait patience, et qui n'avait vraiment pas envie de perdre un temps précieux à tergiverser.

— L'assassin devait savoir que Wallin avait prévu d'aller voir quelqu'un plus tard, poursuivit Kihlgård, imperturbable. Il devait aussi certainement savoir que cette personne logeait à l'hôtel Wisby.

— À l'hôtel Wisby?

Knutas fit une mine étonnée.

— Comment savais-tu que la femme qu'il devait voir logeait là?

Kihlgård lui tendit le code que Knutas avait griffonné sur un petit papier le matin même.

— Pourquoi est-ce qu'il se serait baladé ainsi avec le code de l'hôtel dans son portefeuille sinon?

— Comment as-tu trouvé qu'il s'agissait du code d'un hôtel?

— J'ai d'abord pensé qu'il s'agissait d'un code de carte de crédit, alors j'ai vérifié, mais ce n'était pas ça. J'ai ensuite demandé à sa femme s'il s'agissait du code de l'alarme, car ils ont un paquet d'œuvres d'art qui valent très cher chez eux. Mais encore une fois, c'était une mauvaise piste. Après, je me suis dit que cela devait avoir un lien avec le fait qu'il allait voir quelqu'un ce soir-là, et que cela pouvait être à un hôtel. J'ai donc mené l'enquête auprès des hôtels qui n'ont pas de portier. Comme l'hôtel Wisby par exemple. Ils ont changé de système après la mort de cette portière de nuit. Maintenant, si on rentre entre minuit et six heures du matin, il faut sonner pour que le réceptionniste vienne ouvrir. Pour éviter qu'une personne non autorisée n'entre dans l'hôtel. Au cas où un client souhaiterait éviter le portier, pour se livrer à je ne sais quel trafic…

Kihlgård ponctua sa phrase d'un clin d'œil qui semblait vouloir dire: «si tu vois ce que je veux dire».

— Du coup, tous les clients reçoivent un code. Je suis allé montrer le code à l'hôtel, et apparemment ça collerait. Pour des raisons de sécurité, ils changent le code tous les jours, et ce code-là correspond à celui de la nuit du samedi dix-neuf au dimanche vingt février.

Knutas siffla.

— Pas mal du tout, dit-il avec étonnement. Impressionnant, même. Voilà qui recentre l'enquête sur l'hôtel Wisby. On aura vite fait d'y trouver les clients qui nous intéressent dans cette affaire. C'est brillant, Martin, dit-il en lui donnant une tape amicale dans le dos.

— Merci.

Ils furent interrompus par Karin qui regardait par l'entre-bâillement de la porte.

— On va déjeuner ?

Le visage de Kihlgård s'illumina.

— Excellente idée, dit-il en engloutissant le dernier morceau de son sandwich. Mais encore une chose : j'ai comparé la liste des clients de l'hôtel à celle des invités du vernissage.

— Et ?

— Et il n'y a pas une seule femme qui figure sur les deux à la fois. Toutes les personnes qui sont à la fois allées au vernissage et qui ont logé ici sont des hommes.

Le samedi matin, Johan se réveilla tôt, mais resta couché. Allongé sur le côté, il regardait le visage d'Emma. Il pensait à leur mariage. Emma souhaitait régler l'affaire au plus vite, et compte tenu du caractère quelque peu instable de leur relation, Johan était assez de cet avis. Il craignait en effet que quelque chose ne se passe entre eux d'ici là.

Organiser un mariage aussi rapidement signifiait qu'il lui faudrait peut-être abandonner l'idée d'un mariage à l'église, dont il avait pourtant toujours rêvé. Mais ce n'était pas grave.

On était déjà fin février. Cela leur laissait au moins deux mois pour envoyer les cartons d'invitation, ce qui était largement faisable. Il tenait absolument à ce que la famille et les amis soient tout de même présents. C'était sa seule condition. Mais pouvaient-ils vraiment organiser la cérémonie ailleurs que dans une église ? Au moment même où il se posait la question lui vint une idée : pourquoi pas les ruines de l'abbaye de Roma ? Ils pourraient ensuite continuer la célébration à la maison. Ils y seraient peut-être un peu à l'étroit, mais s'ils optimisaient l'ensemble des deux cents mètres carrés de la maison, ils devraient au final avoir suffisamment d'espace. Après tout, ils n'étaient pas obligés d'organiser tout un repas autour d'une grande table. Une simple réception avec du champagne pourrait suffire. Pour la nourriture, des canapés et une pièce montée pourraient très bien faire l'affaire. Ils n'avaient donc pas besoin de s'embarrasser à placer les gens, en nombre pair et selon une logique précise. Tout ne serait que joie, fête et amour.

Il était déjà tout excité à cette idée. Il était si agité qu'il dut se lever. Il chercha un stylo afin de coucher sur papier la liste des gens qu'il souhaitait inviter ; il verrait ainsi s'il était réellement envisageable de célébrer leur union à la maison. Si ce n'était pas le cas, il devait certainement être possible de repousser un peu la date. Mai ou juin par exemple, il ferait alors beau et chaud. Il fallait également penser au voyage de noces. Faire garder les enfants ne posait pas de problème. Si Elin restait à la maison, ils pourraient la faire garder par sa mère, ou encore par les parents d'Emma, qui habitaient à Fårö. Cela leur permettrait de passer du temps avec Sara et Filip également.

Johan rêvait d'un voyage romantique. Paris s'imposait comme une évidence. Au printemps, ou au début de l'été. Ce serait parfait.

Il allait réveiller Emma lorsqu'il pensa à quelque chose qui lui avait jusque-là échappé : maintenant qu'il lui avait fait sa demande, ils devaient penser aux fiançailles. Devait-il acheter les bagues de fiançailles lui-même ou devaient-ils le faire ensemble ? Il ne savait pas du tout comment cela se passait. Il avait besoin de demander conseil. Il caressa le dos d'Emma du bout du doigt. Il l'aimait, c'était certain. À partir de là, les détails du mariage lui importaient peu. Seule leur union comptait.

Erik Mattson ressentait toujours le besoin de sortir après ces nuits-là, à cause de la torpeur dans laquelle elles le plongeaient. Il était resté à la maison pour se reposer pendant quelques heures. Mais peu après midi, il s'était décidé à quitter l'appartement et prendre le bus pour le musée Waldemarsudde sur l'île de Djurgården.

Il descendit à l'arrêt au bord de l'eau, et continua à pied jusqu'au musée. Ce musée fut la demeure du prince Eugen durant la première moitié du XXᵉ siècle. Le prince Eugen, ce peintre qui ne fut jamais roi, mais qui fut néanmoins un grand artiste et un excellent paysagiste. À sa mort en 1947, il légua sa résidence à l'État suédois avec l'ensemble de son importante collection d'art.

Perchée en haut de la colline, la bâtisse aux murs clairs semblait pousser à même le rocher. Elle donnait sur le lac Östersjön, en face du centre de Stockholm. Si le château était bien une résidence princière, elle rappelait plutôt, par son humilité, une résidence noble.

L'exposition en cours présentait une collection d'art suédois du début du XXᵉ siècle.

Erik passa la porte et paya son ticket d'entrée. Il n'était pas du tout intéressé par la belle galerie. Il prit directement la direction des anciens appartements du prince. Les autres pièces du château servaient également d'espaces d'exposition. Et c'était là, dans la salle à manger, que le tableau se trouvait.

Il le repéra de loin. Il était si grand qu'il occupait tout un mur. Il dégageait une atmosphère vraiment particulière, avec ces couleurs vives, ces mouvements délicats et ondoyants, ce sens du tragique si habilement introduit sous le thème apparent de la coquetterie. Erik Mattson s'assit sur le banc placé devant le tableau. Il était en admiration totale devant le chef-d'œuvre de Nils Dardel, *Le Dandy mourant*.

Il était si captivé qu'il remarquait à peine les autres visiteurs. Il était envahi de sentiments contradictoires.

Il se sentait infiniment proche de Dardel, comme s'ils étaient secrètement liés, au-delà de l'espace et du temps. Le fait qu'ils ne se soient jamais rencontrés n'était que secondaire. Il savait qu'ils étaient deux âmes sœurs, il le savait depuis qu'il avait vu *Le Dandy mourant* pour la première fois alors qu'il était en visite chez une connaissance de la famille, de nombreuses années auparavant.

Il avait alors dix-sept ans. C'était le temps où il se cherchait encore. Le tableau lui avait immédiatement parlé. Le personnage du dandy, au centre, beau et pâle, était celui qui attirait le plus le regard. Quelque chose de mystérieux entourait ce personnage, qui symbolisait semble-t-il l'âme de Dardel. Il était si jeune, pensait Erik, assis sur le banc. Fragile et pourtant irrésistible. Ces yeux fermés, et ces épais sourcils noirs au-dessus de ces joues blanches. Ce corps mince, à moitié allongé au sol, et les jambes ainsi écartées, c'était une vision presque érotique au milieu d'une scène tragique. Il portait une main à son cœur, comme s'il avait mal. Et à en juger par sa pâleur, il semblait déjà avoir quitté le monde des vivants.

Erik était fasciné par le dandy, par son visage fin, sa tenue élégante, cette main délicatement posée au sol, et ces doigts menus qui tenaient encore un petit miroir. Qu'est-ce que cela pouvait bien vouloir dire ? Que c'était sa propre image qui l'avait tué ? Ou qu'il ne pouvait plus assumer sa vie, l'alcool, l'homosexualité ? Avait-il voulu fuir sa vie décadente ? C'est ce qu'Erik souhaitait aussi, mais sans pourtant jamais oser franchir le pas.

Erik parcourut le tableau du regard, et notamment les trois personnages féminins qui entouraient le dandy, avec leur regard tendre et attentionné et leurs traits fluides. L'une d'entre elles était en train de recouvrir le corps élégant et svelte du dandy d'une couverture comme s'il était un instrument de musique mis au rancart.

Un autre homme figurait sur le tableau. Il se tenait en arrière-plan, et semblait se détourner du reste du groupe, empreint de tristesse. Il portait son mouchoir à l'œil, comme un monocle. Il y avait quelque chose de théâtral en lui, avec ses yeux noirs et ses lèvres rouges. Il était lui aussi vêtu comme un dandy. Il portait des couleurs provocantes, un petit veston, une chemise orange et une cravate bordeaux. Erik pensait que cet homme devait certainement représenter celui qui avait été l'homme le plus important dans la vie de Dardel, son amant Rolf de Maré.

Dardel avait eu plusieurs relations homosexuelles, même s'il avait aussi eu des histoires avec des femmes.

Le regard d'Erik revint sur la poitrine du dandy, sur sa main posée sur le cœur. La douleur était-elle purement physique? Venait-il d'avoir une attaque? Erik savait que Dardel avait le cœur fragile, après avoir eu la scarlatine étant enfant. Mais l'explication était-elle si facile? La douleur était peut-être due à un chagrin d'amour. Peut-être que Dardel voulait montrer qu'il était sur le point de quitter Rolf de Maré et de renier sa vie homosexuelle pour se marier avec une femme? Dardel avait peint ce tableau durant l'été 1918. À ce moment-là, il était secrètement fiancé à Nita Wallenberg. Était-ce la raison pour laquelle le personnage à la chemise orange pleurait?

Erik s'était toujours demandé ce que Dardel avait en tête lorsqu'il avait peint ce tableau, qui lui parlait à tous les niveaux. Cette œuvre le touchait au plus profond de lui-même. Erik y retrouvait le tragique de sa propre vie. Parfois, en plein désespoir, il s'imaginait ce qu'aurait donné leur rencontre, s'ils avaient vécu à la même époque, bien sûr. Il l'aurait tant aimé.

Il est peut-être en train de me regarder en cet instant même, se dit-il en levant les yeux au plafond. Puis son regard revint au tableau.

Le motif des trois femmes ainsi réunies autour du corps du dandy lui rappelait la mort du Christ. Celle qui recouvrait le corps du dandy d'une couverture notamment, les feuilles de palmier érigées derrière son dos la faisant ressembler à un ange. Il y avait aussi cette femme en bleu, qui pouvait très bien être Marie, puisqu'elle portait cette couleur si typique des représentations de la mère du Christ. Et la jeune fille qui tenait le coussin sous la tête du dandy pouvait symboliser Marie-

Madeleine, avec ses couleurs, ses cheveux roux, ses vêtements rouge et violet. Quant à l'homme de l'arrière-plan, il avait les traits de Jean, l'apôtre préféré du Christ. Après tout, pourquoi pas ?

L'intention tragique en revanche ne faisait aucun doute, le tableau en était la représentation même. Il était peut-être à mettre en relation avec le contexte de l'époque. La Première Guerre mondiale faisait rage dans toute l'Europe au moment où Dardel avait peint le tableau. La Suède s'était maintenue à l'écart, mais la Finlande venait d'entrer en guerre et le conflit s'approchait dangereusement de la Suède, ce qui n'était pas sans répercussions. Et dans les salons que Dardel fréquentait, personne ne pouvait continuer à fermer les yeux sur les atrocités auxquelles étaient exposés le reste des Européens. À travers cette peinture, Dardel voulait peut-être parler des changements qui s'opéraient dans la société suédoise à ce moment-là. Il voulait peut-être signifier que les fastes et l'insouciance de la vie mondaine qu'il menait devenaient absurdes, qu'un dandy, même s'il semble vivre hors des préoccupations du reste du monde, doit être conscient des événements qui se produisent autour de lui.

Selon Erik, Dardel était un idéaliste, mais aussi une personnalité complexe à la vie tragique qui cherchait par tous les moyens à se fuir lui-même. Ce qu'il faisait à travers l'alcool, mais aussi à travers l'art.

Tout comme Erik.

La question de savoir si Egon Wallin avait pu être homo-sexuel prit à Knutas et Kihlgård tout le reste de leur samedi. Knutas avait appelé Monica Wallin pour le lui demander, mais il n'avait rien pu tirer de leur conversation. Elle ne pouvait pas dire que leur relation avait été torride, mais elle avait tout de même du mal à croire que son mari puisse être gay. Après toutes ces années de mariage, elle aurait bien fini par le remarquer, s'il avait été attiré par les hommes.

Kihlgård s'entretint avec les autres employés de la galerie et obtint un tout autre discours. Ils avaient tous deux compris qu'Egon était intéressé par les hommes.

Puis Kihlgård s'attaqua à l'autre bout du problème en faisant des recoupements entre les hommes homosexuels qui étaient à la fois au vernissage et qui dormaient à l'hôtel Wisby. Il en trouva deux : Hugo Malmberg, qui travaillait dans la galerie d'art qu'Egon souhaitait acquérir, et Mattis Kalvalis.

Kihlgård se rendit chez Knutas, qui était alors en pleine réflexion. Il lui fit part de ses investigations.

— Intéressant, dit Knutas. Kalvalis et Malmberg. Il devait certainement retrouver l'un d'entre eux ce soir-là.

— Et pourquoi pas les deux ? Ils donnaient peut-être dans le plan à trois ?

— Non, arrête. Ne tirons pas de conclusions hâtives. Lequel des deux serait le plus probable, selon toi ?

— Eh bien l'âge de Malmberg correspondait plus à celui de Wallin. Kalvalis a au moins vingt ans de moins que lui. Ce qui en soi ne signifie rien, bien sûr.

— Non, mais Wallin et Malmberg allaient collaborer. Et Wallin prévoyait de s'installer à Stockholm. On ne sait jamais, peut-être que Malmberg faisait aussi du trafic d'œuvres d'art volées. Peut-être qu'ils étaient tous les deux impliqués dans le même trafic.

— J'ai mené ma petite enquête sur Malmberg, dit Kihlgård. Son casier judiciaire est tout à fait vierge. Et professionnellement parlant, il est blanc comme neige. Je lui ai aussi passé un coup de fil. Il affirme ne jamais avoir eu de liaison avec Egon Wallin. Et il est persuadé qu'il n'est pas homosexuel. Il dit que si cela avait été le cas, il l'aurait remarqué.

— Et Mattis Kalvalis ? Tu as pu lui parler ?

— Oui, et sa réaction m'a paru tout à fait sincère. Il a tout simplement éclaté de rire lorsque je lui ai demandé si lui et Wallin avaient eu une liaison. Cela lui a semblé totalement absurde. Il a dit que le galeriste était trop vieux et que jamais il n'aurait pu avoir de relation avec lui. Il était néanmoins convaincu de l'homosexualité de Wallin, même si lui-même n'avait jamais rien dit explicitement à ce sujet. Mais apparemment ces choses-là se sentent.

Kihlgård regarda l'heure.

— Bon, Knutas, il faut que j'y aille. Je déjeune avec quelqu'un, dit-il avec un sourire en coin.

— Ah oui ? Qui donc ?

— Tu le sauras en temps voulu, répondit-il avec un sourire satisfait.

Il lui fit un clin d'œil et quitta la pièce.

Knutas se retrouva seul. Il bourra sa pipe de tabac.

Ils avaient suivi toutes les pistes possibles dans leur enquête sur le trafic d'œuvres volées auquel se livrait Wallin, sans pour autant parvenir à quelque chose de concluant. La perquisition qu'ils avaient menée dans l'appartement de Stockholm n'avait absolument rien donné. Impossible de mettre la main sur les disques durs recherchés. Ils avaient vérifié la comptabilité personnelle et le compte en banque de Wallin mais n'y avaient rien trouvé de suspect, aucune irrégularité. Monika Wallin avait parfaitement bien fait son travail.

Knutas était frustré. L'enquête du côté du commerce de Wallin était complètement bouchée et il ne savait pas ce qu'ils pouvaient faire de plus. Ils avaient enquêté sur toutes les personnes avec lesquelles Wallin avait pu traiter, mais sans trouver quoi que ce soit d'intéressant.

Il parcourut lentement la liste des personnes présentes au vernissage et tressauta lorsqu'il découvrit qu'Erik Mattson de Bukowskis était là. Il n'avait pourtant pas été invité personnellement. Mais la galerie avait envoyé une invitation générale à l'organisme de vente aux enchères, qui avait inscrit deux personnes sur la liste d'invités, dont Erik Mattson. C'est fou, se dit Knutas. Lorsqu'ils l'avaient appelé, Mattson avait estimé la valeur des tableaux volés retrouvés chez Egon Wallin, mais n'avait pas jugé utile de mentionner sa présence au vernissage de ce dernier.

Il composa le numéro de Bukowskis et tomba sur le sous-directeur, qui était occupé à préparer la grande vente aux enchères de printemps qui avait lieu la semaine suivante. Il confirma que Bukowskis avait envoyé deux membres de leur personnel sur l'île de Gotland ce week-end-là. Ils avaient une estimation prévue le vendredi puis ils devaient aller au vernissage le samedi. En tant qu'experts en art contemporain, il était de leur devoir de se tenir au courant de ce qui se passait dans le monde de l'art, et tout portait à croire que Mattis Kalvalis allait devenir un des noms sur lesquels il fallait compter.

Knutas demanda à s'entretenir avec Erik Mattson, mais celui-ci était absent. Knutas put néanmoins obtenir son numéro de téléphone portable. Il l'appela à ce numéro, mais n'obtint aucune réponse. Il laissa donc un message.

Il était plus de dix-huit heures, et c'était samedi. Il chercha le numéro de téléphone fixe de Mattson sur Internet mais ne trouva rien. Il était sur liste rouge. Knutas réessaya d'appeler son portable, mais sans succès. Il n'avait donc plus le choix : il n'y avait plus qu'à attendre. Knutas rentra, mais il ne pouvait s'empêcher de penser à l'affaire.

Le ciel commençait à se couvrir et à se parer des fameuses nuances rouges et rosées, si typiques de l'île de Gotland d'après les touristes. Ils disent que la lumière est particulière sur l'île de

Gotland. Et ils ont probablement raison. D'ailleurs, bien qu'il y soit habitué, il ne put s'empêcher de s'arrêter pour contempler le spectacle que lui offrait le soleil se couchant sur l'île.

Knutas aimait son île plus que tout. Son cœur lui appartenait. Ses racines y étaient profondément ancrées ; sa famille y avait toujours vécu, aussi loin qu'il en connaissait la généalogie. Ses parents habitaient à Kappelshamn dans la partie nord-ouest de l'île. Ils avaient passé l'âge de la retraite mais ils continuaient à faire du pain, qu'ils livraient aux restaurants et épiceries de l'île. Leur pain typique était fameux, et certains touristes ne venaient sur l'île que pour en acheter, car ils ne pouvaient pas s'en procurer ailleurs. Knutas avait de bonnes relations avec ses parents, mais il préférait toutefois garder une certaine distance avec eux. Lorsqu'il avait exprimé le désir d'acheter une résidence d'été avec Line, son père avait essayé de le convaincre d'acheter à Kappelshamn. Knutas et Line avaient préféré acheter à Lickershamn, le village voisin. Cela lui permettait de pouvoir passer chez ses parents rapidement s'ils avaient besoin de quelque chose pendant l'été, sans pour autant avoir à supporter de les voir débarquer à tout moment chez lui.

Knutas avait une grande sœur, Lena, qui vivait à Färjestaden, sur Öland, l'île voisine. Il avait également un frère jumeau. Celui-ci était militaire et vivait sur l'île de Fårö. Ils ne se voyaient que lors des réunions de famille. Il ne voyait Lena quasiment qu'à Noël et à la Saint-Jean. Ils avaient sept ans de différence et n'avaient jamais été très proches. Son frère, en revanche, l'appelait de temps en temps pour lui proposer d'aller manger quelque part ou aller boire une bière. Ils se voyaient très rarement, mais lorsqu'ils se voyaient, tout paraissait simple et évident entre eux. Il se disait que ce devait être comme ça entre jumeaux, que les jumeaux savaient qu'ils pouvaient toujours compter l'un sur l'autre sans avoir à se le démontrer. Knutas hébergeait son frère avec plaisir lorsque celui-ci passait à Visby. Les enfants aimaient bien leur oncle. Ils aimaient particulièrement l'entendre parler de sa vie de militaire et en raconter les anecdotes les plus cocasses, ce qui les faisait toujours rire aux éclats.

Knutas s'engagea dans l'allée de sa villa. Il aperçut alors Line à la fenêtre de la cuisine, et fut en proie à une soudaine mélancolie. Il était donc possible de vivre aux côtés d'une personne pendant des années sans pour autant parvenir à la connaître réellement. Exactement comme Egon et Monika Wallin. Il se mit à imaginer que son propre mariage n'était peut-être pas aussi heureux et sincère qu'il le pensait, et que son épouse prévoyait peut-être de le quitter et de recommencer sa vie ailleurs, sans donner d'explication. Tout était peut-être même déjà calculé. Cette pensée le terrifia. Il lui était inconcevable que les gens pussent être capables d'une telle fausseté. Il ressentait une certaine pitié pour Monika Wallin. Même si elle avait elle-même un amant, elle avait néanmoins été trompée et n'y avait vu que du feu.

Ce fut avec un long soupir que Johan posa sa valise sur le sol de son appartement. Il aurait bientôt une adresse fixe, et cette idée lui redonnait le sourire.

Il avait reçu un appel de Max Grenfors au cours de l'après-midi, pile au moment où Emma et lui avaient décidé d'aller louer un bon film pour passer un agréable dimanche soir. C'était typique. Cela faisait à peine une semaine qu'il avait emménagé avec Emma et Elin que déjà on le rappelait à Stockholm. Il y avait de bonnes raisons à cela, certes : l'enquête sur le meurtre était à ce moment au point mort, et la moitié du bureau de rédaction avait attrapé la grippe. Et c'était Pia qui avait tenu le rôle d'envoyée spéciale sur l'île de Gotland jusque-là.

L'appartement sentait le renfermé. La première chose que Johan fit fut d'ouvrir les fenêtres. Ses deux plantes commençaient sérieusement à être assoiffées. Il les arrosa abondamment puis s'occupa du courrier qui s'amoncelait sur le tapis derrière la porte d'entrée. Des factures, des publicités, et une carte postale idyllique d'Andreas, en vacances au Brésil.

Il s'assit paresseusement sur le canapé et regarda autour de lui. Son deux pièces en rez-de-chaussée n'était peut-être pas très grand ni très beau, mais il ne serait pas difficile à louer. Il n'avait qu'à demander l'autorisation au propriétaire de l'immeuble.

Il regarda son canapé déchiré, puis sa table basse en bois, qu'il avait reçue de sa mère, et son étagère Billy de chez Ikea. Ses meubles n'allaient certainement pas lui manquer. Il était en revanche hors de question de laisser ses disques et sa chaîne hi-fi à Stockholm. Olle était parti avec celle d'Emma après leur séparation.

Quelques minutes plus tard, dans la cuisine, il resta un instant appuyé contre le montant de la porte. Tout lui paraissait bien spartiate à côté de la cuisine entièrement équipée de la villa d'Emma à Roma. Tout ce que Johan avait, c'était une petite table à battants et deux chaises. Il n'y avait rien qu'il souhaitait vraiment apporter chez Emma, sauf peut-être son grille-pain, le plus important compagnon de sa vie de célibataire. Un compagnon dont il était peut-être temps de se séparer toutefois. La chambre n'était pas plus réjouissante. Le couvre-lit était vieux et affreux et il manquait une latte au sommier. Il se rendit compte qu'il n'avait jamais vraiment fait d'effort pour aménager son appartement de manière correcte. Cela faisait dix ans qu'il vivait dans cet appartement. Il l'aimait bien, mais avait le sentiment que c'était plus un lieu de passage qu'un lieu de vie à proprement parler. Son appartement était un lieu froid, anonyme et vide. Cela allait lui faire du bien de le quitter.

Il écouta les messages sur son répondeur. Sa mère avait plusieurs fois essayé de le joindre, comme si elle avait oublié qu'il travaillait désormais sur Gotland. Il avait également reçu un message de deux de ses trois frères. Il se rendit compte à quel point ceux-ci lui manquaient, et il espérait pouvoir les voir maintenant qu'il était là. Johan était l'aîné, et il avait pris un peu le rôle du père après le décès de leur papa, quelques années auparavant. Sa mère avait rencontré quelqu'un d'autre. Ils vivaient séparément, mais cela avait l'air de fonctionner à merveille. Il en était heureux, non seulement pour sa mère, mais aussi pour lui. Il n'avait plus à être aussi présent qu'avant à ses côtés. Il pensa à Emma, et à leur vie commune à venir. Leur mariage. Il allait être le premier de la fratrie se marier. C'était une grande décision. Mais il ne souhaitait pas en parler. Pas encore.

À l'approche du soir, l'angoisse s'insinua peu à peu. Erik détestait le dimanche soir. C'était la fin du week-end, et la semaine l'attendait au tournant. Et il devrait l'affronter, se montrer responsable, compétent, déterminé. Mais cela lui provoquait des crises d'angoisse. Allongé sur le canapé, il regardait dans le vide. Un whisky pourrait lui faire du bien. Mais il ne devait pas boire. Il ne buvait jamais le dimanche.

Il se contenta de se reposer, et de regarder quelques vieux albums photo de son enfance en écoutant un disque de Maria Callas. Sur une photo il apparaît, à l'âge de sept ans, sur l'embarcadère de l'île de Möja. Sur une autre, il hisse la voile d'un bateau avec son père et un camarade. Enfant, il adorait l'archipel de Stockholm. L'été, ils allaient toujours faire du bateau à voile en famille pendant quelques semaines. Ils allaient sur les îles de Möja, de Sandhamn, ou encore d'Utö. Ils allaient aux bals, et déjeunaient à l'auberge. Papa était là, et maman était heureuse et détendue. La présence de son époux lui faisait oublier la haine qu'elle pouvait ressentir pour son fils, la haine qu'elle ne manquait pas de lui montrer lorsque son père était absent. Elle s'allongeait au soleil, presque nue, afin de faire bronzer son corps mince et sculpté. Son visage, d'ordinaire si tendu, semblait se dérider. C'était comme si elle redevenait la jeune femme joyeuse qu'elle avait dû être autrefois. Erik voulait croire que cette femme existait toujours, quelque part enfouie sous les traits sévères du visage de sa mère.

Erik était enfant unique. Il avait grandi dans une maison luxueuse de la banlieue chic de Stockholm, à Djursholm. Il avait effectué toute sa scolarité primaire dans un établissement privé, puis avait intégré la section sciences économiques au lycée d'Ostra Real. Son avenir semblait tout tracé. Il allait suivre les traces de son père et entrer en école de commerce, y avoir d'excellents résultats, pour ensuite travailler au sein de l'entreprise familiale. Il n'y avait pas d'autre possibilité.

Erik s'en sortait plutôt bien à l'école malgré son environnement familial particulier, entre un père absent et une mère distante. Heureusement, il n'avait jamais eu de mal à se faire des amis. Cette vie sociale qu'il vivait en dehors des murs de la maison lui permettait de tenir le coup, année après année. Et il n'attendait qu'une chose : le jour où il pourrait enfin prendre ses affaires et claquer la porte de la maison.

Le changement survint lors de son adolescence. Un nouveau arriva dans sa classe. Celui-ci était féru d'art. Il peignait, et aimait faire le tour de tous les vernissages. Son enthousiasme et sa passion étaient si communicatifs qu'il avait réussi à convaincre plusieurs camarades de classe de le suivre lors de ses sorties le week-end. Le musée Liljevalchs, le Musée national, Waldemarsudde, ou encore d'obscures petites galeries : ils allaient partout. Erik était le plus passionné d'entre tous. Et c'était l'art suédois du début du siècle qui le fascinait le plus. C'était à cette époque également qu'il découvrit *Le Dandy mourant*. Il fut subjugué. Il ne savait pas très bien ce qui lui parlait tant dans ce tableau, mais celui-ci avait en tout cas tiré une corde sensible qui résonna au plus profond de lui. Le tableau lui provoquait des émotions sur lesquelles il n'avait aucun contrôle. Il se mit à lire tout ce qu'il pouvait trouver sur Dardel et la peinture du début du siècle, ce qui était difficile à coupler avec ses études. Erik voulait cacher sa nouvelle passion à ses parents le plus longtemps possible.

Mais son intérêt pour l'art n'était pas le seul problème de sa jeune vie. Il se rendit compte que les femmes ne l'intéressaient pas du tout, alors qu'il commençait à se sentir de plus en plus attiré par les hommes. Lorsque les autres garçons parlaient de sexe et de filles, il suivait avec des récits cochons tirés de sa prétendue expérience avec les femmes. Mais en réalité, Erik regardait les hommes en secret. Dans la rue, dans le bus, sous les douches du gymnase, partout. Il était attiré par le corps des hommes, et pas par celui des femmes. Il connaissait cependant la position de ses parents sur l'homosexualité. Ils étaient vieux jeu et pas très ouverts. Il s'efforça de dissimuler son penchant pour les hommes. Mais cela ne fit que le renforcer.

Un jour, toute la famille devait partir sur l'île de Gotska Sandön pour le week-end. Sur le ferry qui les y menait, ils rencontrèrent une famille venue de Göteborg, avec laquelle ils sympathisèrent. Leur fils avait le même âge qu'Erik. Une fois arrivées sur l'île, les deux familles passèrent la soirée ensemble. Au cours de la soirée, alors que les adultes étaient occupés à bavarder en buvant du vin, les deux jeunes garçons quittèrent l'assemblée pour aller se promener pieds nus dans le sable, le long des plages qui bordaient l'île. C'était peu après la Saint-Jean, la nuit était chaude et lumineuse. Ils s'allongèrent côte à côte sur l'une des dunes de sable de la plage pour bavarder en regardant les étoiles. Erik aimait bien Joel. C'était ainsi qu'il s'appelait, Joel. Ils avaient beaucoup en commun. Ils n'eurent aucune peine à se confier l'un à l'autre. Erik lui parla de ses problèmes à la maison. Joel était doux et compréhensif. L'instant d'après, ils étaient dans les bras l'un de l'autre, et cette nuit resta à jamais gravée dans la mémoire d'Erik. Ils échangèrent leurs coordonnées, mais ne se donnèrent jamais de nouvelles.

Erik était revenu à Stockholm quelque peu perturbé par cette première expérience homosexuelle. Il avait aimé, et cela le terrifiait. Cela le terrifiait tellement qu'il commença à faire la cour à une jeune femme qui le regardait avec insistance sur les bancs de l'université.

Elle s'appelait Lydia. Ils se marièrent très vite. Au début, ils vivaient un mariage plutôt heureux. Rapidement, trois enfants vinrent au monde.

Erik s'était mis à boire depuis plusieurs années, mais sa consommation d'alcool augmentait avec le temps.

Ses parents étaient trop égocentriques pour remarquer quoi que ce soit. Ils continuaient seulement à leur verser une pension, avec laquelle le jeune couple put s'installer à Östermalm, dans un bel appartement qui en mettait plein la vue. Lydia venait d'une famille de classe moyenne et avait grandi à Leksand. Elle avait ensuite suivi des études afin de devenir conservatrice de musée, et obtint un poste au Musée national.

La rupture survint le jour où, une fois de trop, Erik rentra à deux heures du matin, sous l'emprise de l'alcool et de la drogue. Lydia le quitta et partit s'installer chez ses beaux-parents avec les enfants.

Les parents d'Erik étaient furieux. Ils cessèrent de lui verser leur pension mensuelle.

Lydia souhaita divorcer, avec tout le soutien des parents d'Erik. C'était Erik qui faisait n'importe quoi, c'était Erik qui n'avait pas tenu ses promesses.

Mais Erik ne se préoccupait pas de ce que sa mère pouvait penser. Il n'avait jamais reçu aucun amour maternel de toute manière. Elle avait préféré le confier à des professeurs, des voisins, des parents ou encore des connaissances. Il ne ressentait absolument rien pour elle, et il était certain que cela était réciproque. Le sentiment qui liait Erik et sa mère pouvait au mieux être décrit comme un profond mépris.

Son père, en revanche, comptait toujours autant pour lui. Celui-ci n'avait jamais vraiment été méchant envers Erik. Mais, bien qu'il fût un homme d'affaires de poigne, il acquiesçait toujours à tout ce que disait sa femme. C'était elle qui décidait tout, et il remettait très rarement en question ses décisions. Il la laissait simplement tout faire comme elle l'entendait, afin d'être tranquille et de pouvoir afficher un sourire satisfait pendant les quelques jours où il était à la maison, avant de reprendre la route pour un autre voyage d'affaires.

Depuis le divorce, il n'eut qu'une seule fois l'occasion de revoir ses parents. C'était pour les cinq ans d'Emelie. En allant se servir du café, il croisa le regard de son père. Il put y lire toute la douleur et la déception que celui-ci ressentait, et cela lui fit mal. Au milieu des ballons, des bonbons, des cadeaux et des parts de gâteau, c'étaient les sentiments de trahison et de tristesse qui régnaient en maîtres. Erik dut sortir sur le balcon pour prendre l'air.

Bien qu'elle fût fort déçue par le comportement d'Erik, Lydia restait la personne qui le comprenait le mieux au monde. Il lui avait parlé de son enfance malheureuse, de la difficulté de sa relation avec sa mère, et de son homosexualité, dont il avait toujours été conscient. Elle l'avait accepté tel qu'il était, et lorsque toutes les tensions liées au divorce s'apaisèrent, ils redevinrent amis. Erik savait que Lydia pensait qu'il avait fait son possible. Ils décidèrent que les enfants vivraient avec elle, compte tenu de leur jeune âge. Mais ils passeraient tout de même un week-end sur deux chez leur père.

L'arrangement fonctionna pendant six mois. Erik prenait son rôle de père très à cœur et mit un point d'honneur à rester sobre les week-ends où il avait la garde des enfants. Ses parents continuaient à lui verser une grosse somme d'argent tous les mois. Sa mère s'était sentie obligée de préciser que cet argent était pour ses petits-enfants, et non pour lui.

Un samedi, alors qu'Erik avait la garde des enfants, il reçut un ancien petit ami. Lorsque les enfants furent couchés, ils firent l'amour et commencèrent à boire un des bons whiskies qu'Erik avait en réserve. Mais comme d'habitude, Erik ne sut s'arrêter.

Le lendemain, il fut réveillé par le bruit continu de la sonnette de la porte d'entrée. Il était midi passé, et il avait dormi sur le canapé. C'était Lydia, qui n'attendit pas la réponse d'Erik et se rua à l'intérieur. Elle trouva les enfants devant la télévision, en train de manger des chips, des biscuits et des spaghettis crus.

Ils devaient aller au musée Skansen tous ensemble ce dimanche-là. Ce fut la dernière fois qu'Erik put avoir la garde des enfants, et ses parents cessèrent de lui verser leur pension mensuelle.

Après cet incident, il ne revit plus jamais ses parents.

Il aperçut juste sa mère, un jour, au rayon chapeaux du grand magasin NK. Il resta pendant une heure à la regarder essayer des chapeaux et éclater de rire avec une amie, caché derrière un pilier. Il avait du mal à se dire que cette femme était sa mère. Qu'elle l'avait porté en elle, mis au monde, et nourri au sein. C'était inconcevable. Aussi inconcevable que le fait même que cette femme eût un jour décidé d'avoir un enfant.

La nuit était noire et glaciale. Lorsqu'il prit la rue Valhallaväg, il ne vit pas un chat depuis sa voiture. Son compteur annonçait douze degrés en dessous de zéro. Il s'arrêta sur une place de parking située devant un petit supermarché, presque à la limite du quartier de Ladugårdsgärdet. C'était suffisamment éloigné du musée pour que l'on ne fasse pas la relation entre l'infraction et la voiture. Mais personne n'allait remarquer la voiture de toute manière.

Il prit son sac à dos dans le coffre. Il était léger et bien rangé. Il harnacha le tube en carton à l'épaule, afin d'avoir les bras libres de mouvement. Rapidement, il quitta sa voiture et s'engagea sur le chemin discret qui longeait Gärdet.

Une fois arrivé à l'hôtel Källhagen, il traversa le parking pour en rejoindre l'arrière et continuer en direction du canal de Djurgårdsbrunn. Un peu plus loin, il vit la bâtisse blanche et imposante du Musée maritime, éclairée dans la nuit. Tout était désert et silencieux autour de lui. De l'autre côté du canal, les rochers du Skansen se détachaient dans la nuit. Au loin brillaient les lumières de la ville. Il se sentait au milieu de nulle part, alors que des rues parmi les plus animées ne se trouvaient qu'à quelques kilomètres à peine.

Arrivé au niveau de la jetée, il chaussa ses patins à glace. La fine couche de neige qui s'était déposée sur la glace avait depuis été balayée par le vent. Il put donc s'engager sans risque sur le canal. Il s'était plusieurs fois entraîné à faire ce trajet au cours des derniers jours. La glace tenait si on restait près du bord.

Il était généralement impossible de s'aventurer ainsi sur la glace à cet endroit. Soit la glace était trop fine, soit la couche de neige trop épaisse. Mais cette nuit-là les conditions étaient réunies. C'était le moyen de transport parfait. Ainsi, personne ne pourrait ni le voir ni l'entendre.

La glace siffla et craqua sous ses patins. Il devait rejoindre l'autre côté du canal. Il prit de l'élan et contourna Biskopsudden pour continuer en direction de la galerie Thielska.

L'étendue de glace s'offrait désormais à lui comme un parterre blanc. Il fallait que la glace tienne. Un peu plus loin, il y avait un chenal par lequel les bateaux passaient en hiver.

Puis Waldemarsudde lui apparut. Il continua quelque peu jusqu'à être pile en face du château. Il s'arrêta alors. Il était dans l'obscurité la plus totale. Il ne sentait quasiment plus ses doigts à cause du froid. Rapidement, il retira ses patins qu'il laissa sur la glace, et se faufila avec son sac à dos entre les buissons, en direction du château qui trônait fièrement au sommet d'un rocher. Heureusement pour lui, il n'y avait pas une seule maison dans le quartier, et l'habitation la plus proche n'avait pas de fenêtre donnant sur la rive.

Le bâtiment baignait dans l'obscurité. Vêtu de sa combinaison noire et de sa cagoule, personne ne pouvait le voir. Son sac à dos était équipé de tous les gadgets nécessaires. Il avait tout prévu, rien ne pouvait l'arrêter.

Il prit les escaliers de secours et arriva sur une petite plateforme depuis laquelle il put rejoindre le toit. De là, il put accéder à une trappe donnant sur une bouche d'aération.

D'après les vieux plans du musée qu'il avait vus, ce conduit d'aération débouchait sur une petite réserve située près de la cage d'escalier.

Il ouvrit la trappe et se glissa dans l'étroit conduit. Il avança en rampant, s'aidant de ses coudes et de ses genoux. Après quelques minutes, il parvint à la grille qu'il eut vite fait de dévisser. Il était à l'intérieur.

En face de lui, il y avait une petite pièce sans fenêtre. Grâce à la lumière de sa lampe torche, il put en trouver la porte. Au moment où il posa la main sur la poignée, il eut un instant d'hésitation.

Il se prépara psychologiquement à entendre l'alarme retentir à la seconde même où il ouvrirait la porte. La question était maintenant de savoir combien de temps la police mettrait pour arriver jusqu'au musée. Waldemarsudde était situé dans un coin assez reculé de l'île de Djurgården, il fallait donc bien compter une dizaine de minutes. Sauf si une voiture de police patrouillait justement dans le coin à ce moment-là, mais cela serait tout de même un manque de chance remarquable.

L'opération ne devait pas prendre plus de six à sept minutes. Cela lui laissait une marge suffisante. Lentement, il abaissa la poignée et poussa la porte.

L'alarme retentit dans chacune des pièces du musée. Son bruit était si assourdissant qu'il avait l'impression que ses tympans allaient exploser. Il traversa les salles d'exposition en courant, éclairé par la lueur de la lune qui passait à travers les fenêtres. Il savait exactement où il allait : droit dans la salle où se trouvait l'œuvre qu'il était venu chercher.

Le tableau était plus grand que ce qu'il avait estimé. Dans la nuit, ses personnages apparaissaient comme des fantômes. Le bruit de l'alarme le rendait fou. Il luttait néanmoins pour rester concentré. Il sortit un petit marchepied de son sac et monta dessus. Celui-ci fit un bruit inquiétant et il eut peur qu'il se renversât.

Le tableau était si grand que le seul moyen de le transporter était de couper la toile. Il planta alors son couteau à tapisserie dans le coin supérieur gauche et coupa délicatement en suivant les bords de la toile. Il réussit à couper tout le bord supérieur sans aucun problème. Il continua en suivant les autres bords. Lorsqu'il eut terminé, la toile tomba au sol. Il l'enroula alors et la glissa dans le tube en carton. Elle rentrait tout juste.

Il lui restait une chose à faire. Il regarda sa montre, l'opération lui avait jusque-là pris quatre minutes. Il avait encore trois minutes, pas plus. Il sortit l'objet qui allait lui permettre de parachever son geste et le déposa sur la table qui se trouvait devant le cadre désormais vide.

Puis il repartit en courant. Il aurait pu passer par une fenêtre ou par un balcon, mais entre les barreaux et les vitres blindées, il aurait au moins fallu un bulldozer pour passer par la façade.

Il devait donc reprendre le même chemin par lequel il était entré : le conduit d'aération. Il portait le tube en carton dans le dos, attaché à un harnais. Lorsqu'il parvint au toit, il dut s'arrêter un instant pour reprendre sa respiration. Il regarda autour de lui : il n'y avait toujours personne, toujours pas de voiture de police.

Son cœur battait très vite. Rapidement, méthodiquement, il sauta du toit puis regagna l'arrière du bâtiment, d'où il put rejoindre les escaliers qui menaient à la rive. Les marches étaient raides, mais il les descendit quatre à quatre. Une fois sur l'eau gelée, il enfila ses patins. Ses doigts étaient humides. Il faillit tomber en prenant de l'élan, mais il retrouva l'équilibre et put disparaître dans la nuit à grands coups de patins.

Plus loin, il entendit les sirènes et vit les gyrophares des voitures de police se rapprocher. Lorsqu'il regagna le canal, il put voir les voitures traverser le pont de Djurgården et se diriger vers le musée à toute vitesse.

Il écouta sa respiration. L'effort le faisait respirer puissamment, et le froid lui brûlait la poitrine. Mais il commençait à se rendre compte de ce qu'il avait accompli. Justice allait être faite. Le tableau allait enfin revenir à son propriétaire légitime. Cette pensée l'apaisa.

Ses traces s'arrêtaient juste en dessous du château. Il pouvait être sûr qu'ils ne le retrouveraient pas. Une fois de plus.

Per-Erik Sommer, le directeur du musée, arriva sur les lieux à trois heures du matin ce dimanche-là. Quelqu'un s'était introduit dans le musée pendant la nuit. C'était la première fois que cela arrivait et il avait l'impression que quelqu'un avait pénétré dans son propre salon. Cela faisait quinze ans qu'il dirigeait Waldemarsudde. Il considérait le musée comme sa deuxième maison. Il n'avait jamais imaginé que son petit protégé pût un jour faire l'objet d'un cambriolage. Le système de sécurité était censé être infaillible. La ville de Stockholm avait connu plusieurs affaires de vol d'œuvres d'art cette année. Il y avait eu cette affaire de vol à main armée au Musée national, en plein jour. Puis ce fut le tour du musée d'Art moderne, où les cambrioleurs étaient passés par le toit. Tout cela avait évidemment eu une incidence sur le niveau de sécurité dans les autres musées. À Waldemarsudde, on avait dépensé des millions pour protéger l'ancienne résidence du prince Eugen et notamment ses œuvres les plus importantes.

Lorsqu'il arriva sur place, tout le périmètre était déjà bloqué pour permettre aux enquêteurs et aux policiers cynophiles de faire leur travail de recherche. À l'entrée du musée, il rencontra Kurt Fogestam, le commissaire en charge de l'enquête. Celui-ci lui montra par où le cambrioleur était passé. Il avait tout simplement emprunté le système de ventilation. Et tout ce système de sécurité s'était avéré inutile. Per-Erik Sommer secoua la tête, dépité.

Ils entrèrent. Il fallait maintenant déterminer ce qui avait disparu.

Les salles d'exposition étaient désormais totalement éclairées. Ils commencèrent par la bibliothèque. Rien ne semblait manquer, ni dans la bibliothèque, ni dans la salle des fleurs.

Per-Erik Sommer fut soulagé de constater que le salon du château était également intact. Il s'y trouvait entre autres le portrait de la reine Sofia, la mère du prince. Il avait été peint par Anders Zorn, et le prince y tenait beaucoup, car il était très proche de sa mère. C'eût été une véritable catastrophe s'il avait disparu. Le salon comportait une seconde pièce maîtresse, *Le Nixe* d'Ernst Josephson. Mais fort heureusement, celui-ci était encastré dans le mur, et donc impossible à voler.

C'est en entrant dans la salle à manger que Per-Erik Sommer découvrit ce qui manquait. C'était un tableau gigantesque qui en temps normal dominait toute la pièce, et dont l'absence laissait désormais un grand vide sur le mur. *Le Dandy mourant* avait disparu. Seul son cadre était resté. Il ressemblait à un trou béant, à la bouche bée d'un témoin muet.

Il voulut s'asseoir, mais le commissaire l'en empêcha. Il fallait garder les lieux intacts afin d'y trouver d'éventuelles traces. Per-Erik Sommer était sous le choc, mais il continua son inspection.

C'est alors qu'il vit quelque chose qu'il n'avait pas encore remarqué.

C'était une petite sculpture, posée sur la table qui se trouvait juste devant le cadre du tableau volé. Cette sculpture ne faisait pas partie de la collection. Per-Erik Sommer ne la reconnaissait même pas. Il se pencha lentement en avant pour la regarder de plus près.

— Qu'est-ce que c'est ? demanda Kurt Fogestam.

— Cela ne vient pas d'ici, répondit-il.

Il allait prendre la sculpture, mais le commissaire l'arrêta.

— Comment cela ?

— Cette statue ne fait pas partie de la collection du musée. Je suppose que le voleur l'a déposée ici.

Stupéfaits par la découverte, ils observèrent la sculpture. C'était une statue de pierre, représentant un torse, nu, surmonté d'une tête tournée vers le côté et légèrement penchée vers l'arrière. Les traits du visage n'étaient pas taillés dans le détail, mais l'on pouvait voir que les yeux et la bouche étaient fermés. Le visage avait un air mélancolique. Il était en revanche difficile de dire s'il s'agissait d'un homme ou d'une femme. Cette figure androgyne était en parfait accord avec le tableau volé.

— Mais qu'est-ce que cela signifie ?

Per-Erik Sommer resta bouche bée. Qu'un cambrioleur vole une œuvre d'art était une chose, mais qu'il en dépose une autre sur le lieu même du vol dépassait l'entendement.

Max Grenfors avait l'air bien fatigué lorsque Johan poussa la porte du bureau de la rédaction régionale pour le voir. Ses cheveux étaient en bataille, sa chemise était froissée et son regard était vide. Il portait un casque sur les oreilles, et avait un stylo à la bouche. Quatre tasses de café à moitié vides trônaient sur son bureau. Max Grenfors travaillait beaucoup, c'était certain. Il était en train de vivre le pire cauchemar de tous les rédacteurs en chef : devoir assurer la couverture d'une grosse affaire en l'absence de la moitié de ses journalistes. L'affaire du vol à Waldemarsudde allait être le titre principal. La fatigue se lisait sur son visage. Cette situation l'énervait au plus haut point, c'était évident. Son visage dépité s'illumina néanmoins lorsqu'il vit Johan arriver.

— Dieu merci, tu es là ! lui dit-il alors qu'il gérait deux autres conversations en même temps. Vas-y directement. Emil t'attend.

Emil Jansson était un photographe jeune mais néanmoins expérimenté, qui avait l'habitude de travailler au cœur des conflits. Il avait notamment couvert la guerre d'Irak et les tensions dans la bande de Gaza. Il salua chaleureusement Johan, puis ils se mirent rapidement en route, avec la voiture de fonction de la chaîne SVT. Ils n'étaient qu'à cinq minutes de Waldemarsudde. Le siège de la chaîne n'était pas très loin du pont de Djurgården. Le journaliste de garde lui fit un compte-rendu pendant le trajet, mais Johan n'apprit rien qu'il ne savait déjà.

La police avait bloqué le périmètre autour du château pendant toute la durée des recherches. Johan trouva un policier qui accepta d'être interrogé. Il était déjà satisfait de la photo prise par Emil, où l'on voit le policier interrogé, avec le château, les policiers et les chiens en arrière-plan.

Johan commença l'interview :

— Pouvez-vous nous dire ce qu'il s'est passé ?

Les questions les plus simples étaient souvent les plus efficaces.

— L'alarme du musée s'est déclenchée à deux heures dix cette nuit, suite à une infraction. L'objet du vol est un tableau qui avait été temporairement prêté au musée, *Le Dandy mourant* de Nils Dardel.

— Comment est-ce que les voleurs ont procédé ?

— Nous ne savons toujours pas s'ils étaient plusieurs. Mais cela paraît en effet difficilement concevable que ce soit l'œuvre d'un homme seul. Ils devaient être au moins deux.

Le policier se tourna en direction du musée. Emil continuait de filmer. Pendant un instant, c'était comme si le policier avait oublié la présence de la caméra. Il se mit à agir tout à fait naturellement, et laissait paraître son inquiétude quant au vol. Johan pensa qu'il devait s'intéresser à l'art.

— Comment ont-ils réussi à entrer ?

— Ils sont apparemment passés par un conduit d'aération, qui donne sur l'arrière du bâtiment principal, dit-il en désignant le musée d'un signe de tête.

— Mais le musée n'est-il pas équipé d'une alarme ?

— Si, et les cambrioleurs l'ont d'ailleurs laissé retentir. Ils ont continué comme si de rien n'était puis ont disparu.

— On dirait que tout ça a été froidement calculé.

— Oui, mais le musée est un peu à l'écart de tout. Le temps que les agents de sécurité et la police arrivent, les cambrioleurs ont pu s'enfuir.

— Combien de temps cela vous a-t-il pris ?

— Une dizaine de minutes. Et nous sommes d'accord pour dire que c'est bien trop long. Les cambrioleurs ont largement eu le temps de faire ce qu'ils avaient à faire et de disparaître dans la nature.

Johan jubilait intérieurement : c'était la première fois qu'il entendait la police faire son autocritique.

— En combien de temps auriez-vous dû idéalement arriver sur les lieux, selon vous ?

— Il aurait fallu que nous soyons là en cinq minutes, je pense. Si l'alarme se déclenche, c'est qu'il y a urgence.

Johan était surpris par l'honnêteté du policier, qui devait être une jeune recrue encore naïve. Il ne devait pas avoir plus de vingt-cinq ans, et parlait encore avec un fort accent du Värmland. Il risque de se faire taper sur les doigts, pensa Johan, mais tant pis. Une chance pour nous qu'il soit si naïf.

Il était généralement prudent avec les personnes qu'il interrogeait, mais lorsqu'il avait affaire à un policier, il n'hésitait pas à pousser celui-ci dans ses derniers retranchements.

— Comment ont-ils réussi à transporter le tableau ? Il est assez imposant, non ?

Johan connaissait bien le travail de Nils Dardel. Il avait vu *Le Dandy mourant* plusieurs fois. Sa mère avait l'habitude de l'emmener au musée d'Art moderne en espérant éveiller chez lui un intérêt pour la culture.

— Ils ont coupé la toile sur les bords.

— Est-ce la seule chose qui a été dérobée ?

— Il semblerait, oui.

— Cela ne vous paraît-il pas étrange ? Ils auraient pu prendre autre chose, tant qu'ils y étaient. Il y a dans ce musée des œuvres qui valent très cher, non ?

— Oui, bien sûr, mais les voleurs étaient apparemment uniquement intéressés par *Le Dandy mourant*.

— Pensez-vous que les voleurs exécutaient une mission pour un tiers ?

— Beaucoup d'entre nous le pensent.

Le jeune policier commençait à s'agiter, comme s'il sentait qu'il en avait trop dit. Un policier plus âgé s'approcha.

— Qu'est-ce qu'il se passe ici ? La police ne donne aucune interview pour l'instant. Veuillez attendre la conférence de presse qui sera donnée cet après-midi.

Johan le reconnaissait : il s'agissait du nouveau porte-parole de la police de Stockholm.

Il s'en alla avec son jeune collègue, qui avait l'air inquiet.

Johan se retourna vers Emil, qui avait laissé la caméra tourner.

— Tu as tout filmé ?

Lundi après-midi, Knutas reçut un appel de la police de Stockholm. C'était son ami et ancien collègue Kurt Fogestam. Ils s'étaient rencontrés à un séminaire à l'école de police, et étaient restés amis depuis cette époque-là. Ils essayaient toujours de se voir quand Knutas se trouvait à Stockholm. Et comme ils étaient tous deux de grands supporters de l'équipe de football de l'AIK Stockholm, ils se rendaient souvent au match, puis terminaient la soirée à boire du whisky, leur alcool préféré. Kurt était également venu plusieurs fois voir Knutas sur l'île de Gotland.

— Salut Kurt, ça faisait longtemps ! Comment vas-tu ?

— Salut. Je vais bien, merci. Je t'appelle pour le boulot. Il s'est passé quelque chose ici qui semble être en lien avec ton affaire.

— Ah oui ? répondit Knutas, ravi d'avoir un élément nouveau dans son enquête.

— Il y a eu un casse au musée Waldemarsudde cette nuit. Un tableau de grande valeur a été volé. *Le Dandy mourant*, de Nils Dardel. Tu le connais ?

— *Le Dandy mourant*, répéta Knutas.

Un vague souvenir lui revenait, celui d'un jeune homme pâle à demi allongé au sol, les yeux fermés.

— Oui, ça me revient, dit-il. Mais qu'est-ce que ce vol a à voir avec mon enquête ?

— C'est un tableau gigantesque. Du coup, le voleur a découpé la toile et a laissé le cadre accroché au mur.

— Ah oui ?

Knutas ne comprenait pas où son collègue voulait en venir.

— Mais avant de repartir du musée, il a laissé quelque chose. Il a déposé une petite sculpture juste devant l'emplacement du

tableau volé. On l'a examinée cet après-midi. Il s'agit exactement de la sculpture qui a été volée dans la galerie de ton mort,
Egon Wallin, à Visby.

Ce lundi matin, Hugo Malmberg se réveilla tôt. Il se leva, alla aux toilettes et se débarbouilla le visage et les aisselles. Puis il retourna se coucher. Ses deux cockers anglais, Elvis et Marilyn, ne semblaient même pas avoir remarqué qu'il était éveillé ; ils dormaient toujours dans leur panier. Ils étaient habitués à attendre qu'Hugo les emmène avec lui au travail pour faire leur promenade. Hugo n'était pas pressé, il ne devait se rendre à la galerie qu'à dix heures. Il pouvait donc encore passer du temps à rêvasser, le regard perdu dans les moulures de son plafond, puis dans les drapés du ciel de lit, la tapisserie rouge et jaune, et le miroir baroque du mur d'en face. Machinalement, il prit la télécommande pour regarder le journal télévisé. Un vol avait été commis au musée Waldemarsudde. Le célèbre tableau de Nils Dardel, *Le Dandy mourant*, avait été dérobé. C'était incroyable. Il y avait un envoyé spécial sur place. On pouvait apercevoir le cordon de sécurité et des policiers derrière lui.

Hugo se leva et alla préparer des œufs Bénédicte et du café. Il continua à suivre les informations à la radio et à la télévision. C'était un coup sacrément osé, tout de même. La police pensait que le voleur s'était enfui par le canal, sur des patins à glace.

Lorsqu'il sortit, il était en retard. L'air lui fit beaucoup de bien. Il habitait dans un appartement au coin de la rue John Ericsson et de l'avenue Norr Mälarstrand, qui allait du parc Rålambshov à l'hôtel de ville, parallèlement à la rue Hantverkårgata. Il avait donc vue à la fois sur le lac et sur la belle lignée d'arbres qui bordait les larges trottoirs de la rue.

La glace était épaisse, mais cela ne l'empêcha pas de choisir de passer par le quai, le long des rangées de bateaux amarrés, même l'hiver. En regardant le pont Västerbro de loin, il repensa à cette rencontre étrange qu'avait faite vendredi soir à cet endroit.

Il tourna dans la direction opposée du pont et pressa le pas. Il passa devant l'hôtel de ville et son imposante architecture romantique nationale. Celui-ci datait du début du siècle précédent, sa période artistique préférée. Les chiens jouaient dans la neige. Pour leur faire plaisir, il coupa par le lac gelé pour rejoindre Gamla Stan, la vieille ville. Ils adoraient la liberté que leur offrait cette grande étendue glacée.

Plusieurs fois au cours de la journée, il eut l'impression de revoir l'homme du pont Västerbron. Il vit notamment un jeune homme devant la galerie, vêtu d'une parka et du même genre de bonnet que l'homme du pont. L'instant d'après, il avait disparu. Et si c'était lui ? Il essaya de se rassurer et de penser à autre chose. Peut-être que le jeune homme de vendredi soir était en réalité intéressé, et qu'il s'était vexé de voir Hugo fuir ainsi. C'était un bel homme, au regard perçant. Mais, au fond, Hugo ne souhaitait pas le revoir.

Peu après midi, il reçut un coup de téléphone. Il n'y avait personne dans la galerie à ce moment-là. Lorsqu'il décrocha le téléphone, il n'y avait personne à l'appareil.

— Allô ? répéta-t-il, en vain. Qui est à l'appareil ?

Il regarda dehors.

Personne ne répondait.

Il entendait toutefois quelqu'un respirer.

L e lundi après-midi, tout le groupe d'investigation se réunit pour faire le point. La tension était palpable. En effet tout le monde avait entendu parler de la sculpture retrouvée à Waldemarsudde, et tous étaient très impatients d'en savoir plus. Et lorsque Knutas s'assit à la table, même Kihlgård le regardait attentivement.

Knutas commença à parler.

— Bien. Voilà que cette affaire devient de plus en plus mystérieuse. Le casse de cette nuit à Waldemarsudde est de toute évidence lié à notre affaire de meurtre.

Il fit un ensuite un compte-rendu de ce que lui avait dit Kurt Fogestam.

— Tout cela nous ramène aux tableaux volés trouvés chez Egon Wallin, dit Karin. Il doit y avoir un lien. Peut-être que Wallin a été assassiné par un trafiquant qu'il n'avait pas payé, et qui essaie maintenant de nous le faire comprendre ?

— Je ne vois pas ce que ça pourrait être d'autre, dit Wittberg. C'est évident que tout cela est lié au trafic d'œuvres d'art volées.

— Mais pour quelle raison est-ce qu'il n'aurait pris qu'un seul tableau alors ?

Kihlgård regarda ses collègues.

— Exactement. Pourquoi prendrait-on le risque de s'introduire dans l'un des musées les mieux gardés du pays pour ne voler qu'un seul tableau ? Et ce n'est même pas celui qui vaut le plus cher en plus. J'avoue que je ne comprends pas, dit-il en ouvrant l'emballage d'une part de gâteau de chocolat qu'il avait apportée.

Tous réfléchirent à cette étrange connexion entre les deux affaires. Le silence s'installa dans la pièce.

— En réalité, nous ne savons rien du rôle d'Egon Wallin dans le trafic d'œuvres d'art volées, dit Karin. Nous ne savons pas non plus quelle en était l'étendue, et depuis combien de temps il trempait dedans. Les interrogatoires que nous avons faits ici à Gotland n'ont rien donné. Et à Stockholm, il semble inconnu au bataillon, que ce soit chez les marchands d'art ou chez les trafiquants. C'est fou, il doit bien y avoir une personne au courant de ses affaires secrètes. Les tableaux que nous avons retrouvés chez lui ne sont pas n'importe lesquels.

— En même temps, ce vol tombe très bien pour nous. On a enfin du nouveau, et on en avait grand besoin, dit Norrby sèchement.

— C'est certain, dit Knutas en se grattant le menton. Mais ce que je ne comprends pas, c'est pourquoi le voleur nous a ainsi servi un élément nouveau sur un plateau.

Personne ne put répondre à cette interrogation.

— Et l'autre question, c'est pourquoi a-t-il choisi de voler seulement *Le Dandy mourant*? Il n'a même pas cherché à camoufler ses intentions en volant un autre tableau.

— Il n'en avait pas vraiment le temps, répondit Karin. L'alarme s'était déjà déclenchée.

— Certes, mais la question se pose toujours. Pourquoi cette œuvre précisément? Pourquoi Dardel? Pourquoi *Le Dandy mourant*?

— Il était peut-être payé pour voler ce tableau, suggéra Wittberg. Un collectionneur fou aurait très bien pu engager quelqu'un pour voler le tableau. En tout cas, je ne vois pas comment il pourrait revendre son butin, du moins en Suède. Que sait-on de ce tableau?

Lars Norrby regarda ses notes.

— J'ai fait quelques recherches. Il a été peint en 1918 par Nils von Dardel, communément appelé Nils Dardel. Il venait d'une famille noble, mais a préféré se séparer de sa particule une fois devenu adulte. Voilà pour la petite anecdote.

Il afficha un air satisfait. Les autres le regardaient sans comprendre.

— Dardel a commencé à peindre au tout début du vingtième siècle, et a connu son heure de gloire dans les années vingt à trente. *Le Dandy mourant* a appartenu à plusieurs personnes, jusqu'à ce que le musée d'Art moderne le rachète à Tomas Fischer, un homme qui travaillait dans la finance, au début des années quatre-vingt-dix. Il a également été l'objet d'une vente aux enchères record chez Bukowskis. Vous vous en souvenez peut-être, ça avait fait couler beaucoup d'encre.

Encore Bukowskis, se dit Knutas. Il pensa à Erik Mattson. Il ne comprenait toujours pas pourquoi celui-ci ne leur avait pas dit qu'il était présent au vernissage d'Egon Wallin. Cela n'avait aucun sens. Il ne devait pas lâcher la piste Erik Mattson. Il le nota sur son bloc-notes.

— On peut peut-être essayer de rechercher les personnes connues pour être de grands admirateurs de Dardel, suggéra Karin.

— On peut surtout se demander quel est le lien entre Egon Wallin et Nils Dardel, dit Wittberg. Parce qu'ils n'ont *a priori* rien à voir ensemble, si ?

— Pas que nous sachions, mais cela fait partie des pistes que nous devons explorer. Je suggère que l'un d'entre nous aille à Stockholm immédiatement pour y rencontrer les policiers chargés de l'enquête, puis à Waldemarsudde. Je pense aussi qu'il pourrait être intéressant de rendre visite à Sixten Dahl et Hugo Malmberg à domicile.

— Je veux bien y aller, dit Kihlgård.

— Dans ce cas j'aimerais bien qu'une deuxième personne t'accompagne, dit Knutas.

— Moi je peux y aller, dit Karin, enthousiaste. Je veux bien y aller.

— D'accord, on fait comme ça, dit Knutas.

Il lui lança un regard mécontent. Pourquoi elle ?

Et pourquoi lui ?

La salle des ventes de Bukowskis était profonde. Il y avait un épais tapis à motif sur le parquet en chêne. Des rangées de chaises en acier et plastique noir parcouraient tout l'espace jusqu'à l'entrée, là où se trouvaient la réception et le vestiaire. Au fond de la pièce, juste au-dessus de l'estrade, était accroché un portrait d'Henryk Bukowski. Il avait l'air sévère, avec son grand front, ses lunettes, sa barbe et sa moustache. Il regardait légèrement vers le haut, comme s'il avait le regard tourné vers un avenir incertain. Henryk Bukowski était un émigré polonais d'origine noble. Il fonda sa société de vente aux enchères d'œuvres d'art en 1870. Celle-ci devint très vite le plus important hôtel des ventes en Scandinavie.

La tribune de bois blanc arborait une lettre B dorée en son milieu. Il portait un masque. Personne ne devait le reconnaître. Il chercha l'homme du regard mais ne le trouva pas.

Une odeur de parfum de luxe et d'après-rasage haut de gamme se répandait dans la pièce. Les pardessus et les manteaux en vison s'alignaient dans les vestiaires. Les spectateurs achetaient des catalogues contenant les différents lots. L'attente créait une certaine tension. L'envie de dépenser de l'argent planait dans l'air.

Cela le dégoûtait.

Il s'assit au dernier rang à gauche, afin d'avoir un bon point de vue sur la porte d'entrée.

Une femme d'une quarantaine d'années entra et s'assit à côté de lui. Elle portait un manteau de fourrure marron et des lunettes à fine monture dorée, et avait le teint légèrement hâlé. Il s'imagina avec une certaine jalousie qu'elle avait dû passer les vacances de Noël sur une plage paradisiaque à l'autre bout du monde. Il l'observa. Ses cheveux bruns, son chignon, son châle, son pantalon noir, et sa bague surmontée d'un diamant : tout puait le fric.

Sinon, la moyenne d'âge dans la salle était d'environ cinquante ans, voire un peu plus. Il y avait autant de femmes que d'hommes. Et tous étaient habillés avec classe, tous dégageaient cette même impression de maîtrise et de confiance en soi. Des qualités qu'ils possédaient sûrement depuis leur naissance, car elles venaient en grande partie, c'était évident, de la fortune dans laquelle ils étaient nés.

Il regarda l'heure. Il fallait encore attendre dix minutes avant le début de la vente. Il chercha à nouveau du regard l'homme pour lequel il était venu. La salle commença à se remplir sérieusement, en témoignait la légère rumeur qui se faisait entendre, en suédois comme en anglais. Tout au fond, un groupe d'hommes parlait à voix basse. On se serait cru à une réception mondaine. La plupart des gens se connaissaient. Ici et là, on entendait «bonjour», «salut», ou encore «quel plaisir de vous revoir ici».

Vint alors le mari de la vieille d'à côté. Il avait les cheveux gris, le teint bronzé, et portait un beau veston sur un pull-over jaune poussin et une chemise bleu vif. Cet idiot portait les couleurs du drapeau suédois. Tout à fait typique de la bourgeoisie de Stockholm. Une connaissance vint les saluer.

— Tiens-la bien, avant qu'elle ne se ruine, haha ! Ce serait dommage.

Il commença à se sentir mal. Mais il se força à rester assis sur son inconfortable chaise.

Le commissaire-priseur prit place. C'était un homme grand et maigre, la cinquantaine, à l'allure élégante. Avec son nez crochu et ses cheveux coiffés en arrière, il avait l'air sévère et hautain. Il donna trois coups de marteau afin d'obtenir le silence dans la salle.

La mise en vente de la première œuvre débuta. Les deux garçons qui la portaient ne semblaient pas avoir plus de seize ou dix-sept ans. Ils étaient vêtus d'un pantalon noir, sans aucun faux pli, une chemise blanche, d'une cravate bleu foncé, et d'un tablier noué autour de leur corps mince de jeune garçon. Ils suivaient les propositions de prix du regard, tout en tenant l'œuvre qui reposait sur un petit support pendant que les enchères montaient.

Il suivait les enchères avec une distance méprisante, mais non empreinte d'une certaine jalousie. Le commissaire-priseur menait les ventes d'une main de maître, nerveuse et énergique. Les acheteurs surenchérissaient comme s'ils jouaient au ping-pong. Au balcon, les employés de Bukowskis suivaient les instructions des clients absents. Il ne pouvait pas les voir, tout comme ils ne pouvaient pas le voir. L'argent changeait de main à la vitesse de l'éclair, à coups de signes de tête, de clins d'œil, de mains levées et de numéros de clients donnés. Il fallait être vif et patient. À la fin, les espoirs étaient soit récompensés soit anéantis. Lorsque les objets étaient plus petits, les acheteurs sortaient leurs jumelles. Les projecteurs étaient braqués sur le commissaire-priseur, qui était le centre d'attention. Vif comme un cobra, il repérait immédiatement les nouveaux offrants, et ne pouvait s'empêcher d'afficher un discret sourire de satisfaction en entendant les prix ainsi augmenter. Jamais il ne perdait le contrôle : « Madame au troisième rang », « une nouvelle offre de Göteborg », « adjugé, vendu ». Et le coup de marteau mettait fin à la vente.

Paresse, un tableau de Robert Thegerström, fut notamment vendu pour deux cent quatre-vingt-quinze mille couronnes, alors que son prix de départ était de quatre-vingt mille.

À l'autre bout de la salle, un vieil homme surenchérissait froidement et systématiquement, et ce pour plusieurs œuvres. À côté de lui, sa femme le regardait avec admiration.

Plus loin, une femme fit une offre de plusieurs centaines de milliers de couronnes sans sourciller, ni même se concerter avec son époux.

Au niveau de la tribune, une femme aux cheveux gris présentait les œuvres. Elle lisait ses fiches en articulant clairement le nom de l'artiste et le descriptif de l'œuvre. Une fois, cependant, elle hésita : «Le tableau représente des faucons, à moins que ce ne soit des vautours.» S'en suivit un certain silence dans la salle.

C'est un jeu pour riches, se dit-il depuis le siège où il assistait au spectacle. Tellement loin des préoccupations quotidiennes des gens normaux.

Lorsque la salle devenait trop bruyante, le commissaire-priseur n'hésitait pas à faire taire le public.

À un moment, le silence se fit. Les deux jeunes garçons venaient d'entrer avec un magnifique tableau d'Anders Zorn qui imposait le respect. La mise à prix était de trois millions de couronnes. Plus le prix augmentait, moins les offrants étaient nombreux. Le public n'avait plus qu'à suivre cette enchère exceptionnelle. À la fin, tous retinrent leur souffle lorsque l'offre dépassa la barre des dix millions de couronnes.

Le prix de vente atteignit finalement les douze millions sept cents mille couronnes. Le commissaire-priseur annonça la somme finale de manière théâtrale, en prononçant distinctement chaque syllabe. Avant de donner le coup de marteau qui allait sceller la vente, il laissa encore quelques secondes aux autres acheteurs potentiels. Après que l'ultime coup de marteau fut donné, il y eut un grand soupir de soulagement dans toute l'assistance.

On dirait les Jeux olympiques, se dit-il.

Il se leva et quitta la salle, il ne supportait plus d'attendre.

L'homme qu'il cherchait ne s'était jamais montré. Il avait dû se passer quelque chose.

Karin Jacobsson arriva à Waldemarsudde accompagnée de Kurt Fogestam, de la police de Stockholm. Pendant ce temps, Kihlgård se chargeait d'interroger Sixten Dahl et Hugo Malmberg. Karin et Kurt Fogestam commencèrent par faire le tour du parc qui entourait le musée. Le jardin était recouvert de neige et l'eau était gelée. C'était extrêmement beau.

— Nous pensons que la personne qui a commis les faits s'est enfuie par le lac gelé, dit Kurt Fogestam.

Il avait déjà rencontré Karin à plusieurs reprises, car celle-ci se rendait parfois à l'hôtel de police de Stockholm.

— Je sais. Mais je ne comprends pas, est-ce que les bateaux circulent ici même l'hiver ?

— Généralement oui, mais étant donné qu'il a fait très froid cette année, la glace s'est formée tout autour de Djurgården, et ce sur plusieurs mètres de largeur. Au bord des rives, la glace fait au moins dix centimètres d'épaisseur, ce qui suffit pour pouvoir marcher dessus. En plus, elle est inhabituellement régulière. Nous pensons qu'il s'est échappé sur des patins à glace.

— Un homme qui entre par effraction dans un musée la nuit, qui y dérobe un tableau célèbre et mythique, et s'enfuit sur des patins à glace : ça fait très James Bond, vous ne trouvez pas ?

Kurt Fogestam éclata de rire.

— Pour sûr, mais c'est pourtant bien ce qu'il s'est passé.

Le commissaire passa devant Karin et descendit les marches raides de l'escalier qui menait jusqu'aux rochers de la rive. Il s'arrêta et montra le lac du doigt.

— Il est arrivé par ici et est reparti par le même chemin.

— Jusqu'où avez-vous pu suivre ses traces ?

— Nous sommes arrivés sur les lieux dix minutes après que l'alarme se fut déclenchée. Mais il a fallu attendre encore un quart d'heure à vingt minutes de plus pour que les chiens arrivent. La plupart des traces ont eu le temps de disparaître, malheureusement. C'est ici que les chiens se sont arrêtés. Les traces ne vont pas plus loin. Et il nous est impossible de suivre les traces de patins, il n'y a pas assez de neige sur la glace pour cela.

— Et comment est-ce qu'il est entré dans le bâtiment même ?

— Il savait ce qu'il faisait, croyez-moi. Il est passé par une bouche d'aération située à l'arrière du bâtiment, puis est descendu à travers le conduit jusqu'à atterrir dans le hall. Il n'a même pas cherché à éteindre l'alarme. Il a simplement fait ce qu'il avait à faire, puis il est reparti comme il était venu.

— Voilà qui est froid et méthodique. D'ailleurs il commence à faire froid ici aussi. Rentrons, si vous le voulez bien.

À l'entrée, ils furent accueillis par Per-Erik Sommer qui les invita à prendre un café pour se réchauffer. Le directeur du musée était un homme grand et robuste dont les lunettes en écailles cachaient le regard amical.

Ils s'assirent alors dans ce qui fut un temps la cuisine du prince. On vint immédiatement leur servir une tasse de café avec une part de tarte aux pommes et de la crème à la vanille. Cela leur fit beaucoup de bien après ce petit tour dans le froid glacial.

Kurt Fogestam expliqua que Per-Erik Sommer n'était là qu'à titre informel. Il avait déjà été interrogé par la police de Stockholm, et c'était désormais au tour de Karin de leur demander ce qu'elle souhaitait savoir.

— C'est bien malheureux, ce qui est arrivé, soupira Per-Erik Sommer en remuant sa cuiller dans sa tasse de café. C'est notre premier vol. Enfin, à l'intérieur du musée, je veux dire. Car on nous a déjà volé des sculptures dans le jardin aussi. Et c'est très grave aussi, certes. Mais là, c'est une tout autre chose.

L'alarme s'est déclenchée, et après ? La police n'a même pas eu le temps d'arriver sur les lieux.

— Avez-vous des caméras de surveillance ?

— Oui, ici et là. Mais malheureusement le voleur n'apparaît sur aucun des enregistrements.

— Combien de personnes travaillent ici ?

— Attendez…

Per-Erik Sommer se bredouilla quelque chose à lui-même.

— Nous sommes dix à travailler ici à plein-temps, si l'on compte le personnel d'entretien du musée et du parc. Il y a un jardinier et un concierge. À cela s'ajoute un certain nombre de vacataires qui travaillent ici de temps en temps.

— Combien de vacataires ?

— Je dirais… dix, quinze.

— Est-ce que l'un d'entre eux a un quelconque rapport avec l'île de Gotland ?

— Non, pas que je sache.

— Est-ce que vous connaissiez, de près ou de loin, Egon Wallin ?

— Moi non. Mais je ne peux pas dire pour les autres. Je pense que j'en aurais entendu parler si c'était le cas, compte tenu de ce qui lui est arrivé.

— Est-ce que le musée a collaboré de quelque manière que ce soit avec sa galerie à Visby ?

— En tout cas pas depuis que je travaille ici.

— Savez-vous si quelqu'un ici a déjà été en contact avec la résidence Muramaris, sur l'île de Gotland, ou quelque autre projet sur l'île ?

— Non, je ne crois pas.

Karin se tourna vers Fogestam.

— Est-ce que tous les employés ont été interrogés ?

— C'est en cours, je ne crois pas que tous les interrogatoires soient terminés.

— J'aimerais avoir la liste des employés, si possible.

— Bien sûr, je vais vous la procurer. Mais absolument rien ne nous fait croire à une trahison interne. Ce vol est l'œuvre de quelqu'un d'extérieur au musée.

— Qui connaît extrêmement bien les lieux, ajouta Karin.

— Oui, mais il est très facile de trouver les plans du bâtiment.

— Quel est le sujet de l'exposition actuelle ?

— L'art suédois du tournant du siècle dernier. Nous exposons également des tableaux issus de la collection du prince, qui font partie de la collection permanente. Ceux-là ne changent jamais de place. Il y a beaucoup d'œuvres ici qui valent bien plus que le tableau de Dardel. Comme les Liljefors et les Munch, qui sont en termes de valeur marchande loin au-dessus du *Dandy mourant*. Alors pourquoi ce tableau ? C'est ça que je ne comprends pas.

Ils se rendirent alors dans la salle où le tableau avait été volé. Sur le chemin, Per-Erik Sommer présenta le musée à Karin, car c'était la première fois qu'elle y venait.

— Le prince Eugen était un homme ouvert qui soutenait les artistes de son temps, dit-il. La construction de sa demeure fut achevée en 1905, et elle devint rapidement un lieu où l'on pouvait s'exprimer librement. Une petite vie sociale commença alors à s'organiser autour de la résidence. Il fréquentait beaucoup de ses contemporains artistes. D'ailleurs, il peignait également. Des paysages. Et en tant que grand amateur d'art il réunit une importante collection au cours de sa vie. Plus de deux mille œuvres d'art, dit Sommer avec un enthousiasme qui laissait penser qu'il avait oublié pourquoi ils étaient tous là.

— Avez-vous plusieurs peintures de Nils Dardel ?

— Oui, nous nous sommes même fait prêter trois autres Dardel pour l'exposition. Il y a aussi son portrait du prince, qui fait partie de la collection permanente. Mais aucun de ces autres tableaux n'a été volé.

Ils pénétrèrent dans les appartements d'apparat de la résidence, baignés de lumière et de senteurs de fleurs. La salle était aménagée dans un style début de siècle. Chaque pièce devait être décorée de fleurs fraîches, selon le souhait du prince. Il y avait ainsi des amaryllis pourpres, des jacinthes bleues, et des tulipes de toutes les couleurs.

Karin savait que le prince Eugen ne s'était jamais marié et n'avait jamais eu d'enfant. Elle se demanda s'il avait été homosexuel, mais n'osa pas poser la question.

La pièce principale était le salon du prince. La lumière y pénétrait par de grandes portes-fenêtres et se réfléchissait sur les murs jaunes. L'élément qui sautait le plus aux yeux était un grand tableau d'Ernst Josephson intitulé *Le Nixe*, représentant une créature mythologique jouant du violon assis sur des rochers au milieu d'un fort courant d'eau. Per-Erik Sommer s'y arrêta un instant.

— Comme vous le voyez, ce tableau-là est encastré dans le mur, il est impossible de l'en déloger. C'était le préféré du prince.

Le nixe était un homme nu, beau et fragile. Le tableau avait quelque chose de délicat et de dramatique à la fois. Son emplacement avait été intelligemment pensé : c'était la première chose que l'on remarquait en entrant dans la pièce, et le jaune du violon du nixe s'accordait parfaitement avec le jaune de la tapisserie murale.

Ils allèrent ensuite de salle en salle. Le plancher craquait sous leurs pas. Ils entrèrent dans la serre aux fleurs, depuis laquelle il y avait une vue incroyable sur la ville et son chenal d'accès. Puis ils passèrent par la bibliothèque, dont les étagères vert foncé étaient remplies d'ouvrages d'histoire de l'art. La cheminée y était fort imposante.

Pour finir, Per-Erik Sommer leur montra la salle à manger, là où était exposé *Le Dandy mourant*. Comme l'accès à la pièce était toujours bloqué, ils durent se contenter de la regarder depuis le pas de la porte. Elle avait des murs vert clair, un impressionnant lustre de cristal, et des meubles rococo typiques du XXe siècle. L'un des murs avait l'air bien nu à côté des autres. Le cadre avait été décroché pour être analysé.

— Voilà, dit Per-Erik Sommer. C'était donc là que le tableau se trouvait.

— Mais il doit être immense, non ?

— Oui, il fait presque un mètre cinquante sur deux mètres.

— Le voleur a donc dû grimper sur quelque chose pour pouvoir atteindre le côté haut de la toile et le couper.

— Oui. Nous avons retrouvé un petit marchepied en aluminium ultraléger près du cadre. Le voleur n'a pas cherché à le reprendre.

— Et la sculpture, où l'avez-vous trouvée ?

— Sur la petite table, juste devant.

— Et où est-elle maintenant ?

— La police l'a récupérée.

Karin regardait le mur vide et la table. Elle y vit un triangle : Egon Wallin – Muramaris – *Le Dandy mourant*. Elle n'avait pas encore assez d'éléments pour comprendre ce qu'y en liait chacun des angles. Ce qui était certain, c'est que le voleur avait cherché à dire quelque chose, en dérobant cette sculpture dans la galerie de Wallin et en la plaçant ici. Était-il possible que le voleur et le meurtrier d'Egon Wallin ne soient qu'une seule et même personne ?

À ce moment-là, c'était l'hypothèse la plus probable.

Le vol de Waldemarsudde avait bien sûr fait la une de tous les journaux télévisés du lundi soir, et Johan avait reçu de nombreuses louanges le lendemain. Les informations régionales avaient été les premières à révéler que le voleur était entré par le système d'aération et qu'il s'était enfui par le lac gelé. Les différentes rédactions de la chaîne s'étaient ensuite emparées d'une partie de leurs images et les avaient utilisées dans leurs propres programmes d'information. Les journalistes n'avaient aucun droit personnel sur leur production. Dès qu'ils revenaient à la rédaction, ils devaient mettre leurs *rushes* à disposition des autres. Par conséquent, les journalistes avaient le droit de se servir des interviews et des images des autres. Mais Johan commençait à en avoir assez de cette règle. Il ne voulait plus prendre le risque de ne pas réussir à finir son reportage dans les temps, juste parce qu'il devait donner aux autres ses images et ses informations. Il trouvait cela injuste d'être celui qui, avec son photographe, se donne la peine de chercher à décrocher des scoops et à prendre la photo exclusive, pour ensuite avoir à les distribuer gratuitement et voir son travail ainsi repris et massacré dans les différents journaux. Il trouvait cela injuste que ni lui, ni le photographe ne jouissent d'aucune reconnaissance de leur travail. Il avait donc commencé à manifester son mécontentement quant à ces pratiques, ce qui avait provoqué des remous auprès de ses collègues. Bien sûr, cela n'était pas la meilleure des stratégies pour obtenir une promotion ou une augmentation. Au contraire, en tant que journaliste encombrant, il devait certainement être sur la sellette. Il pensait alors qu'il lui serait peut-être plus facile de trouver un poste à Gotland, s'ils y recherchaient quelqu'un de manière permanente.

Dès son retour à Stockholm, il ne put s'empêcher de se demander où en était l'enquête sur l'île. Une fois la réunion matinale terminée, il prit plusieurs heures pour chercher de nouvelles informations. Il essaya notamment de trouver Knutas et Karin, en vain. Pia Lilja était clouée au lit par la grippe, il ne pouvait donc pas avoir plus de nouvelles de sa part. Il finit par contacter Lars Norrby. Il lui demanda s'ils avaient du nouveau dans l'enquête.

— Non, je ne peux pas répondre à cette question.

— Mais il y a bien quelque chose que vous pouvez révéler, non ? Nous devons continuer de parler de cette affaire pour que les témoins éventuels continuent à se manifester auprès de la police.

— N'essayez pas de m'embobiner, je ne marche plus.

Johan sentait que Norrby mentait à l'autre bout du fil. Il tenait plutôt bien le coup à la police de Visby. Après ce qu'il s'était passé l'année précédente, il s'était promis de ne jamais abandonner. Au bout d'un quart d'heure passé à essayer de lui soutirer insidieusement des informations, Johan obtint enfin ce qu'il voulait. Il lui demanda s'il avait mis Karin à l'écart parce qu'il n'arrivait pas à la contrôler. C'est alors que Norrby lui expliqua que Karin n'était pas en congé, mais avait été envoyée à Stockholm dans le cadre de son travail.

— Et pourquoi ? demanda Johan.

— Ben pour enquêter sur ce vol de tableau, pardi.

Johan hésita. Il ne savait plus comment poursuivre.

— Comment ? répondit-il bêtement.

— Le casse, à Waldemarsudde. Nous cherchons à comprendre le lien avec le meurtre d'Egon Wallin.

Mais Johan était ailleurs. Il ne réagit pas à ce que Norrby venait de dire. Il attendit quelques secondes en espérant que Norrby allait continuer à révéler des informations.

Le silence commença de toute évidence à le mettre dans l'embarras puis qu'il poursuivit :

— Oui. Que cela reste entre nous, mais la sculpture qui a été retrouvée sur le lieu du vol est précisément celle qui a été volée dans la galerie d'Egon Wallin. C'est exactement la même.

Johan ne savait même pas qu'une sculpture avait été volée dans la galerie de Wallin, mais fit comme si c'était le cas.

— Je vois. Hmm. OK, merci.

Comme à son habitude, Max Grenfors se balançait sur sa chaise, le téléphone à l'oreille, assis au bureau du rédacteur en chef, qui se trouvait pile au milieu du local de la rédaction. À côté de lui, la présentatrice avait le regard rivé sur l'écran de l'ordinateur. Elle regardait un reportage avec un casque sur les oreilles. C'était le moment où il ne fallait surtout pas la déranger. Le producteur de l'émission avait un mal fou à trouver des images pour un reportage sur les violences conjugales. Avec un sujet si difficile à illustrer, le risque était de finir par toujours utiliser les mêmes images.

Tous les journalistes étaient occupés à rédiger les textes des reportages. Cela se voyait qu'ils n'étaient plus qu'à quelques heures de l'émission. C'était à ce moment que la tension était la plus forte dans les bureaux de la rédaction.

Johan avait le sentiment qu'il allait exploser s'il ne faisait pas part de son scoop à quelqu'un immédiatement. Il donna une tape sur l'épaule de Grenfors, et annonça en agitant les mains qu'il avait quelque chose d'important à dire. Pour une fois, le rédacteur en chef comprit que c'était sérieux et raccrocha. Il se passa la main dans les cheveux en soupirant. C'est incroyable, les journalistes ont toujours besoin qu'on les aide. Quelle bande d'assistés ! Bientôt on va faire les interviews à leur place !

Johan, qui savait que Max Grenfors avait tendance à se mêler de tout et à mettre son nez dans la rédaction des reportages, ne fit pas attention à ses plaintes.

— Écoute bien, dit-il en s'asseyant sur une chaise qu'il venait de prendre à côté. Le casse qu'il y a eu à Waldemarsudde n'est pas une simple affaire de vol de tableau.

— Comment ?

Les yeux de Grenfors s'illuminèrent. Johan avait toute son attention.

— En effet. Le voleur ne s'est pas contenté de piquer un tableau. Il a également déposé quelque chose.

— Et quoi donc ?

— Il a posé une petite sculpture à l'endroit même où se trouvait le tableau.

— Ah oui ?

— Et pas n'importe quelle sculpture. La sculpture qu'il a laissée est exactement celle qui avait été volée au vernissage d'Egon Wallin le jour même de son assassinat.

— Mais qu'est-ce que cela signifie alors ? Que c'est l'assassin d'Egon Wallin qui est venu voler le tableau ?

— C'est fort probable, répondit Johan.

— Quel est le degré de fiabilité de tes sources ?

— Mes infos viennent de la police même.

Grenfors retira les lunettes qu'il s'était mis à porter récemment. D'une marque branchée bien sûr.

— Le vol et le meurtre seraient donc liés. Mais de quelle manière ?

Il jeta un rapide coup d'œil à l'horloge.

— Bon sang, il nous faut l'exclu sur cette information ! Allez, à la rédaction ! Je veux que tu rédiges le texte immédiatement.

Le mardi soir, tous les journaux télévisés ne parlaient plus que de ça. Le spectaculaire vol de tableau à Waldemarsudde était donc lié au meurtre du galeriste Egon Wallin. Et cela ne faisait aucun doute, puisque le voleur avait lui-même fait volontairement en sorte que la police le comprenne.

Johan était heureux. Non seulement il était à l'origine de l'information qui tenait les médias en haleine depuis deux jours, mais en plus il venait de recevoir l'ordre de prendre le premier vol pour Visby le lendemain matin.

Lorsque Karin croisa enfin le regard de son chef assis de l'autre côté du bureau, elle lui dit les mots qu'il redoutait d'entendre.

— J'arrête, Anders.

Knutas ressentit comme un vertige. Son cerveau refusait d'intégrer le sens du mot, qui rebondit à sa surface.

Puis il reposa lentement sa fourchette, sur laquelle était planté un gros morceau de cabillaud à la sauce à l'œuf.

— Pardon? Tu n'es pas sérieuse!

Il regarda l'heure rapidement, comme s'il voulait prendre note de l'heure exacte à laquelle sa collègue la plus proche lui annonçait qu'elle l'abandonnait.

Karin regarda Knutas avec compassion.

— Si, Anders, je suis tout à fait sérieuse. On m'a proposé un poste à Stockholm. À la crim'.

— Quoi?

La fourchette de Knutas était pleine, cependant il ne pouvait ni la porter à la bouche, ni la reposer sur l'assiette. Son bras était comme paralysé: il ne pouvait pas croire ce que Karin venait de lui dire. Elle poursuivit. Knutas baissa les yeux et marmonna quelque chose d'incompréhensible. Tout à coup, il eut l'impression que toute la pièce sentait l'œuf, et il eut envie de vomir.

— C'est le chef de Kihlgård à la crim' qui m'a offert le poste d'ailleurs. Je vais bosser dans la même équipe que Martin. C'est une opportunité parfaite pour moi, tu le sais. J'ai besoin de ce genre de défi. Il n'y a rien qui me retienne ici.

Knutas la regardait fixement, atterré. Voilà que ce nom lui revenait en plein visage: Martin Kihlgård. Bien sûr que c'était lui qui était derrière tout cela. Il ne lui a jamais fait confiance.

Sous ses airs amicaux et inoffensifs, c'était un homme vil et faux, une vipère.

Dès les premières secondes, il y avait eu une très bonne alchimie entre Karin et Kihlgård. Et bien qu'il ne l'ait jamais vraiment admis, Knutas voyait cela d'un mauvais œil.

— Et nous, alors ?

Karin soupira.

— Mais enfin, Anders, nous ne sommes pas en couple. On fait du bon boulot ensemble, c'est sûr, mais je veux faire mes preuves ailleurs aussi. Et j'en ai assez de rester coincée sur cette île. Je n'ai pas envie de moisir ici. Bien sûr, j'adore mon travail ici, j'adore travailler avec toi, et les autres, mais j'ai aussi envie qu'il se passe quelque chose dans ma vie. Je vais bientôt avoir quarante ans, et j'aimerais que ça bouge un peu, dans ma vie professionnelle comme dans ma vie personnelle.

Des taches rouges s'étaient mises à apparaître sur son cou : elle était soit énervée, soit gênée par la situation.

Plus personne ne dit mot. Knutas ne savait pas quoi dire. Il se contentait de regarder, ébahi, les yeux sombres de ce petit bout de femme assis en face de lui. En soupira avant de se lever.

— Ma décision est prise de toute façon.

— Mais…

Il ne put rien ajouter. Elle prit son plateau et partit.

Il resta seul à la table, le regard perdu dehors, dans la brume blanche qui recouvrait le parking gris. Il sentait des larmes de colère lui monter aux yeux. Il regarda rapidement autour de lui. La cantine était remplie de collègues qui mangeaient, bavardaient et riaient.

Il ne savait pas comment il allait s'en sortir sans Karin. Elle était sa bouffée d'air frais. Et même si leur relation semblait aller à sens unique, Karin lui donnait tout de même beaucoup. Il comprenait sa décision, néanmoins. C'était normal qu'elle désire aussi avoir une chance d'avancer dans sa carrière, et de rencontrer quelqu'un, de fonder une famille. Comme tout le monde.

Il retourna dans son bureau, attristé par la nouvelle. Il ferma la porte derrière lui et prit sa pipe dans le tiroir où elle se trouvait et la bourra de tabac. Mais cette fois-ci, il ne se contenta pas de tirer sur le tabac éteint comme il avait l'habitude de faire. Il ouvrit la fenêtre et l'alluma, le visage au vent. Allait-elle vraiment le faire ? Où est-ce qu'elle logerait ? Certes elle s'entendait bien avec Kihlgård, mais comment allait-elle supporter sa manie de manger tout le temps à la longue ? Kihlgård était certes un homme sympathique lorsqu'on le voyait de temps en temps, mais qu'en serait-il tous les jours ?

Au moment où il se posait ces questions, une horrible pensée lui vint à l'esprit : comment était-il lui-même en tant que collègue ? Ils travaillaient dur ensemble, et il pensait qu'ils formaient une excellente équipe tous les deux. Il aimait bien Karin. Elle était pleine de vie, et avait un fort tempérament, qui la menait parfois à des réactions imprévisibles. Grâce à elle, il se sentait vivant au travail, elle égayait ses journées. Grâce à elle, il avait une meilleure estime de lui-même. Mais d'un autre côté... Que représentait-il réellement pour elle ? Que pensait-elle de ses soupirs et de ses plaintes constantes contre les maillons faibles du corps policier ? Il se plongea dans ses souvenirs et tenta de les analyser. Qu'avait-il donné à Karin, au fond ? Que retirait-elle de leur relation ? Pas grand-chose, sans doute.

La question était de savoir s'il était trop tard pour faire quelque chose. Karin ne lui avait pas encore présenté sa démission. Elle avait peut-être l'intention de prendre des congés, pour essayer. Tous ses amis et toute sa famille étaient sur cette île. Allait-elle vraiment se plaire sur le continent, qui plus est dans une grande ville ? Rien que d'imaginer travailler tous les jours sans elle, Knutas commençait à avoir une crise d'angoisse.

Il devait trouver une solution. N'importe laquelle.

En fin d'après-midi, Knutas put avoir matière à penser à autre chose. La police de Stockholm lui avait envoyé par courriel une liste des personnes qui, en Suède, étaient connues pour l'intérêt particulier qu'elles portaient à l'œuvre de Nils Dardel.

Il parcourut d'abord la liste sans reconnaître un seul nom. Mais, arrivé au milieu, il fut pris d'un doute. Une série de caractères se distinguait de la liste. Elle formait un nom qui était déjà apparu plusieurs fois au cours de cette enquête : Erik Mattson.

Knutas laissa s'échapper un profond soupir. Comment se faisait-il que ce nom réapparaisse encore ?

Il se leva et regarda par la fenêtre. Il essaya de réfléchir calmement afin d'y voir plus clair. Erik Mattson était l'homme chargé d'estimer le prix des œuvres chez Bukowskis. Il était venu au vernissage à Visby, le jour de l'assassinat d'Egon Wallin, mais n'avait pas cru bon de le mentionner à la police, alors que c'est lui-même qui avait évalué les tableaux volés retrouvés chez Wallin. Knutas dut s'avouer qu'il avait complètement oublié de rappeler Erik Mattson pour l'interroger. Avec l'affaire de vol à Waldemarsudde, cela lui était sorti de l'esprit.

Il allait rentrer à la maison lorsqu'il reçut le courriel. Il pensait même aller acheter du bon vin et des fleurs pour Line sur le chemin. Il n'avait que trop laissé sa famille de côté ses derniers jours.

Cela le mit donc en retard une énième fois. Il téléphona à la maison. Line n'avait pas l'air aussi compréhensive que d'habitude. Ce qui n'était pas très étonnant. Même elle avait ses limites. Knutas avait mauvaise conscience, mais il essaya de la chasser. Il devait se concentrer sur Erik Mattson. Il voulait téléphoner directement chez Bukowskis, mais il réfléchit. Si Erik Mattson était bel et bien le coupable, ou l'un des coupables, il devait être prudent. Il avait besoin d'en parler à Karin. Il sortit donc dans le couloir. Le bureau de Karin était fermé. Il tenta néanmoins de toquer à la porte, mais ne reçut aucune réponse. Il attendit un petit instant avant d'entrouvrir la porte. Le bureau était vide. Elle était rentrée sans même lui dire au revoir. Quelle tristesse. Elle ne l'avait jamais fait auparavant, pour autant qu'il s'en souvînt. Il retourna dans son bureau, la queue entre les jambes. Il devait faire quelque chose. Il composa donc le numéro de Bukowskis, même si leur site Internet disait qu'ils étaient fermés à cette heure-ci. Le téléphone sonna plusieurs fois avant que quelqu'un ne décroche.

— Erik Mattson.

Knutas faillit tomber de sa chaise.

— Oui, bonsoir, ici Anders Knutas de la police de Visby. Désolé d'appeler si tard un vendredi soir, mais j'aurais quelques questions à vous poser.

— Je vous écoute, répondit Erik Mattson d'un ton neutre.

— Lorsque nous avons parlé des tableaux que nous avons retrouvés chez Egon Wallin, vous ne nous aviez pas dit que vous étiez en réalité présent au vernissage de ce dernier le jour où il a été assassiné.

Un lourd silence s'installa un instant.

— C'est normal, puisque je n'y étais pas.

— Mais d'après votre patron, vous aviez reçu une invitation. Vous êtes allé à Visby pour aller au vernissage, et vous y avez même passé la nuit.

— Non. Bukowskis avait reçu une invitation générale. Je pensais y aller avec mon collègue Stefan Ekerot, parce que nous devions justement être à Gotland à ce moment-là. Mais au final aucun de nous n'avait pu aller au vernissage. La fille de Stefan était tombée malade pendant la nuit, et il a dû rentrer le samedi matin avec le premier vol. Elle n'a qu'un mois, la pauvre petite. Quant à moi, je ne me sentais pas très bien le samedi après-midi, alors je suis rentré me reposer à l'hôtel, et je ne suis finalement pas allé au vernissage non plus. Vous voyez, ce n'était pas la peine d'en faire un plat.

— Si l'on veut, répondit Knutas, décidant d'accepter cette explication en attendant vérification. J'ai cru comprendre que vous étiez un expert du travail de Nils Dardel. Qu'avez-vous à dire concernant le vol du *Dandy mourant* ?

Il y eut un nouveau silence à l'autre bout du fil. Knutas entendit Erik Mattson prendre une grande inspiration avant de répondre.

— C'est un sacrilège épouvantable. Ce serait une tragédie si on ne le retrouvait pas. *Le Dandy mourant* est assurément l'un des tableaux les plus importants de l'histoire de l'art suédois.

— Qui aurait pu voler ce tableau, d'après vous ?

— À mon avis, le voleur a été payé par quelqu'un qui souhaitait le revendre à un collectionneur en particulier. Ce tableau est tellement connu, en Suède comme dans le reste de l'Europe, qu'il serait absolument impossible de le revendre.

— Qui sont les grands collectionneurs des œuvres de Dardel en Suède ?

— Ses tableaux sont dispersés. Son travail était sujet à controverse. Il y a même des gens qui trouvent que ses tableaux ne sont pas beaux, allez savoir pourquoi. Maintenant je suis navré, mais il va falloir que j'y aille.

— Bien sûr, excusez-moi encore de vous avoir dérangé.

Knutas le remercia et raccrocha. Il se sentit encore plus confus. L'espoir qu'il avait ressenti quelques minutes auparavant était désormais retombé.

Erik Mattson n'avait pas l'air d'un meurtrier.

Mais c'était vendredi soir. Knutas décida de laisser l'enquête de côté pour le week-end s'il ne se passait pas quelque chose entre-temps. Son intention était de faire mûrir tout cela, et d'y revenir lundi matin avec un œil nouveau.

Tout ce qui comptait pour le moment, c'était de rentrer à la maison et profiter de sa famille.

L'étape suivante de son plan était réglée. Les pensées se bousculaient dans son esprit. Ce jour-là, il avait téléphoné aux pompes funèbres pour savoir quand Egon Wallin allait être enterré. Cela devait se faire deux semaines après, ce qui lui laissait suffisamment de temps pour s'y préparer. Grâce à ses déguisements et à son masque, qui lui recouvrait tout le visage, personne ne le reconnaîtrait. Il attendait le jour de l'enterrement avec impatience. Il avait hâte de pouvoir les voir tous, sans qu'ils ne puissent le voir. Il brûlait d'impatience en imaginant la scène.

Il était seul, et avait encore quelque chose à faire avant la fin de la journée. Il descendit à la cave, et se dépêcha de remonter avec la toile qu'il avait cachée. Heureusement, il ne croisa aucun voisin. De retour à l'appartement, il la déroula prudemment sur le sol du salon. Plusieurs semaines avant le vol, il avait commandé un cadre dont les dimensions correspondaient.

Juste au moment où il allait planter le premier clou dans le cadre, le téléphone sonna. Agacé par le dérangement, il hésita à décrocher. Après plusieurs sonneries, il reposa le marteau et se leva.

Juste à ce moment-là, se dit-il une fois la conversation terminée. Il fallait qu'il appelle juste à ce moment-là.

C'était un signe.

Il revint à sa toile, qu'il inséra avec patience et minutie dans son nouveau cadre. Lorsqu'il eut terminé, il posa le tableau contre le mur, recula un peu pour regarder son œuvre.

Il était parfaitement satisfait.

L e samedi commença avec un pâle et timide soleil de printemps.

Johan apporta à Emma le petit déjeuner au lit. Il avait disposé une rose sur le plateau. Ils mangèrent des croissants encore chauds avec de la confiture de framboise, burent du café et lurent le journal pendant qu'Elin dormait encore profondément dans son lit à barreaux. Les parents d'Emma devaient passer prendre Elin vers onze heures. Johan et Emma auraient ensuite le week-end pour eux seuls. Ils avaient choisi leurs alliances ensemble. Emma avait opté pour une bague en or sertie de cinq diamants. Johan avait sifflé lorsqu'il avait vu le prix, mais en même temps, combien de fois se marie-t-on dans sa vie ?

Ils avaient discuté en long et en large du lieu et de la manière dont ils allaient échanger leurs consentements. Déjà, cela devait être le plus rapidement possible. Ils souhaitaient également ne pas avoir à se soucier d'Elin, sans pour autant s'éloigner d'elle trop longtemps.

Pour finir, ils choisirent d'échanger leurs vœux dans l'endroit préféré d'Emma : la plage Norsta Auren, tout au nord de l'île de Fårö. Ses parents y avaient une vieille maison de pierre qu'ils pourraient emprunter. Il serait impensable de manger au restaurant, car aucun n'était ouvert en hiver sur l'île de Fårö. Ils mangeraient donc dans l'intimité de la maison de pierre. La maison donnait sur la mer et avait une cheminée : c'était parfait.

Ils quittèrent Roma peu avant midi et roulèrent plein nord. Arrivés à Fårösund, ils embarquèrent sur le ferry qui traversait le détroit pour rejoindre la petite île. Fårö était plus déserte et plus désolée encore que Gotland, et ce en hiver comme en été.

L'église de Fårö trônait au sommet d'une colline, et l'épicerie était ouverte. Il n'y avait qu'une seule voiture sur le parking. Johan se demanda comment l'épicerie pouvait tenir en hiver. Ils avaient déjà acheté tout ce dont ils avaient besoin à Visby, pour être sûrs. Ils avaient préféré ne pas prendre le risque de compter sur la petite épicerie pour trouver du filet de bœuf, des langoustines et des chocolats belges.

Tout en conduisant, Johan s'abreuvait du paysage. La couche de neige était inhabituellement épaisse. Elle couvrait de blanc les beaux murets, les beaux moulins et les beaux pâturages de l'île. De temps en temps, ils passaient devant de grandes fermes, bâties en pierre pour protéger leurs habitants du vent et des intempéries.

Lorsqu'ils quittèrent la route principale qui traverse l'île de part en part, la chaussée se rétrécit visiblement. Sur la plage d'Ekeviken, ils virent des oiseaux transis de froid qui volaient au-dessus des vagues en direction de Skär et de Norsta Auren. Sur la dernière portion de route, la couche de neige était plus épaisse encore, et Johan eut du mal à arriver jusqu'à la maison, bien que le père d'Emma soit passé déneiger l'accès le matin même.

La maison était entourée d'un muret de pierre. La mer était son seul voisin. Lorsqu'ils sortirent de la voiture, ils furent frappés par la puissance de la nature. Même si le vent soufflait inhabituellement peu.

Ils descendirent tout d'abord à la plage. Celle-ci faisait plusieurs kilomètres de long et Johan n'en avait presque jamais vu d'aussi larges. Ils passèrent de l'autre côté de la pointe de la baie qui les empêchait jusque-là de voir le phare de Fårö qui se trouvait plus loin.

C'était un endroit particulier, et ce pour plusieurs raisons. Il jouissait d'une situation exceptionnelle certes, mais il réveillait surtout chez Emma des souvenirs marquants. C'était ici qu'elle s'était réfugiée deux ans plus tôt, lorsqu'elle avait eu un tueur en série à ses trousses. Ce souvenir était encore fortement ancré dans l'esprit de chacun d'eux. Johan s'était lancé à sa recherche, mais le tueur était arrivé avant elle et l'avait kidnappée, quasiment sous ses yeux.

Tous deux voulaient peut-être effacer les mauvais souvenirs qui étaient attachés à cette maison en y organisant leurs fiançailles. Car malgré tout, Emma aimait cette plage plus que tout au monde.

Ils décidèrent de déballer leurs affaires, de déjeuner, puis de se promener au bord de la mer avant de se lancer.

Les alliances se trouvaient dans un étui que Johan gardait dans sa poche. Il avait l'impression qu'elles brûlaient.

Ils mangèrent une soupe de poisson bien chaude avec des crevettes et du basilic frais, et du pain fraîchement cuit qu'ils avaient réchauffé au four.

Lorsqu'il se mit à table, dans la cuisine, Johan se sentit apaisé. Emma portait un polo et ses cheveux étaient attachés en queue de cheval. Johan se demanda à quoi Emma allait ressembler lorsqu'elle serait vieille. Il se sentit chanceux de l'avoir. Allaient-ils vraiment vieillir ensemble, et s'accompagner mutuellement pendant toute leur vie ? Il avait parfois cette vision très claire de leur avenir, comme s'il avait ouvert la porte d'une pièce et qu'il en observait les détails, depuis le pas de la porte.

Emma et Elin étaient sa famille maintenant, et ce sentiment était très fort.

Ils s'habillèrent chaudement pour la promenade, et quittèrent la douce chaleur de la maison, un peu à contrecœur. Sur la plage, Johan prit la main d'Emma et se mit à courir.

— Doucement, cria-t-elle en riant. J'ai du mal à suivre, moi !

— Maintenant la question est : comment échanger nos alliances sans que nos doigts gèlent sur place ! Il fait un froid de canard, dit-il avec un grand sourire.

Sur la plage, ils furent tellement saisis par le froid et le vent que leurs yeux s'emplirent de larmes. La mer était grise et frappait la plage de ses vagues régulières. Johan n'avait jamais vu une ligne d'horizon aussi éloignée. Au point de rencontre entre la mer et le ciel, il était difficile de distinguer où s'arrêtait l'un et où commençait l'autre. Pas une seule construction humaine ne venait perturber le paysage, hormis la maison des parents d'Emma. Tout n'était que mer, ciel et neige. La plage était très large. Elle se terminait sur une butte d'un côté, et sur une forêt de l'autre. C'était une forêt typique de l'île, faite de petits sapins informes dont les branches avaient pris la forme que leur donnaient les différentes tempêtes qui frappaient l'île au cours de l'année. L'instant était intense. Johan, heureux, cria :

— Je t'aime Emma, je t'aime Emma !

Ses paroles furent emportées par le vent et disparurent dans la mer, se perdant dans les cris des mouettes. Emma le regardait avec des yeux rieurs. À ce moment-là, c'était pour Johan plus évident que jamais : il ne voulait pas attendre une seconde de plus. Il sortit l'étui de sa poche et se rapprocha d'Emma dont les cheveux humides lui volaient au visage. Il glissa l'alliance autour de son doigt, et elle fit de même.

Tout à coup, elle cria :

— Johan, regarde ! Là-bas ! Qu'est-ce que c'est ?

Un peu plus loin, une grande forme grise se détachait dans l'écume blanche de la mer. De loin, cela ressemblait à un gros rocher, mais comment aurait-il pu échouer là ? Tout autour, la plage était blanche et lisse.

Ils se rapprochèrent prudemment. Lorsqu'ils arrivèrent à une vingtaine de mètres de la forme, celle-ci se mit à se mouvoir. Emma prit immédiatement l'appareil photo. C'était un phoque. Et juste au moment où celui-ci s'apprêtait à retourner dans l'eau, elle réussit à le prendre en photo.

Et ils restèrent là un long moment à observer le phoque disparaître dans les vagues.

Ce lundi-là, Knutas arriva à six heures et demie du matin au bureau. Le week-end lui avait permis de faire un break nécessaire dans son enquête et de se reposer. Il n'avait en revanche pas réussi à oublier sa conversation avec Karin. Il avait même ressenti le besoin d'en parler à Line. Elle lui conseilla de lui faire quelque chose de radical s'il voulait la garder. Et le samedi soir, après plusieurs verres de vin, alors que les enfants regardaient le Melodifestival à la télévision, ils avaient trouvé une solution. Elle ne ferait certainement pas l'unanimité, mais ils n'y pourraient rien. Knutas était convaincu de cette solution, et il était prêt à en assumer les conséquences. Le lendemain, son argumentation avait convaincu la commissaire principale.

Karin et Knutas avaient une chose en commun : ils étaient tous deux très matinaux. Cela faisait à peine une demi-heure qu'il était au commissariat qu'il entendit déjà le pas léger de Karin dans le couloir. Il avait tout juste eu le temps de peaufiner son idée dans les grandes lignes. Il lui pria d'entrer dans son bureau.

— Oui, bien sûr, avait-elle répondu en souriant. Il faut que je te raconte les intéressantes découvertes que j'ai faites ce week-end.

Elle s'assit sur la chaise devant le bureau.

— Bien sûr, dit-il, mais avant cela il y a quelque chose dont il faut que je te parle.

— Je t'écoute ?

— Je n'ai pas envie que tu nous quittes, comme tu le sais déjà. C'est pourquoi je te propose quelque chose. Tu n'es pas obligée de répondre maintenant. Réfléchis-y, puis donne-moi ta réponse au cours de la semaine. D'accord ?

— Bien sûr, répondit-elle, balancée entre l'inquiétude et l'espoir.

— Je veux que tu deviennes chef adjoint de la crim', en d'autres termes, ma remplaçante. Lorsque j'arrêterai, je voudrais que tu prennes la relève. Il n'y a jamais eu de femme à la tête de la crim', et il en est grand temps.

— Mais…

— Non, non, je ne dis pas que je vais arrêter demain. Mais je commence à vieillir, et dans une dizaine d'années, il sera temps pour moi de me retirer définitivement. En plus, Line m'a fait part de son intention d'essayer d'aller travailler sur le continent un jour. Et je ne suis pas contre à vrai dire. Si elle décide de s'installer sur le continent, je la suivrai. Les enfants ont bien grandi, maintenant, et nous sommes libres à nouveau. J'ai donc besoin d'un remplaçant sur lequel je puisse vraiment compter. Et dans ce rôle, je ne vois que toi, Karin.

Karin le regarda bouche bée. L'expression sur son visage était passée de l'inquiétude à la surprise d'abord, puis à la stupéfaction totale ensuite. Les habituelles taches rouges étaient réapparues sur son cou. Elle ouvrit la bouche pour dire quelque chose, mais Knutas l'interrompit :

— Non Karin, s'il te plaît, ne dis rien maintenant. Tout ce que je te demande, c'est d'y réfléchir. Je veux te parler du salaire aussi. Il est évident que tu recevrais une augmentation. Nous pourrons en parler plus en détail par la suite si tu acceptes l'offre. Mais pour que tu saches à quoi t'en tenir, je peux d'ores et déjà te dire que tu toucherais au moins sept mille couronnes de plus chaque mois, sans compter les cours auxquels tu assisterais, notamment en gestion d'équipe. Et cela te serait assuré. La commissaire principale est d'accord pour te donner ce poste de chef adjoint.

— Mais, et Lars ?

— Ne t'en préoccupe pas, Karin. Lars Norrby est mon affaire. Je te demande juste d'y réfléchir.

Karin hocha la tête sans un mot.

— Super, dit Knutas, soulagé que cette conversation soit passée.

Il se leva et regarda par la fenêtre. Il n'osait pas croiser son regard. Ils restèrent silencieux un moment.

— Est-ce que je peux te parler de ce que j'ai trouvé, maintenant ? demanda Karin.

— Oui, bien sûr.

— Donc, ce week-end j'ai cherché quel lien il pouvait y avoir entre Nils Dardel et Muramaris. Vu que l'original de la sculpture trouvée à Waldemarsudde se trouve dans le jardin de Muramaris, je me demandais si Dardel avait un lien quelconque avec la propriété.

— Bien vu, dit Knutas à voix basse.

Karin se pencha en avant et le regarda intensément

— Alors voilà ce qu'il en est, dit-elle avec ardeur. Écoute ça. Tu sais que Dardel était homosexuel, n'est-ce pas ?

— J'en ai entendu parler, oui… Mais il n'était pas marié ?

— Si, il a épousé Thora Klinckowström, et ils ont même eu une fille, Ingrid. Dardel a eu plusieurs relations sérieuses avec des femmes. Il était par exemple secrètement fiancé avec Nita Wallenberg avant de rencontrer Thora, mais ils se sont séparés parce que le père de Nita ne voulait pas de Dardel comme beau-fils. Il avait alors vingt ans. Et déjà à ce moment-là, en 1917 donc, les rumeurs couraient à son propos : alcoolisme, homosexualité, décadence… Et en effet, alors qu'il avait des relations avec des femmes, il lui arrivait de tomber également amoureux d'hommes. Et il ne s'en cachait pas. Il a notamment eu une longue relation avec son ami et mécène Rolf de Maré, le fils unique de la fille de la comtesse Wilhelmina von Hallwyl.

— Ah oui ? Mais quel est le rapport entre l'orientation sexuelle de Dardel et l'île de Gotland ?

Knutas avait l'air ennuyé par ce récit, qu'il avait espéré plus passionnant.

Les yeux de Karin s'illuminèrent. Elle s'était de toute évidence passionnée pour la vie de Dardel.

— Attends, j'y viens. Est-ce que tu connais la comtesse Wilhelmina von Hallwyl? Le palais Hallwyl, à Stockholm?

— Non, je n'en ai jamais entendu parler.

— Il est situé sur la rue Hamngata en face de Berns et Berzelii Park, à côté de la place Norrmalstorg, tu vois? C'est un très bel endroit. La comtesse Wilhelmina von Hallwyl était extrêmement riche, et avait passé sa vie à collectionner des objets, aujourd'hui exposés : des œuvres d'art, de l'argenterie, des céramiques et de la porcelaine orientale, et cætera. Environ cinquante mille objets en tout, qu'elle a entièrement légués à l'État suédois, avec sa demeure. Il faut que tu y ailles la prochaine fois que tu vas à Stockholm, dit Karin avec enthousiasme. Maintenant attention, c'est là que ça devient incroyable. La comtesse de Hallwyl a eu quatre filles. L'une d'entre elles, Ellen, s'est mariée avec un militaire haut placé, Henrik de Maré. Ensemble ils ont eu un fils, Rolf. Puis ils sont allés s'installer à Berlin, car Henrik avait été muté là-bas. Rolf avait besoin d'un précepteur, quelqu'un qui s'occupe de son éducation. Ellen engagea alors un jeune homme qui s'appelait Johnny Roosval. Or il se trouve qu'elle et Johnny sont tombés amoureux l'un de l'autre. Elle, une dame de haut rang, personnage public, et lui, un homme de douze ans son cadet qui sortait de nulle part. Un scénario parfait pour un grand mélodrame. Eh bien en réalité. Ellen a fait fi des conventions : elle s'est séparée de son militaire et a épousé le jeune Johnny Roosval !

Karin tapa dans ses mains avec grande satisfaction. Knutas, lui, attendait toujours une grande révélation.

— D'accord. Et Gotland?

— On y arrive, on y arrive. Bien sûr, tout cela a provoqué un immense scandale. C'était tout de même au début du XXe siècle ! La comtesse Wilhelmina von Hallwyl coupa les ponts avec sa fille et lui prit son fils, Rolf de Maré. Mais peu leur importait, Ellen et Johnny étaient très amoureux l'un de l'autre. Ils se firent construire une maison de rêve, devine où ? Sur Gotland. Et cette maison est, je te le donne en mille, la villa Muramaris ! Elle fut terminée en 1915. Ellen fit également construire une petite résidence d'été pour son fils. Elle existe encore aujourd'hui d'ailleurs. Ellen était une artiste et sculptrice et elle travaillait à Muramaris. La plupart des sculptures du jardin sont d'elles. Quant à Johnny Roosval, il est devenu le premier professeur d'histoire de l'art en Suède. C'est ainsi qu'il entra dans les salons mondains. Et après ? Plus tard, la comtesse de Hallwyl a repris contact avec sa fille et celle-ci put revoir son fils. Donc Rolf de Maré passait beaucoup de temps l'été à Muramaris. Et devine qui il y emmenait souvent ? Oui, Nils Dardel, qui a lui-même conçu le jardin de Muramaris, d'ailleurs. C'est un magnifique jardin baroque il faut dire. Et puis il est au bord de la mer. C'est une belle histoire, non ?

Satisfaite, elle s'adossa à la chaise et but une gorgée du café qui avait eu le temps de refroidir pendant son récit.

— C'était vraiment une excellente histoire, répondit Knutas, heureux d'en avoir enfin vu la fin. Voilà donc le lien entre Nils von Dardel et Muramaris. Reste à savoir quel est le lien entre tout cela et Egon Wallin.

— Certes, mais en tout cas ce fut un réel plaisir de faire des recherches sur la vie de ce Dardel. C'était un homme passionnant, si complexe, dit Karin le regard perdu dans le vide.

Knutas, au contraire, en avait suffisamment entendu pour la journée. Il finit son café et se leva.

— C'est du bon travail, Karin. C'est l'heure de la réunion maintenant. Je me rendrai à Muramaris après.

Il n'osa pas lui avouer qu'il n'y avait jamais mis les pieds auparavant, bien qu'il fût déjà passé un millier de fois devant la pancarte en se rendant à sa résidence d'été.

Lorsque Hugo Malmberg alla récupérer son journal devant la porte, il vit sous la belle étagère à chaussures en chêne de chez Norrgavel quelque chose d'inhabituel. C'était un petit papier rouge. Trop petit pour être une publicité. Hugo commençait à avoir un mauvais pressentiment. Il ramassa le papier et le retourna. Sur le verso, un seul mot était inscrit : « Bientôt. » Il rentra et alla s'asseoir dans la cuisine. Les chiens jappaient autour de lui, comme s'ils sentaient eux aussi la menace qu'impliquait ce mystérieux message.

Il resserra machinalement sa robe de chambre à sa taille et étudia le message. Il était écrit au feutre noir, en lettres capitales. À le regarder ainsi, il pourrait tout aussi bien s'agir d'un carton d'invitation pour une grande fête. « Bientôt. » Qu'est-ce que cela pouvait bien vouloir dire ? Rien que d'y penser, il en avait des sueurs froides. C'était la preuve évidente qu'il était bel et bien poursuivi, qu'il ne se faisait pas des idées.

Depuis qu'il avait vu cet homme sur le pont Västerbro l'autre nuit, il avait eu l'impression que quelqu'un l'espionnait. Il s'était même demandé s'il ne commençait pas à perdre la tête.

Mais maintenant, cela ne faisait plus aucun doute. Quelqu'un lui en voulait. Tout à coup, il ne se sentit plus du tout en sécurité chez lui. Pris d'une angoisse soudaine, il regarda autour de lui. Cette personne savait où il vivait, il était même venu jusque devant sa porte d'entrée. Il prit son téléphone et composa le numéro de la police. Ses doigts tremblaient. Il dut attendre un certain temps avant de pouvoir obtenir quelqu'un, qui lui annonça que pour porter plainte il devait se rendre au commissariat. Il perdit patience et raccrocha.

Il alla dans le salon et s'assit dans un fauteuil pour essayer de réfléchir clairement. Dans un tel silence, le tic-tac de la pendule devint stressant. Hugo devait réfléchir calmement. Se pouvait-il que tout cela ait un rapport avec le meurtre d'Egon Wallin ?

Dans sa tête, il revint sur les événements de ces derniers jours, les personnes qu'il avait vues, et tout ce qu'il avait fait sans pouvoir se rappeler quoi que ce soit d'anormal.

Il se mit à penser à nouveau au jeune homme qu'il avait vu devant la galerie. Il y avait quelque chose d'étrange dans son regard.

Puis il rassembla ses esprits et alla au commissariat sur l'île de Kungsholmen pour faire sa déposition, qui n'intéressa que moyennement l'inspecteur à qui il eut affaire. Il le prévint alors qu'il reviendrait s'il sentait la menace plus grande.

Lorsqu'il quitta le commissariat, il ne se sentit pas du tout soulagé.

Knutas ouvrit la réunion avec une question qu'il s'était posée tout le week-end, mais qu'il avait par instinct de survie essayé de mettre de côté pour pouvoir se détendre et se consacrer à sa famille.

Il lança un à un les journaux de samedi puis de dimanche. Leurs premières pages titraient : «Le vol du Dardel est l'œuvre d'un meurtrier», «Du meurtre au musée d'art», ou encore «Panique dans le monde de l'art».

Tous les journaux faisaient référence au reportage de la chaîne SVT diffusé le vendredi soir, où Johan Berg avait révélé que la sculpture volée dans la galerie du défunt Egon Wallin à Visby avait été déposée devant le cadre vide à Waldemarsudde.

— Qu'est-ce que cela signifie ?

Personne autour de la table ne répondit. Gênés, ils se contentèrent de marmonner et de secouer la tête.

— Qui a parlé à la presse ?

Knutas ne quittait pas les membres de son équipe des yeux.

— Calme-toi un instant et réfléchis, dit Wittberg, énervé. La fuite ne vient pas nécessairement d'ici, elle peut très bien venir de Stockholm. Il y a tellement de personnes impliquées dans cette affaire là-bas. Cela fait autant de possibilités de fuites.

— Donc aucun de vous ici n'a parlé de cette sculpture en dehors de cette pièce ?

La question attendait encore sa réponse lorsque la porte s'ouvrit. C'était Lars Norrby.

— Désolé d'être en retard, marmonna-t-il. Ma voiture refusait de démarrer. Je commence à en avoir marre de ce froid de canard.

Son regard tomba sur la une du journal que Knutas tenait, puis il vit les journaux étalés sur la table.

— Quelle histoire, hein ? dit-il en secouant la tête.

— N'est-ce pas ? grogna Knutas. Est-ce que tu saurais qui a révélé ces informations à la presse par hasard ?

— Non, pas du tout. J'ai dit le minimum à la presse. Comme d'habitude.

— Sauf que maintenant la commissaire principale m'est tombée dessus et elle me demande des comptes. Qu'est-ce que je vais lui dire, moi ?

Un grand silence s'installa dans la pièce. Puis Kihlgård ouvrit la bouche.

— Mais enfin, regarde, Anders. Qui te dit que la fuite vient de chez nous ? Plusieurs personnes étaient au courant pour la sculpture. Cela pourrait être n'importe qui. Cela pourrait venir du personnel du musée par exemple. Peut-on vraiment leur faire confiance ?

Tous autour de la table étaient d'accord avec Kihlgård.

— D'accord, on ne va pas mener une enquête pour savoir qui a balancé, mais je tiens à insister encore une fois sur l'importance qu'il y a à ne pas parler des affaires en cours autour de vous. De telles fuites compromettent l'enquête, et nous ne pouvons vraiment pas nous le permettre. Lars, peux-tu faire circuler une note à ce sujet ?

Norrby hocha la tête sans sourciller.

Comme il ne pouvait pas attendre plus longtemps, Knutas se rendit à Muramaris juste après le déjeuner. Il avait contacté la propriétaire après la réunion. Assez rapidement, il lui avait expliqué la raison pour laquelle il souhaitait voir le lieu, sans pour autant entrer dans les détails. Il n'en eut pas besoin de toute manière. Elle avait lu les journaux et savait très bien pourquoi il souhaitait venir visiter les lieux.

Lorsqu'il prit le virage en direction de Muramaris, Knutas se demanda pourquoi il n'y était jamais allé auparavant. La route descendait vers la mer et serpentait à travers une petite forêt de pins. Après un dernier virage, la villa et le parc apparurent à Knutas. Elle avait été construite au milieu de la forêt, sur un plateau qui surplombait les flots. Le bâtiment principal, dont la pierre arborait une jolie couleur de sable, ressemblait à une maison méditerranéenne, avec ses fenêtres à petits carreaux. L'ensemble était entouré d'un mur d'enceinte. Le jardin était constitué de haies et de buissons à la plantation régulière, qui étaient en cette saison recouverts de neige. Les sculptures y étaient disposées ici et là, et conféraient à l'endroit, qui en plus se trouvait au milieu de nulle part, une atmosphère quelque peu inquiétante. Dans un coin, un bâtiment plus petit avait été construit, dans le même style. Il ressemblait à une galerie, ou peut-être à un atelier d'artiste. Un petit groupement de cabanons de bois se trouvait un peu plus loin sur le plateau.

Knutas se gara devant le bâtiment principal. Il sortit de la voiture et regarda autour de lui. Il ne voyait pas la propriétaire. Il regarda sa montre : il était en avance. Il inspira l'air frais et pur. C'était un lieu magnifique. La villa avait l'air d'une maison abandonnée, d'une perle aujourd'hui délaissée. Comme si elle n'avait pas été occupée pendant des années. Les sculptures étaient comme les témoins d'un temps révolu. Il y eut en effet un temps où cette villa était un lieu d'art et d'amour, mais c'était il y a bien longtemps.

La propriétaire arriva par le chemin qui desservait les petites maisons de bois. Elle avait dans les cinquante ans. Ses cheveux blonds étaient élégamment coiffés en chignon. Elle portait pour seul maquillage un rouge à lèvres rouge vif. Knutas ne reconnut pas immédiatement Anita Thorén. Ils avaient tous les deux vieilli depuis le lycée, où ils se croisaient sans fréquenter les mêmes personnes.

Elle lui sourit amicalement mais avait tout de même l'air de se demander ce qu'il faisait là.

— À vrai dire, je ne sais pas moi-même exactement pourquoi je suis venu ici, expliqua-t-il. Mais je voulais voir l'original de la sculpture que nous avons retrouvée à Waldemarsudde.

— Aucun problème.

Ils contournèrent la villa et se retrouvèrent devant la sculpture, érigée au bord d'une allée.

— Elle est intitulée *Langueur*, et je crois que cela se lit sur le visage de cette femme.

— Vous croyez que c'est une femme ? C'est assez difficile à dire, je trouve.

— Oui, c'est vrai, il y a quelque chose d'asexué chez elle, ce qui correspond bien à Dardel, l'ambiguïté, l'androgynie…

Anita Thorén parlait comme si elle voyait la statue pour la première fois. Un enthousiasme légitime, se dit Knutas. Et il en faut, pour s'occuper d'un lieu pareil, qui devait certainement demander beaucoup d'investissement. Il avait beaucoup d'admiration pour ce genre de personne passionnée.

— Anna Petrus, l'artiste qui l'a réalisée, était contemporaine de Dardel, et était très proche d'Ellen Roosval.

— Oui, on m'a raconté toute l'histoire. Dardel avait passé beaucoup de temps ici, et il avait même aménagé lui-même ce jardin, répondit Knutas, content de se sentir cultivé.

— Certes, mais il y a plus encore à savoir. Le voleur du tableau savait parfaitement ce qu'il faisait en plaçant une sculpture provenant de Muramaris devant le cadre de la toile. Car c'est précisément ici que Dardel a peint *Le Dandy mourant.*

Knutas haussa les sourcils. C'était une information nouvelle.

— Vraiment ?

— C'est ce que l'on dit en tout cas. Venez, je vais vous montrer.

Ils passèrent un portail de bois grinçant. La maison devait certes être magnifique et imposante en son temps, mais elle n'était plus que le vestige de sa gloire passée. Les murs se fissuraient par endroits, la peinture s'écaillait, et les fenêtres avaient grand besoin d'être restaurées.

Ils empruntèrent la petite porte de service et se retrouvèrent dans une vieille cuisine.

— C'est ici, dit Anita Thorén en montrant une pièce à côté de la cuisine. C'est ici que Dardel a peint *Le Dandy mourant.* Le même été où il a aménagé le jardin. Il a fait le tour du terrain, a dirigé les opérations et a décidé avec le jardinier de ce à quoi le jardin devait ressembler. On en retrouve la trace dans des lettres et des documents de l'époque. Il travaillait également sur *Le Dandy mourant* en même temps. Il en a tout d'abord fait une aquarelle, avec des couleurs différentes. Sur cette première version, le dandy tenait un éventail à la main, et était entouré de trois autres hommes. La lecture homosexuelle y était bien plus évidente.

Knutas écoutait poliment. Il ne s'intéressait pas vraiment à l'histoire de l'art.

Ils passèrent dans une pièce au centre de laquelle trônait une magnifique cheminée en grès de Gotland.

— Ellen était peintre et musicienne, mais elle était avant tout sculptrice, dit Anita Thorén. Elle a notamment été l'élève de Carl Milles. C'est elle qui a conçu cette grande cheminée. Elle fait presque trois mètres de haut, et c'est autour que la maison s'est construite. Les motifs représentent les quatre éléments, la terre, le feu, l'eau et l'air, mais aussi l'amour entre les hommes, la souffrance et le travail. Cette figure ici, c'est la déesse de l'amour, dit-elle en montrant l'un des bas-reliefs taillés dans la pierre. Tous les 21 juin, le jour le plus long de l'année, son visage reçoit les tout derniers rayons du soleil, comme si elle souhaitait que la nuit ne tombe jamais.

— Eh bien! dit Knutas.

Anita Thorén continua de raconter l'histoire de la villa alors qu'ils traversaient la salle de musique, la bibliothèque, puis les chambres à l'étage. Dehors, il y avait encore l'atelier d'Ellen et une grande maison de jardinier, où résidait le responsable de l'entretien du jardin.

— L'hiver, il est seul ici. Moi et mon mari vivons en ville, et nous venons seulement voir la villa de temps en temps.

— Mais alors, les cabanons de bois, là-bas? À quoi servent-ils? demanda-t-il en désignant la rangée de petites maisons près de la forêt.

Ces cabanons étaient tous identiques, et ils semblaient avoir été construits récemment.

— Nous les louons pendant l'été. Suivez-moi.

Ils se dirigèrent vers le petit groupe de cabanons nichés au bout du plateau de Muramaris à l'orée de la forêt. Elle ouvrit la porte de l'un d'eux et lui montra l'intérieur. L'aménagement était spartiate, mais il y avait tout le nécessaire. Et au bout du plateau, des escaliers descendaient vers la plage.

Un cabanon rouge, légèrement de côté, semblait plus ancien que les autres.

— Celui-ci est le cabanon de Rolf de Maré, dit Anita Thorén. Ellen l'avait fait construire pour qu'il puisse venir ici l'été et avoir son intimité néanmoins.

Ils y entrèrent. Le cabanon comportait une cuisine sobre avec une cuisinière à bois, une grande chambre avec deux lits simples, et enfin une petite salle de bains avec toilettes. Et c'était tout.

— C'est donc ici qu'il logeait, dit Knutas en regardant autour de lui. Et Dardel venait ici aussi?

— Tout à fait. Il venait même assez souvent pendant quelques années. Comme je vous l'ai dit, ils vivaient leur homosexualité aussi librement que l'époque le leur permettait. Rolf de Maré était également le mécène de Dardel. Il l'aidait financièrement, et lui apportait un grand soutien psychologique. La vie de Dardel était assez compliquée. Et quand ils ne se voyaient pas, ils communiquaient de manière épistolaire. Ensuite, ils ont passé beaucoup de temps ensemble à Paris. Rolf de Maré y a fondé l'avant-gardiste Ballet suédois, et Dardel s'est occupé de créer les décors et les costumes pour plusieurs spectacles. Ils ont aussi beaucoup voyagé ensemble, en Afrique, en Amérique du Sud, et partout en Europe. Rolf de Maré était le plus proche ami de Dardel, avec bien sûr Thora, sa future épouse, et sa fille Ingrid.

Alors qu'il écoutait le récit d'Anita Thorén, une pensée germa inconsciemment en lui. Dans ce petit cabanon bas de plafond, perméable au froid de l'hiver et à l'humidité de la mer, il avait l'impression d'être au centre de toute l'affaire.

— Est-ce que vous louez également ce cabanon ? demanda-t-il.

— Oui, mais seulement l'été. L'hiver, l'eau est coupée, et il n'y a de toute manière aucune demande. Sauf dans des cas isolés.

Anita Thorén eut tout à coup toute l'attention de Knutas.

— Des cas isolés ?

— Oui, il arrive que je fasse une exception. Il n'y a pas très longtemps par exemple, un chercheur l'a loué pour y travailler sur un projet.

— Et quand était-ce ? demanda Knutas, qui sentait une piste possible.

— Il y a quelques semaines. Il faut que je vérifie, je dois l'avoir noté.

Elle ouvrit son sac à main et en sortit un petit agenda. Knutas retint sa respiration pendant qu'elle regardait dedans.

— Regardez. Il l'a loué du 16 au 23 février.

Knutas ferma les yeux, puis les ouvrit à nouveau. Egon Wallin avait été tué le dix-neuf. Les dates collaient.

— Qui était-ce ? Comment s'appelait-il ?

— Il s'appelait Alexander Ek. Il venait de Stockholm.

— Quel âge ? De quoi avait-il l'air ?

Anita Thorén semblait surprise par la réaction de Knutas.

— Il était jeune, dans les vingt-cinq ans je dirais. Il était grand et robuste. Mais pas gros, non. Musclé, plutôt. Il avait l'air de faire de la musculation.

— Lui avez-vous demandé sa carte d'identité ?

— Non, cela n'était pour moi pas nécessaire. Et il avait l'air gentil. J'avais bien l'impression de l'avoir déjà vu, mais il a nié lorsque je lui ai demandé.

Knutas en avait suffisamment entendu. Il jeta encore un rapide coup d'œil dans la maison. Puis il prit le bras d'Anita Thorén si soudainement qu'il faillit la bousculer.

— Nous reparlerons de tout cela plus tard. En attendant il faut fermer cette maison pour permettre à la police scientifique de faire son travail. Personne ne doit entrer ici avant que ce ne soit terminé, d'accord ?

— Quoi ? Mais je ne comprends pas.

— Un instant.

Knutas appela le procureur Smittenberg pour lui demander un mandat de perquisition, puis il appela Karin pour lui demander d'envoyer des équipes cynophiles et des cordons de police.

— Mais de quoi s'agit-il ? demanda Anita Thorén, inquiète, lorsqu'il eut raccroché.

— La période pendant laquelle la maison a été louée correspond à la date du meurtre du galeriste Egon Wallin. Et nous avons des raisons de penser que le vol du *Dandy mourant* est lié à l'affaire de meurtre. Et il n'est pas impossible que votre chercheur soit impliqué.

En moins de vingt-quatre heures, la nouvelle s'était répandue dans tous les médias : la police avait bouclé le périmètre autour de Muramaris et enquêtait dans le cabanon de Rolf de Maré. L'information avait tout d'abord été donnée par une personne qui, en se promenant dans le coin, avait découvert les cordons de police autour de la petite maison. La rumeur s'était ensuite très rapidement propagée. La police se refusait à tout commentaire concernant le blocage du périmètre et l'enquête qui était en cours.

Assis au bureau avec Pia, Johan désespérait de ne voir aucune information filtrer. Ils étaient tout juste revenus de Muramaris, où ils étaient allés filmer ce qu'ils avaient pu. Ils avaient été obligés de passer par la forêt pour pouvoir voler des images qui ne rendaient au final que maigrement compte de ce qui se passait. La police avait en effet barré la route.

Comme à son habitude, Max Grenfors avait appelé pour réclamer un sujet qui ferait l'information principale du journal.

Johan n'était parvenu à entrer en contact ni avec Anita Thorén ni avec qui que ce soit qui aurait pu parler de la situation. Il regardait dans le vide en se grattant la tête, alors que Pia se chargeait d'écrire le commentaire de la vidéo.

— Ça m'énerve je n'arrive pas à écrire un seul mot ! dit-il. La seule chose que je peux dire c'est que je n'ai rien à dire ! La police est bouche cousue, tout comme le propriétaire, et il n'y a pas un seul voisin ! Qu'est-ce que je suis censé faire avec ça, moi ?

Pia s'arrêta de taper un instant et leva les yeux de son écran. Des images de la forêt défilaient et la belle villa apparaissait de temps en temps en arrière-plan. Elle cracha sa portion de tabac à chiquer et en prit une autre.

— Oui, qui pourrait bien savoir quelque chose, bon sang ?
Oh mais attends… Il y a bien un restaurant là-bas, qui n'ouvre
que l'été. Je connais une fille qui y bosse. On peut toujours
tenter le coup. Je l'appelle ?

Dix minutes plus tard, ils étaient à nouveau en route pour
Muramaris pour y faire un direct. L'idée était que Johan donnerait les toutes dernières nouvelles depuis le lieu même de
l'enquête, avec la villa en arrière-plan, même si ce n'était que
de loin à cause des cordons de police. Ce serait ainsi plus vivant
et efficace qu'un simple reportage. L'amie de Pia Lilja s'était
avérée être la petite amie du fils d'Anita Thorén, et il se trouvait qu'elle était particulièrement bien informée. Elle était au
courant du blocage de la zone par la police et parla aisément
du lien entre Nils Dardel et la villa Muramaris, et de la rumeur
selon laquelle c'était à cet endroit qu'il aurait peint *Le Dandy
mourant*. Elle confia également qu'elle avait entendu dire que la
police pensait que le meurtrier avait loué l'ancienne résidence
d'été de Rolf de Maré au moment où Egon Wallin avait été
assassiné.

L e reportage en direct le fit tellement tressaillir qu'il faillit en renverser son café. Cela devait arriver, bien sûr. Un jour ou l'autre, ils devaient bien finir par faire le lien, et il devait faire avec. Mais pas si rapidement. Il regardait le journaliste parler devant la villa, il l'avait déjà vu dans d'autres reportages. Cet homme l'agaçait. Il paraissait tellement sûr de lui, dans sa manière de parler, alors qu'il n'avait pas la moindre idée de ce dont il parlait.

Comme si cela ne suffisait pas d'avoir la police à ses trousses, il fallait aussi qu'il se méfie des journalistes. Il y avait quelque chose chez ce journaliste qui l'agaçait au plus haut point. Pour qui se prenait-il ? Son nom apparut à l'écran. Bien sûr : il s'agissait de Johan Berg.

Ce soir-là, il n'était pas seul devant la télévision. Il devait donc faire attention à ne pas trahir sa nervosité. Il devait sauver les apparences. C'était cela le plus dur dans tout ce projet, faire comme si de rien n'était. Dans les pires moments, il avait envie de hurler au monde ce qu'il avait fait, et pourquoi. Ces deux secondes avaient laissé des traces au plus profond de lui, et il savait que le seul moyen de se débarrasser du mal qui brûlait en lui était de mettre son plan à exécution. Mais pour cela il avait dû se salir les mains, et faire le ménage. Après seulement, tout rentrerait dans l'ordre, et ils pourraient tout recommencer.

Il resta plus longtemps à la salle de sport ce jour-là. Il avait l'impression que faire du sport l'aidait à avoir un plus grand contrôle sur lui-même. Le sport était devenu un moyen d'évacuer, de se purger des frustrations, du doute et de la tension. Lorsqu'il observait son corps dans le miroir de la salle de musculation, il se sentait fort. Son reflet parlait de lui-même : il allait y arriver. Personne ne l'arrêterait. Ni la police, ni ce journaliste prétentieux qui se prenait pour quelqu'un d'important juste parce qu'il passait à la télévision. Quel con. Il n'avait qu'à venir le défier, s'il l'osait.

L'homme qui avait loué le cabanon à Muramaris avait utilisé un faux nom. Il n'y avait personne du nom d'Alexander Ek. L'adresse qu'il avait donnée n'existait pas. Il avait réglé en espèce, et sa fourgonnette provenait d'une agence de location de Visby. La police avait scrupuleusement interrogé le jardinier. Celui-ci avait été en congé pendant presque toute la semaine au moment des faits, mais il était présent le jour où l'homme était arrivé. Il avait vu son véhicule et se souvenait même de la vignette collée sur la lunette arrière. La fourgonnette avait été louée à la même période que le cabanon. Sous un faux nom également. Cette fois-ci, tout portait vraiment à croire que c'était l'homme recherché qui avait loué l'ancienne résidence d'été de Rolf de Maré. La police était en train de la passer au peigne fin.

Les experts trouvèrent des cheveux blonds ainsi que des cheveux noirs dans le lit et la salle de bains. À l'extérieur de la maison, ils trouvèrent également des mégots de cigarette de la marque Lucky Strike écrasés au sol. Et, dans un sac-poubelle oublié derrière la maison, ils trouvèrent un pot de fond de teint ouvert et des lentilles de contact bleues jetables.

La fermeture de la zone autour de Muramaris ne passa pas inaperçue et très vite, les médias locaux arrivèrent sur les lieux et commencèrent à poser leurs questions habituelles. Knutas avait ordonné à Norrby de ne rien dévoiler du lien entre Muramaris et l'assassin d'Egon Wallin. Le soir même pourtant, Johan Berg avait révélé l'information dans son reportage. Heureusement, il ne connaissait pas la nature du lien, ce qui soulageait tout de même Knutas. Les enquêteurs épluchèrent les listes de passagers des différents ferries. Un Alexander Ek avait bien voyagé sur l'un d'eux. Il était parti de Nynäshamn le mercredi 16 février et était revenu le dimanche 20. Il avait voyagé sans voiture.

Le groupe d'enquête se réunit au commissariat tard dans la soirée.

— Nous savons donc déjà quand le meurtrier est arrivé et quand il est reparti, dit Karin.

— Il a loué sa voiture chez Avis, dans le quartier d'Öster-centrum, ajouta Sohlman en demandant à Karin d'éteindre la lumière d'un signe de la main. Une fourgonnette blanche de ce modèle. On est en train de l'examiner. En tout cas les traces trouvées dans la neige dans la rue Norra Murgata corres-pondent exactement aux motifs des pneus. Il n'y a donc plus aucun doute, cette fourgonnette a bel et bien été utilisée par l'assassin.

L e mercredi matin, Knutas venait d'arriver lorsque Karin toqua à sa porte.

— Entre.

En voyant son visage, il n'était pas difficile de deviner pourquoi elle était là. Il sentit comme une boule à la gorge. Comme si son propre destin était en jeu. Il ne comprenait pas pourquoi elle comptait tant pour lui. Depuis le jour où il lui avait fait cette proposition, il avait essayé de ne pas y penser, mais il avait fait des cauchemars la nuit, dans lesquels Karin partait et le laissait tout seul. Ces quinze ans passés à travailler ensemble l'avaient profondément lié à elle. Il ne pouvait pas se séparer d'elle si facilement. Knutas ne pourrait jamais remplacer Karin.

Sans laisser paraître ce qu'elle pensait, elle s'assit en face de lui, de l'autre côté de son bureau. Knutas restait silencieux ; il attendait le verdict.

Il perdait espoir chaque seconde un peu plus.

— J'accepte, Anders. Je reste. Mais à une condition : je refuse de m'occuper des relations avec la presse.

Son sourire était si large qu'il dévoilait ce petit espace entre ses incisives qui faisait tant craquer Knutas.

Knutas était ému. C'était trop beau pour être vrai.

Il se leva de sa chaise d'un bon, fit le tour du bureau et prit sa collègue adorée dans ses bras.

— Merci, Karin. C'est merveilleux. Je suis tellement heureux. Tu ne le regretteras pas, je te le promets !

Pendant un court instant, elle resta immobile, dans ses bras. Puis elle le repoussa doucement.

— Oui, Anders. Je pense que c'est une bonne opportunité pour moi.

— Dès que cette enquête sera terminée, je t'emmènerai manger dans un excellent restaurant. Il faut fêter ça!

Puis il regarda l'heure. Il fallait absolument qu'il parle à Norrby avant la réunion. Il voulait annoncer la nouvelle le plus vite possible. Puis il pensa à quelque chose:

— Est-ce que Martin est au courant?

— Oui, je le lui ai dit hier soir.

— Comment est-ce qu'il l'a pris?

— Oh, cela ne lui pose aucun problème. Tu le connais, il n'est pas du genre à se soucier de ces choses.

Knutas savait que Norrby le prendrait mal, mais il ne pensait pas que sa réaction serait si violente.

— Quoi? Mais qu'est-ce que tu me chantes, putain? C'est ça, ma récompense après toutes ces années? Ça fait vingt-cinq ans qu'on bosse ensemble! Vingt-cinq ans!

Norrby était hors de lui. Il s'était levé de sa chaise et regardait Knutas du haut de son corps imposant. Assis dans sa petite chaise, Knutas se sentait plus gêné que jamais.

Norrby lui crachait ses paroles au visage.

— Et comment croyais-tu que j'allais réagir, hein? Tu croyais que j'allais rester là à me tourner les pouces derrière mon bureau et attendre bien sagement la retraite peut-être? Mais quelle connerie ai-je faite pour que tu me fasses un coup pareil?

— S'il te plaît, Lars, calme-toi. Et assieds-toi.

Il n'avait jamais vu son collègue, d'ordinaire discret et sympathique, se mettre dans un tel état. Il lui avait pourtant expliqué qu'il avait été obligé de faire une offre radicale à Karin pour pouvoir la garder. Mais pour Norrby, l'argument n'était pas valable.

— Ah, c'est donc comme ça qu'il faut faire pour obtenir une promotion ici, il suffit de menacer de partir? C'est tellement bas, bon sang.

— Mais enfin, Lars. Regarde les choses en face, s'il te plaît. Toi et moi sommes aussi vieux l'un que l'autre. Et je n'ai pas l'intention de jeter l'éponge tout de suite, tu vois ? Je vais rester ici jusqu'à ce qu'ils me jettent comme une vieille chaussette, j'imagine. Ce n'est qu'une question d'années. Dix ans, au maximum, si je pars en retraite avant soixante-cinq ans, comme j'ai déjà pensé le faire. À ce moment-là, il nous faudra quelqu'un qui puisse reprendre le flambeau. Karin a quinze ans de moins que nous. Et elle a l'expérience et la poigne nécessaires. Quant à toi, tu es un excellent porte-parole, et c'est ça le rôle que je veux que tu aies dans cette équipe. Personne ne ferait ce boulot mieux que toi. Et tu garderas le même salaire, bien sûr.

— C'est très sympa de ta part, répondit Norrby en serrant les dents. Je n'aurais jamais cru cela de toi, Anders.

En sortant, il claqua la porte.

Knutas resta assis. Il n'était pas très content de lui-même et de la manière dont la conversation s'était déroulée. Il n'avait même pas réussi à aborder le point le plus sensible : il avait décidé de l'écarter de la direction des enquêtes.

Les cloches de la cathédrale de Visby résonnaient dans toute la ville.

À l'intérieur, les bancs se remplissaient peu à peu. Il régnait une sorte de tristesse contenue parmi les proches du défunt. Tous avaient l'air de méditer sur la brutalité avec laquelle Egon Wallin était décédé. Le visage du pasteur laissait transparaître une certaine colère rentrée. Egon Wallin avait été un homme très apprécié, il était drôle et chaleureux. Sa famille avait enrichi la vie de la ville en lui apportant de l'art depuis plus de cent ans, et Egon Wallin avait lui aussi contribué au développement de la scène artistique à Visby. C'est pourquoi tant de personnes avaient tenu à être présentes pour lui rendre un dernier hommage.

Knutas s'était installé près des imposantes portes de la cathédrale. Discrètement, il étudiait l'audience. Monika Wallin, toute de noir vêtue, arriva avec son fils d'un côté et sa fille de l'autre.

L'enquête est au point mort, pensa-t-il.

Ces derniers jours, ils n'étaient arrivés à rien. Aucune de leurs pistes n'avait débouché sur du concret. Les jours passaient et ils n'avançaient pas. Dans ses moments les plus noirs, il se mettait à penser qu'ils ne parviendraient jamais à trouver le coupable. Lorsque l'affaire de vol leur était tombée dessus, il s'était dit qu'ils étaient sur le point de résoudre l'affaire, mais il n'en fut rien. Du moins, pas encore.

En soupirant, il aperçut Karin. Karin allait être chef adjointe à partir du 1er juin. Les réactions à l'annonce de sa promotion ne s'étaient pas fait attendre. La section criminelle était divisée à ce sujet. Une partie était pour, l'autre était totalement contre. Knutas s'étonnait de voir cette nomination provoquer une telle controverse. Ceux qui étaient opposés à la nomination étaient d'abord les plus vieux, et les collègues de sexe masculin. Ceux qui au contraire applaudissaient la décision étaient les femmes et les plus jeunes.

La réaction qui l'avait le plus étonné était celle de Thomas Wittberg. Bien qu'il se soit toujours bien entendu avec Karin, il fut l'un de ceux qui réagirent le plus vivement à l'annonce de la nomination de Karin en tant que chef adjointe. Leurs rapports étaient devenus très froids depuis. Cela n'avait pas l'air d'affecter Karin, mais au fond, Knutas savait qu'elle en souffrait.

C'était incroyable de voir comment les relations entre les gens pouvaient changer dès que l'on modifiait leurs conditions de travail ou que l'on faisait quelque chose qui ne leur plaisait pas. C'était à ce moment-là que l'on voyait qui étaient les vrais amis.

Knutas regarda autour de lui. Beaucoup de gens semblaient être proches de la famille. Tour à tour, ils saluèrent chaleureusement Monika Wallin. Celle-ci n'alla pas s'asseoir, mais resta sous le porche avec son fils, que la situation mettait fort mal à l'aise et qu'il ne pouvait gérer qu'avec tension et résolution.

Il y avait beaucoup de monde que Knutas ne connaissait pas, notamment un groupe d'hommes quinquagénaires, qu'il pensait être des relations professionnelles de Wallin. Knutas se demanda si celui qui devait être le futur collaborateur d'Egon Wallin, Hugo Malmberg, allait débarquer. Mais il se rendit compte que même s'il venait, il serait incapable de le reconnaître. Voilà qui n'était pas professionnel. La seule photo qu'il avait jamais vue de Malmberg était vieille de dix ans, et la dernière fois qu'il l'avait regardée remontait à trop longtemps. Il aurait dû l'étudier à nouveau avant l'enterrement. Il se sentit terriblement stupide.

Les hommes que Knutas imaginait être du milieu de l'art restaient entre eux, et se parlaient à voix basse, comme pour faire en sorte que personne ne puisse les entendre. L'un d'entre eux était-il Hugo Malmberg?

Il cessa d'y penser dès qu'il vit arriver Mattis Kalvalis. Il n'était pas difficile à repérer, avec son long manteau à carreaux rose et son foulard jaune vif. Il avait même teint ses cheveux ébouriffés en rouge pour l'occasion. Pour contraster avec son visage pâle, il s'était maquillé les yeux avec du crayon noir.

Tout de même, il était venu de Lituanie, exprès pour l'enterrement. Il ne connaissait pourtant pas Egon Wallin depuis longtemps. Leur relation était peut-être plus intime qu'ils ne le laissaient paraître. Knutas avait immédiatement eu des soupçons. Il n'avait pas pu s'empêcher de penser qu'ils avaient peut-être eu une histoire ensemble.

Mattis Kalvalis vint saluer Knutas.

— Vous êtes juste venu pour l'enterrement ? se permit de demander Knutas dans un anglais hésitant.

Mattis Kalvalis eut un léger rictus nerveux, que Knutas repéra aussitôt.

— Je vais à Stockholm, mais je tenais à être présent ici aujourd'hui. Egon Wallin avait beaucoup d'importance pour moi. Nous n'avions pas eu l'occasion de travailler très longtemps ensemble, mais il a tout de même eu le temps de faire beaucoup pour moi. Et c'était un très bon ami. Je l'appréciais énormément.

Il avait l'air sincère. Il s'excusa et alla saluer la veuve. Knutas n'avait jusque-là jamais remarqué à quel point Mattis Kalvalis était maigre. Son manteau paraissait bien grand sur ses épaules tombantes et son corps fin. Knutas se demanda si Kalvalis se droguait. Il avait des mouvements saccadés et une manière de parler incohérente. C'était en tout cas ce dont Knutas avait l'impression, avec son anglais approximatif.

La cathédrale était remplie. La cérémonie fut très belle.

Il ne se passa qu'une chose notable au cours de la cérémonie. Au moment où il se dirigeait vers le cercueil, le fils d'Egon Wallin trébucha et faillit tomber pile dans un énorme pot de lys blancs en marbre. La rose qu'il tenait tomba et la tige se cassa. Il fit de la peine à Knutas lorsqu'il déposa la rose sur le cercueil en marmonnant quelque chose d'incompréhensible avec un air tourmenté.

Il fallait le reconnaître, la police s'enlisait dans l'enquête sur le meurtre d'Egon Wallin. Knutas était de plus en plus convaincu que le coupable ne venait pas de l'île de Gotland et qu'il était suédois.

Il y avait dans cette enquête tellement d'indices, tellement de possibilités, tellement de pistes qui allaient dans tous les sens. C'était comme un puzzle impossible à terminer. Au final, Knutas n'était même plus certain que le meurtre et le vol fussent liés. Après tout, peut-être que la sculpture avait été placée là pour embrouiller la police.

Knutas était toujours en contact avec Kurt Fogestam de la police de Stockholm, où l'enquête stagnait tout autant.

Le côté positif de la chose, c'était que l'hystérie médiatique s'était calmée, ce qui leur permettait de travailler en paix. Plusieurs fois, ils avaient étudié l'ensemble des informations et des témoignages qui leur avaient été donnés, en vain. Knutas était déçu. Aucune des pistes ne les avait fait avancer : ni celle des tableaux retrouvés chez Egon Wallin, ni celle de la résidence de Rolf de Maré à Muramaris. Ils n'avaient en effet toujours pas retrouvé le mystérieux locataire.

Le ministère de l'Agriculture n'avait jamais commandé de rapport sur l'avenir de la sucrerie, et personne d'ailleurs n'y connaissait un dénommé Alexander Ek. L'analyse du cheveu retrouvé dans la fourgonnette était formelle : il appartenait à Egon Wallin. C'était désormais clair comme de l'eau de roche : le locataire était bel et bien celui qui avait commis les faits. Mais où se cachait-il ?

Hugo Malmberg était allongé dans son lit, dans sa suite à l'hôtel Wisby, mais ne parvenait pas à dormir. L'enterrement avait été éprouvant. Dans sa grande naïveté, il avait pensé que cela apaiserait la douleur s'il était présent. Mais de voir ainsi toute sa famille et tous ses amis lui avait fait comprendre à quel point il était seul lui-même.

C'était tout à fait absurde : Egon Wallin avait pris plus de place dans sa vie maintenant qu'il était mort. Avant sa mort, il entretenait pourtant une relation avec lui. Et cette relation avait certes quelque chose d'intense, mais ils n'étaient pas amoureux. Peut-être un peu au début, mais la passion s'était très vite estompée. C'était toujours ainsi que se passaient ses relations : dès que la curiosité première était satisfaite, il se lassait très vite. Ils se voyaient quand cela leur était possible, sans impatience, sans obsession. Quand ils passaient du temps ensemble, ils échangeaient beaucoup, mais une fois qu'ils se quittaient et repartaient chacun de leur côté, ils oubliaient presque l'existence de l'autre, jusqu'au moment où ils se voyaient à nouveau. C'était en tout cas ainsi que cela se passait pour lui.

Mais maintenant qu'Egon était mort dans d'atroces et tragiques circonstances, il se rendait compte qu'il lui manquait, bien plus que quand son amant était encore en vie.

Peut-être qu'il se sentait vieillir. Il allait avoir soixante-trois ans cette année. Il ne pouvait désormais plus ignorer son âge, alors qu'il avait réussi à le refouler pendant des années. L'enterrement l'avait fait réfléchir à sa vie. La solitude le terrifiait. Un sentiment de vide s'était insidieusement installé en lui. Il pensait beaucoup à cette décision qu'il avait prise longtemps auparavant, et qu'il commençait à regretter maintenant. S'il avait fait d'autres choix dans sa vie, il n'aurait peut-être pas été si seul. Certes, il avait beaucoup de relations, mais aucune de ces personnes ne se préoccupait vraiment de lui. Quelque part, en tant qu'homme à l'automne de sa vie, Hugo Malmberg avait un besoin fondamental d'avoir quelqu'un à ses côtés, quelqu'un de proche, avec qui il pourrait avoir une relation profonde.

Il avait pourtant vécu une belle vie, il n'avait pas à s'en plaindre. Il avait fait une brillante carrière, et il n'avait jamais manqué d'argent, ce qui lui avait donné une liberté dont il ne s'était pas privé de jouir. Il s'était offert tout ce qu'il voulait, et cela était une règle qu'il s'était fixée. Il avait voyagé aux quatre coins du monde. Tous ses besoins pouvaient être satisfaits. Et il faisait un métier passionnant. Mais il manquait une chose dans sa vie : l'amour. Peut-être aurait-il pu connaître l'amour avec Egon. Si celui-ci était encore vivant.

Egon avait une incroyable sensibilité pour l'art. Il pouvait parler des heures durant d'un seul tableau, voire d'un seul détail. Il pouvait argumenter indéfiniment sur l'intention de l'artiste dans telle ou telle œuvre. Peut-être que c'était cela qui lui manquait. Egon était quelqu'un d'authentique et sincère, d'heureux et de curieux.

En tout cas, Hugo Malmberg n'allait pas revenir à Gotland de si tôt. Il n'allait même peut-être jamais y revenir. L'île était désormais tellement attachée au souvenir d'Egon. Il voulait maintenant oublier toute cette horrible histoire. Cela ne l'intéressait même plus de savoir qui était l'assassin. La première chose qu'il ferait en rentrant à la maison serait de réserver un vol pour des vacances au soleil. Au Brésil, ou en Thaïlande. Il pouvait bien se permettre de prendre des vacances après tout ce qu'il avait dû endurer.

Abandonnant l'idée de s'endormir, il se leva. Il enfila les chaussons de l'hôtel, noua sa robe de chambre autour de la taille, puis alla ouvrir le minibar. Il prit une petite bouteille de whisky et s'en servit un verre. Il s'assit sur le canapé du salon de la suite, alluma une cigarette, et fuma tranquillement.

Vivement que je rentre à la maison, pensa-t-il.

Soudain, il entendit un bruit qui provenait de l'extérieur. La suite était au quatrième étage, mais elle donnait sur un petit toit. Le bâtiment était ancien, et il avait été construit sur plusieurs niveaux en terrasses.

Inquiet, il alla à la fenêtre, écarta les rideaux et regarda dehors, dans le noir. La seule source de lumière était un lampadaire qui éclairait la rue, mais sa portée était courte. Il n'y avait clairement pas de quoi s'inquiéter, cela devait sûrement être un chat. Il ferma à nouveau les rideaux et retourna s'asseoir sur le canapé. Il but une grosse gorgée de whisky qui le réchauffa de l'intérieur. Il se souvint alors qu'il était invité à une réception à la Maison des Chevaliers ce vendredi. Cela pourrait être sympathique. Il avait beaucoup d'amis du bottin.

Encore un bruit, qui le fit sursauter. Il regarda l'heure : deux heures un quart.

Il écrasa sa cigarette, se leva et alla éteindre la lumière. Plongé dans le noir, il s'approcha de la fenêtre, se mit sur le côté, contre le mur, et attendit ainsi. Il entendit alors un cliquetis, suivi d'un bruit sourd. Il avait l'impression qu'il y avait quelqu'un, juste devant lui. Il ne savait pas quoi faire. Il n'osait pas regarder par la fenêtre, de peur que l'on puisse le voir, malgré l'obscurité. Il vit néanmoins qu'une lumière vacillante venait de dehors. Dans l'entrebâillement du rideau, il put voir que la lumière provenait d'une lampe torche, braquée droit sur la fenêtre.

Dans une extrême tension, il attendit quelques minutes.

D'instinct, il prit une lampe de table suffisamment lourde, en détacha l'abat-jour, qu'il déposa prudemment au sol, et attendit ainsi, à côté de la fenêtre, au coin de la pièce, avec le pied en céramique en main. C'était la meilleure arme qu'il put trouver. Il avait réussi à se faufiler derrière le rideau. Il pensa à l'horrible façon dont Egon avait été tué, et aussi aux menaces qu'il avait reçues : le petit papier rouge et les mystérieux coups de téléphone.

Du plus profond de son être, il le sentit : c'était son heure. Il y avait dehors quelqu'un qui souhaitait se venger, et son tour était venu.

Exactement comme il l'avait pressenti, un nouveau bruit se

fit entendre. C'était le bruit de quelqu'un qui essayait d'ouvrir la fenêtre, avec un pied de biche semblait-il. Des doigts gantés apparurent dans le faisceau de lumière. La fenêtre s'ouvrit.

Une jambe pénétra la pièce, puis une autre, puis toute une silhouette, grande, noire, se pencha puis sauta au sol, à quelques mètres seulement d'Hugo Malmberg. L'homme portait une cagoule.

Hugo se plaqua le plus possible contre le mur, en espérant que l'homme ne remarquerait pas sa présence.

La suite était située à un angle de l'hôtel, et était construite selon un plan circulaire. Depuis le salon, l'étranger pouvait aller soit à gauche dans la chambre à coucher, soit à droite dans le deuxième salon. Pendant quelques instants, l'homme cagoulé resta immobile. Il était si près d'Hugo que celui-ci pouvait entendre sa respiration.

L'obscurité était totale, mais il pria pour que l'homme ne le repère pas à l'odeur, car il sentait en effet l'alcool et la cigarette. L'homme se tourna dans sa direction. Pendant quelques insoutenables secondes, Hugo crut qu'il avait découvert sa cachette. Mais tout à coup l'homme se dirigea dans la chambre à coucher et disparut dans l'obscurité. Hugo recula lentement, les yeux rivés sur la porte de la chambre à coucher. Il n'avait que le petit salon et l'entrée à traverser pour atteindre la porte et le couloir de l'hôtel. C'était sa dernière chance. Il n'était pas question d'essayer d'affronter l'intrus, qui était bien plus grand que lui. Il n'aurait aucune chance. Les pensées se bousculèrent dans sa tête. Il n'avait plus aucune notion du temps, et ne savait pas combien de secondes il avait déjà perdu.

Au moment où il décida de tenter sa chance et de courir vers la porte, il sentit une main agripper son poignet. Le pied de la lampe de table tomba au sol et se brisa. Il hurla, mais aucun son ne sortit de sa bouche. Comme s'il savait que cela n'aurait de toute façon servi à rien.

Ce mercredi-là, tout le monde semblait indolent et paresseux à la réunion. Le changement d'ambiance après l'annonce de la promotion de Karin tenait pour Knutas du ridicule. Thomas refusait désormais de s'asseoir à côté d'elle, sans parler de l'aversion soudaine de Lars Norrby pour tout et n'importe quoi. Karin s'était plaint lorsqu'ils avaient pris un café ensemble dans la matinée, demandant si tout cela en valait la peine. Il la comprenait, mais dut lui demander d'être patiente. Leur relation allait finir par s'apaiser à nouveau avec le temps, tout comme avec Wittberg. Knutas comprit que Wittberg avait lui aussi, bien sûr, des ambitions et qu'il s'attendait à ce qu'on lui propose le poste.

Mais il était malheureusement impossible de satisfaire tout le monde.

Wittberg était assis avec tout le monde, l'air renfrogné, même si au fond Knutas savait qu'il s'en était déjà remis. Sa nouvelle petite amie, qui n'était d'ailleurs plus si nouvelle, avait emménagé chez lui, ce qui avait une bonne influence sur lui. Il paraissait plus gai et plus en forme que jamais. C'est pourquoi Knutas avait été déçu de voir que le plus jeune membre de son équipe ne souhaitait pas à Karin de réussir et d'avancer ainsi.

— J'ai enquêté davantage sur Rolf Sandén, l'amant de Monika Wallin, dit Wittberg. Apparemment il a un alibi pour le soir du meurtre, mais il est peu fiable. Ce sont ses amis qui affirment qu'il était avec eux, et ils pourraient très bien mentir. Rolf Sandén parie régulièrement sur les courses de chevaux, et il paraît qu'il a pas mal de dettes de jeu. Et il doit de l'argent à pas mal de monde.

— Ah oui ? dit Knutas en fronçant les sourcils.

— Monika Wallin prétend ne pas être au courant de son addiction au jeu et de ses dettes.

— D'accord, cela nous fait donc un mobile potentiel. En plus, il est maçon. C'est une masse, en d'autres termes.

— Mais il était en arrêt de travail, non ? demanda Karin.

— Oui, pour des problèmes de dos, répondit Wittberg sèchement et avec condescendance. Mais cela ne lui a certainement pas enlevé toute sa force.

— Oui, mais enfin, peut-on réellement hisser quelqu'un si haut avec des problèmes de dos ?

— Mais bon sang, soupira Wittberg. Est-ce que nous devons écarter cette piste pour autant ?

Il secoua la tête comme si c'était la chose la plus stupide qu'il ait jamais entendue.

— Il a raison, ajouta Norrby. Il a très bien pu se faire faire un faux certificat d'arrêt de travail. Plein de gens le font. Mais peut-être que de telles fraudes n'existent pas dans ton monde ?

Le ton était sarcastique. Norrby et Wittberg se lançaient des regards entendus.

Tout à coup, Karin se leva si violemment que sa chaise tomba au sol. Elle regardait Wittberg avec une telle rage que celui-ci était, en plus d'être stupéfait, terrifié.

— Ça suffit maintenant ! cria-t-elle en le fixant des yeux. Espèce d'imbécile, jaloux et mesquin ! Tu es donc égoïste au point de ne pas pouvoir être content pour moi ? Ça fait des années qu'on travaille ensemble, Thomas, mais moi j'ai bossé ici deux fois plus longtemps que toi. Alors où est le problème dans le fait que je devienne chef adjointe ? Hein ? Dis-le-moi, c'est le moment ou jamais !

Elle n'attendit pas sa réponse et se tourna vers Lars Norrby.

— Et toi, tu ne vaux pas mieux ! À venir me faire la gueule, comme si c'était moi qui avais pris la décision ! Si ça te pose un problème, tu n'as qu'à aller te plaindre auprès d'Anders, et arrêter de m'emmerder comme un gamin ! J'en ai marre de vous deux, et je ne veux plus de cette situation ! Il faut passer à autre chose, maintenant, non ?

Sous la violence de sa colère, Karin prit sa chaise et la lança contre le mur. Puis elle sortit en claquant la porte.

Avant que quiconque ait eu le temps de dire quoi que ce soit, le téléphone de Knutas sonna.

Après avoir raccroché, il annonça :

— C'était un appel de l'hôtel Wisby. Hugo Malmberg y est descendu hier matin. Il était venu à l'enterrement d'Egon Wallin et devait passer la nuit à l'hôtel. Mais aujourd'hui personne ne l'a vu quitter sa chambre, et il n'était pas sur le vol qu'il avait réservé pour rentrer. Et lorsque le personnel de l'hôtel est rentré dans sa chambre, ils ont vu que ses affaires étaient toujours là, et que la fenêtre avait été forcée, et ils ont retrouvé des traces de sang sur le sol.

— Et Malmberg ? demanda Kihlgård.

— Il n'était pas là, répondit Knutas, en prenant sa veste qui était posée sur le dossier de la chaise. Il a disparu, et personne ne l'a vu.

L'hôtel Wisby était situé rue Strandgata, sur la place Donner, près du port. C'était un bel hôtel ancien, de très grande classe.

L'ambiance était agitée à la réception au moment où Knutas, Kihlgård, Sohlman et Karin arrivèrent, un quart d'heure seulement après que le réceptionniste eut signalé la disparition d'Hugo Malmberg. Ils ne perdirent pas de temps en salutations et demandèrent à voir la chambre immédiatement.

La suite était au quatrième étage. Comme le réceptionniste le craignait, Sohlman en bloqua immédiatement l'accès en collant un cordon de sécurité en travers de la porte.

— Est-ce vraiment nécessaire ? demanda-t-il, inquiet. Tout le monde va voir qu'il s'est passé quelque chose ici, et je ne voudrais pas que les clients prennent peur.

— Navré, dit Sohlman, nous n'avons pas le choix.

Sohlman était vraiment désolé. Dix ans auparavant, l'hôtel Wisby avait déjà été confronté à un meurtre. Une portière de nuit y avait été assassinée. Ce fut l'un des trois seuls crimes non élucidés de toute l'histoire de l'île. L'affaire avait fait grand bruit, et les médias en avaient parlé toute l'année durant. Le sujet revenait d'ailleurs toujours dans les émissions spécialisées dans les enquêtes criminelles.

Sohlman entra dans la suite en premier, faisant signe aux autres d'attendre, à l'étroit dans l'entrée.

Prudemment, il regarda autour de lui. Cela sentait la cigarette et le renfermé. Le lit était défait, et quelqu'un avait fait tomber une lampe de table dont l'abat-jour avait été retiré. Dans le salon, Sohlman vit un verre de whisky à moitié bu, à côté d'un cendrier contenant quelques mégots.

En ouvrant les rideaux, Sohlman vit immédiatement que la fenêtre avait été forcée. Des vêtements avaient été soigneusement posés sur une chaise près du lit. Il y avait une valise dans le hall d'entrée.

— Combien de personnes sont-elles entrées ici ? demanda-t-il au réceptionniste en chef lorsqu'il eut terminé l'inspection des lieux.

— Rien que moi et Linda, qui travaille à la réception aujourd'hui. C'est elle qui s'était inquiétée de ne pas le voir quitter l'hôtel. D'autant plus que le taxi qui devait l'emmener à l'aéroport était là.

— Vous êtes entrés dans la pièce ensemble ?

— Euh, oui. Oui, je crois, répondit-il, hésitant. Mais nous sommes restés à peine une minute.

Il avait l'air de s'excuser, comme s'il venait de se rendre compte qu'ils n'auraient peut-être pas dû entrer.

— Ça va, mais je ne veux plus personne dans cette suite dorénavant. La fenêtre a été forcée, il y a des taches de sang sur le sol, et d'évidentes traces de lutte. Il s'est passé quelque chose ici, c'est certain. À partir de maintenant, cette suite est un lieu d'enquête, nous allons la passer au peigne fin. Combien de sorties possibles y a-t-il depuis ici ?

Le réceptionniste leur montra une cage d'escalier de secours au bout du couloir. Elle menait à l'arrière-cour de l'hôtel et au jardin, à partir desquels on pouvait rejoindre la rue. Il était même possible de venir dans la cour avec une voiture.

Sohlman appela du renfort et resta pour l'expertise scientifique. Knutas commença les interrogatoires des employés de l'hôtel, et la police fit du porte-à-porte dans tout l'hôtel pour demander aux différents clients s'ils avaient vu ou entendu quoi que ce soit au cours de la nuit.

Dès que Knutas rentra au poste, il convoqua les membres de son équipe pour une réunion exceptionnelle. Vu la concentration qui régnait dans la salle, ils semblaient tous avoir oublié la crise de Karin. Cela faisait longtemps que le groupe ne s'était pas retrouvé dans cette atmosphère de travail que Knutas appréciait.

Il donna les grandes lignes de la disparition d'Hugo Malmberg.

— Qu'est-ce que nous savons concernant sa relation avec Egon Wallin ? demanda Kihlgård.

— Ils collaboraient et se rencontraient de temps en temps lorsque Wallin allait à Stockholm. Je crois que leur relation était essentiellement professionnelle, répondit Knutas.

— Tu veux dire que le fait qu'ils soient tous les deux homosexuels est un parfait hasard ? répliqua Karin, dubitative. Moi je ne crois pas. Cela fait tout de même beaucoup de points communs entre eux : l'art, Stockholm et l'homosexualité. Ce n'est pas anodin. Je pense que ce sont ces trois ingrédients qui peuvent nous mener au meurtrier.

— Donc nous rechercherions un homo qui évoluerait dans le monde de l'art à Stockholm ? demanda Kihlgård. Cela réduirait beaucoup trop notre champ de recherches, je pense.

— Peut-être, répliqua Karin. Ou alors il faut seulement se concentrer sur l'homosexualité.

— Et pourquoi ? demanda Wittberg. Qu'est-ce que le vol du tableau vient faire là-dedans ?

— Tu as raison. Ce fichu tableau. *Le Dandy mourant…*, dit Karin en réfléchissant. Est-ce qu'il voulait nous faire comprendre quelque chose en choisissant ce tableau parmi d'autres ? Peut-être que cela n'a rien à voir avec Nils Dardel, mais avec le titre du tableau, et ce qu'il représente. Un dandy, c'est un homme avec un côté androgyne, non ? Un homme snob, élégant et mondain ? Voilà qui correspond à la fois à Egon Wallin et Hugo Malmberg.

— Mais oui, dit Wittberg avec agitation. Le lien est évident maintenant. Le meurtrier est si raffiné qu'il vole l'un des tableaux les plus célèbres de toute l'histoire de l'art suédois pour nous faire passer un message. Il a voulu nous donner une indication, c'est clair !

— Vous croyez vraiment que c'est aussi simple ? demanda Kihlgård, sceptique. Il a tout aussi bien pu faire cela pour l'argent.

— Oui, mais comment aurait-il pu vendre un tel tableau ? Ce serait quasiment impossible, en Suède en tout cas, répondit Norrby.

— Non, il doit y avoir un collectionneur derrière tout ça, bredouilla Knutas.

— Pour moi, c'est l'art qui est l'élément central, dit Kihlgård. Ils tenaient tous les deux une galerie, un célèbre tableau a été volé, et Egon Wallin avait organisé un grand vernissage le soir du meurtre. On devrait se pencher davantage sur le monde de l'art et moins sur l'homosexualité. Tout ce qu'on fait, c'est s'embrouiller, et à force de se focaliser sur les détails, on en perd la vue d'ensemble.

— Je suis d'accord, dit Knutas, content d'être du même avis que Kihlgård pour une fois. Ils trempaient peut-être dans des affaires louches. Ils amassaient tous deux beaucoup d'argent, et peut-être pas toujours dans la légalité la plus totale.

— Et c'est là qu'interviennent Mattis Kalvalis et son étrange manager. Il a l'air tout sauf honnête, ajouta Karin. C'est un toxicomane, ça se voit à cent mètres. Il pourrait s'agir d'une sorte de mafia de l'art, qui aurait des ramifications dans plusieurs pays, notamment autour de la mer Baltique.

Knutas coupa court à la théorie conspirationniste de Karin.

— On devrait d'abord essayer de déterminer ce qui est arrivé à Hugo Malmberg. S'il a bien été agressé par le même homme, qu'a-t-il fait de lui ? Et que va-t-il se passer ensuite ?

— Je ne pense pas qu'Hugo Malmberg soit encore en vie, malheureusement, dit Karin. Juste avant la réunion, j'ai regardé s'il avait reçu des menaces, et il apparaît qu'il en avait bien reçu, par téléphone et par courrier. Il avait porté plainte il y a quelques semaines.

Le visage de Knutas commençait à rougir sérieusement.

— Et qu'est-ce que ça a donné ?

— Rien, apparemment. Le policier qui a pris la déposition pensait qu'il faisait une crise de paranoïa, malgré le fait qu'il apparaisse dans la déposition qu'il connaissait bien Egon Wallin et qu'il allait même collaborer avec lui.

— Quand ces incidents se sont-ils passés ?

Karin regarda ses papiers.

— Le premier, sur le pont Västerbro, c'était le 10 février. À ce moment-là, Malmberg pensait que c'était juste quelqu'un qui le suivait, ce n'était pas une réelle menace. Ensuite c'est le 25 février qu'il a reçu une véritable menace.

— Sous quelle forme ?

— C'était un petit mot, qui disait « Bientôt. » Sans signature.

— « Bientôt » ?

— Oui, et c'est tout.

— Et c'était il y a deux semaines ?

— Oui.

Tout le monde dans la pièce se regardait.

— Ça ne va pas du tout, ça, dit Knutas énervé. Egon Wallin est assassiné à Visby, et en même temps à Stockholm, un autre galeriste, qui traitait depuis longtemps avec Wallin lui-même, reçoit plusieurs menaces, et on oublie de nous communiquer l'information ? Mais qu'est-ce qu'ils font, à Stockholm, bon sang ? C'est une faute grave, putain.

Knutas respirait violemment. Il prit le verre d'eau qui était posé devant lui sur le bureau et bu à grosses gorgées.

— Soit, il faut maintenant se concentrer sur ce qu'il se passe en ce moment. Sohlman dirige les recherches dans la suite de l'hôtel qui se poursuivent en ce moment même. On a bloqué toute une partie de l'hôtel et on continue à interroger les clients dans les autres chambres. Espérons que l'on obtienne des informations intéressantes. Pendant ce temps, réfléchissons : que pourrait bien faire le meurtrier ?

— Je dois malheureusement dire que je suis d'accord avec Karin : Malmberg est probablement déjà mort, soupira Kihlgård. Il ne nous reste qu'à voir ce que le meurtrier va faire du corps cette fois.

— Vous croyez qu'il va oser le pendre à la porte Dalman, comme il l'a fait avec Egon Wallin ? demanda Karin.

— Non, ça m'étonnerait, répondit Knutas. Le faire une fois, d'accord, mais prendre le risque de le faire une seconde fois ? J'imagine qu'il sait que nous l'avons à l'œil et que le personnel de l'hôtel a remarqué que Malmberg a disparu. Vous ne croyez pas ?

— Ce n'est pas si sûr, dit Kihlgård. Il ne réfléchit peut-être pas de manière si rationnelle. Ces précédents succès lui ont peut-être donné la folie des grandeurs. Il pense peut-être qu'il est invincible, c'est déjà arrivé.

— Il faut faire surveiller l'endroit, dit Knutas. Je préfère ne pas prendre de risque. Après tout, nous ne savons pas à qui nous avons affaire.

— Et Muramaris ?

— La villa est également sous surveillance. On ne sait jamais, il pourrait avoir l'intention d'y retourner.

Sverker Skoglund était l'ancien camarade de classe d'Egon Wallin. Ils avaient fréquenté les mêmes établissements, de l'école primaire au lycée. Puis leurs chemins s'étaient séparés. Sverker avait quitté l'île et vécu à l'étranger pendant plusieurs années, et lorsqu'il était revenu, ils n'avaient plus grand-chose en commun. Il y avait pourtant quelque chose entre eux de particulier, qui faisait qu'ils restaient tout de même en contact. Les rares fois où ils s'étaient revus, seul à seul, c'était à chaque fois comme s'ils s'étaient vus la veille.

Sverker avait été choqué d'apprendre la mort soudaine d'Egon Wallin, et, comme beaucoup d'autres, terrifié par la violence avec laquelle son ami d'enfance était décédé. N'étant pas sur l'île de Gotland à ce moment-là, il avait raté l'enterrement. Il travaillait alors sur une plate-forme pétrolière en Norvège, et n'avait le droit de prendre un jour que s'il s'agissait d'un membre de sa famille.

Maintenant qu'il était rentré, la première chose qu'il voulut faire était de se rendre sur la tombe d'Egon Wallin. Le cimetière nord était désert. Sa voiture était la seule sur le parking.

L'allée qui menait à l'intérieur du cimetière était soigneusement entretenue mais semblait avoir été particulièrement piétinée ces derniers temps. Il comprit que beaucoup de gens étaient venus pour Egon. Car à cette époque de l'année, peu de gens se rendaient dans les cimetières.

Egon Wallin gisait dans le caveau familial, qui se voyait de loin. C'était une famille fortunée, et cela se lisait sur le caveau. Celui-ci était surmonté d'une croix. Il y avait des tas de fleurs et de couronnes devant. Les obsèques avaient eu lieu très récemment. À cause des chutes de neige de la nuit précédente, tout était recouvert d'une couche de blanc, mais l'on pouvait encore voir la couleur des fleurs ici et là, et deviner la forme des couronnes sous la neige.

Lorsqu'il s'engagea sur l'allée qui menait au caveau, le soleil apparut. Il s'arrêta un instant pour se réchauffer le visage sous ses rayons. Quel calme. Quelle sérénité.

Puis il continua son chemin. Il marchait d'un pas lent, pensant à Egon, à se demandant qui il avait vraiment été. À ses yeux, c'était quelqu'un de simple. Il n'avait jamais donné l'impression qu'ils n'étaient pas du même niveau social. Il n'en parlait jamais, et ne faisait jamais étalage de sa richesse, sauf lorsqu'il leur arrivait de déjeuner ensemble. Egon insistait alors toujours pour régler l'addition. Mais il était dans l'ensemble discret quant à l'argent qu'il gagnait. Il s'obstinait à continuer de vivre dans sa maison de lotissement, alors qu'il pouvait largement s'offrir une villa plus grande et opulente. Certes, ces maisons étaient particulièrement luxueuses, et le quartier était superbe. Mais tout de même.

Il se demanda quels ennuis Egon Wallin avait bien pu avoir pour finir ainsi, s'il avait été victime d'un psychopathe qui aurait décidé de s'en prendre à n'importe qui. Il se demanda si Egon Wallin était mort par hasard ou s'il avait été tué dans un but bien précis.

Il entra dans la zone où se trouvait le caveau. Elle était délimitée par une clôture. Il regarda les rangées de croix, les rubans de velours, les fleurs et les mots d'adieu. Mais tout à coup, il vit au sol quelque chose qui lui glaça le sang. Sous une lourde croix décorée du ruban rose et blanc du Cercle des arts de Visby, une main sortait de la neige. C'était une main humaine, aux doigts pliés. Sverker Skoglund retint sa respiration. Ce qu'il voyait là, à côté du caveau, c'était le corps d'un homme, sur le ventre, les bras le long du corps. Il était presque nu, seulement vêtu d'un caleçon et d'une couche de neige par endroits. Le corps était recouvert de bleus et de plaies. Il avait une corde autour du cou.

Sverker Skoglund venait d'avoir la réponse à sa question : le meurtrier avait un but bien précis.

La police de Visby fut alertée à une heure un quart. Vingt minutes plus tard, la première voiture arriva sur place. C'étaient Knutas et Karin, suivis de près par Sohlman et Wittberg. Plusieurs autres voitures de police étaient en route. Knutas sortit de la voiture et marcha à grandes enjambées jusqu'au corps.

— Nom d'un chien, dit-il. Ça ne peut être qu'une seule personne.

Sohlman le rejoignit, et passa devant pour accéder au corps en premier. Il en examina les parties qui n'étaient pas sous la neige.

— Il est couvert de blessures. Il y a des brûlures de cigarettes et des marques de coups. J'ai bien peur que cet homme ait été torturé avant d'être assassiné.

Il secoua la tête.

— Est-ce que c'est Hugo Malmberg ?

Knutas examina le corps tuméfié.

— C'est ce qu'on va voir.

Sohlman retourna prudemment le corps.

— Oui, c'est bien lui.

Karin s'agita.

— Regardez, là ! À son cou !

Tous se penchèrent et virent la corde de piano. Ils avaient vraisemblablement affaire au même homme.

Knutas se leva et regarda autour de lui, le cimetière était désert.

— Le corps est encore chaud, dit Sohlman. Il est mort depuis peu de temps.

— Dans ce cas il faut inspecter les environs avec une équipe de chiens immédiatement. Le meurtrier est peut-être encore dans les environs. Il a certainement dû venir ici en voiture. À quelle heure part le prochain ferry pour le continent ? Il faut l'immobiliser, fouiller tous les véhicules et contrôler tous les passagers. Cette fois-ci, il n'est pas question qu'il nous échappe.

Johan et Pia avaient travaillé d'arrache-pied depuis le communiqué de presse de la police disant que le corps d'Hugo Malmberg avait été retrouvé sur la tombe d'Egon Wallin. Ce second meurtre avait provoqué l'hystérie dans les médias et tout le monde à Stockholm voulait sa part du gâteau. Les réactions étaient fortes chez les habitants des alentours, et tous les galeristes de Visby fermèrent boutique pour se réunir et essayer de comprendre ce qui s'était passé. Il y aurait dehors un tueur qui s'en prendrait uniquement aux acteurs du commerce de l'art. La conférence de presse donnée par la police avait été chaotique : avec une cinquantaine de journalistes présents, les questions fusaient de toutes parts. La nouvelle s'était même répandue dans toute la Scandinavie, et des journalistes danois et norvégiens avaient débarqué à Visby dans la journée.

Le soir, après avoir terminé de rédiger le texte du dernier reportage, Johan resta au bureau. Il était bien trop stressé pour rentrer à la maison. Il devait d'abord faire le vide dans sa tête. Pia était partie dès l'envoi du sujet, car elle devait aller au cinéma. Aller au cinéma, maintenant ? avait pensé Johan. Comment peut-on se concentrer sur un film dans de pareilles circonstances ?

Il s'assit avec une feuille et un stylo, et tenta de reconstituer la chronologie des événements.

Le meurtre d'Egon Wallin. Les tableaux volés découverts dans son débarras.

Le vol du *Dandy mourant* à Waldemarsudde.

La sculpture volée dans la galerie de Wallin qui se retrouve à Waldemarsudde au moment où le vol a été commis. L'original se trouvant à Muramaris, où le meurtrier loge au moment du premier crime. Puis Hugo Malmberg assassiné, son corps gisant sur la tombe d'Egon Wallin.

Il se mit ensuite à lister les points communs entre les deux victimes.

Tous deux étaient galeristes.

Tous deux étaient homosexuels, apparemment. L'un le vivait ouvertement, l'autre en cachette.

Ils avaient l'intention de travailler ensemble dans la même galerie à Stockholm. Des partenaires, pensa Johan. Peut-être étaient-ils également partenaires sexuels ? C'était selon lui fort probable. Il ajouta « partenaires sexuels » à la liste des points communs.

Il s'arrêta et relut sa liste. Cela se résumait donc selon lui à deux grandes questions, qu'il écrivit :

1. Pourquoi *Le Dandy mourant* a-il été volé ?
2. Le meurtrier va-t-il faire une nouvelle victime ?

Rien ne disait que le meurtrier allait s'arrêter là. Il pouvait encore y avoir d'autres victimes. Johan griffonna le mot « dandy ». Qu'est-ce qu'un dandy ?

Il fit une recherche sur Internet et trouva une définition :

Personne élégante et snob, le dandy est associé au sang-froid, au sarcasme, à l'ironie, à l'androgynie ou l'ambivalence sexuelle.

Le meurtrier se voyait-il lui-même comme un dandy, ou prenait-il pour cible des dandys ?

Johan pensa aux personnes impliquées dans l'enquête. Pia avait dressé la liste des personnes qui étaient présentes au vernissage d'Egon Wallin. C'est Eva Blom, de la galerie, qui lui avait communiqué la liste des invités. Johan ne lui avait même pas demandé comment elle avait réussi une telle prouesse. Et il n'était pas sûr de vouloir savoir.

Commençons par là, se dit-il. Il tomba très vite sur le nom d'Erik Mattson, l'expert de l'œuvre de Dardel qui s'était plusieurs fois exprimé à la télévision à propos du vol du tableau. Quel hasard, tout de même. Erik Mattson travaillait à l'hôtel des ventes Bukowskis à Stockholm. Johan décida de l'appeler. Il alla sur la page d'accueil du site Internet de Bukowskis et trouva rapidement la photo d'Erik Mattson. Il sursauta en la voyant. Erik Mattson était un véritable dandy. Il portait un costume rayé blanc, une chemise bleue, une cravate, ainsi qu'un élégant gilet. Il avait les cheveux noirs, peignés en arrière, des traits fins, un nez aristocratique, de petites lèvres et un regard ténébreux. Il souriait légèrement au photographe, mais d'un sourire quelque peu suffisant, presque ironique. Le dandy typique, se dit Johan. Il regarda l'heure. Il était trop tard pour appeler Bukowskis, ils étaient fermés à cette heure-ci. Il attendrait le lendemain matin. Il soupira et se leva pour aller prendre un café. Dans sa tête, les pensées se bousculaient.

Qui était vraiment Erik Mattson? Avait-il un quelconque lien avec l'île de Gotland?

Soudain, il eut une idée. Il regarda l'heure à nouveau. Il était neuf heures moins le quart. Il n'était pas encore trop tard pour appeler. Anita Thorén décrocha immédiatement.

— Bonsoir, ici Johan Berg de Regionalnytt. Excusez-moi de vous déranger à cette heure, mais j'ai une question urgente à vous poser.

— De quoi s'agit-il?

— Eh bien je me demandais une chose. Vous ne louez les cabanons qu'à des vacanciers, n'est-ce pas? Depuis combien de temps le faites-vous?

— Depuis que nous les avons repris dans les années quatre-vingt à vrai dire. Oui, ça fait presque vingt ans maintenant.

— Avez-vous gardé la liste des différents locataires?

— Oui, bien sûr, j'ai tenu un registre depuis le début.

— Est-ce que vous l'avez à portée de main?

— Oui, chez moi, dans mon bureau.

— Vous avez un peu de temps devant vous? Est-ce que vous pourriez aller le chercher?

— Oui bien sûr. Mon cahier est quelque part par là. Un instant s'il vous plaît.

Un cahier, se dit Johan. À quel siècle vivait donc cette femme? N'avait-elle jamais entendu parler d'ordinateurs?

Après quelques instants, elle reprit l'appareil.

— Je l'ai retrouvé. J'y note le nom, l'adresse, le numéro de téléphone, la date à laquelle la location a été réglée et la durée du séjour de tous les locataires.

— Avez-vous sauvegardé ces données sur ordinateur ?

— Non, dit-elle en riant. C'est ridicule, je sais. Mais j'ai toujours fait comme ça. Cela fait vingt ans que nous louons nos cabanons, et c'est important pour moi de continuer de le faire à l'ancienne, vous comprenez ? C'est un peu de la nostalgie.

Johan comprenait très bien. Sa mère se mettait tout juste aux SMS alors que cela faisait des années qu'il essayait de lui apprendre.

— Pourriez-vous me rendre un service ? demanda-t-il.

— Euh, oui. Oui, bien sûr, répondit-elle, hésitante.

— Pourriez-vous regarder si un certain Erik Mattson a séjourné dans l'une de vos résidences ?

— Certainement, mais ça risque de me prendre un petit moment. J'ai ici vingt ans de registres à parcourir.

— Prenez le temps qu'il faudra.

Une heure plus tard, Anita Thorén rappela Johan.

— C'est incroyable. Juste après notre conversation téléphonique, j'ai reçu un appel de Karin Jacobsson de la police de Visby, qui me demandait exactement la même chose.

— Ah oui ?

— En tout cas, j'ai bien trouvé un Erik Mattson dans mes registres. Il apparaît plusieurs fois, ici et là.

Johan retint son souffle.

— C'est vrai ?

— La première fois, c'était en juin 1990, il y a quinze ans, donc. La résidence de Rolf de Maré, toujours. Pendant deux semaines, du 13 au 26 juin. Avec sa femme Lydia Mattson et leurs trois enfants. J'ai leur nom également : David, Karl et Emelie.

— Et ensuite ?

— La deuxième fois, c'était deux ans après, en août 1992, mais cette fois-ci sans les enfants.

— Il était seul ?

— Non, il a loué la résidence avec un homme.

— Vous avez son nom ?

— Oui, il s'appelle Jakob Nordström.

— Et ensuite ?

— La dernière fois, c'était l'année suivante, du 10 au 25 juillet. Encore avec Jakob Nordström. La même résidence à chaque fois, celle de Rolf de Maré.

C'était ce jour de novembre, un samedi, qu'il s'était rendu compte qu'il était capable de tuer quelqu'un. Il lui avait fallu deux secondes pour en prendre la décision. Ces deux secondes, il aurait préféré ne jamais les avoir vécues. Les images qui leur sont attachées allaient le poursuivre toute sa vie.

Au début, il n'avait pas vraiment eu l'intention de suivre cet homme qui était l'objet de son intérêt. Mais il avait eu une idée. Il allait seulement passer devant la galerie en voiture. Il ne savait toujours pas à ce moment-là ce qu'il allait faire de l'information qu'il détenait, comment il pouvait l'utiliser. Il voulait laisser passer un peu de temps avant de prendre une décision quant à la suite. Mais il n'en fut rien. Peut-être que tout cela était écrit. C'était ce qu'il se disait maintenant. Une fois cet horrible moment passé, il ne lui restait qu'une chose à faire. Sa vision l'avait frappé comme un coup, brutalement, radicalement.

Il faillit le manquer. Lorsqu'il arriva dans la rue Österlångata, il vit qu'Hugo Malmberg était déjà en train de fermer la galerie, une heure avant l'heure de fermeture habituelle. Il fut poussé par la curiosité. Il décida de le suivre pour comprendre pourquoi l'homme qui l'obsédait changeait ainsi ses habitudes.

Il le suivit jusqu'à l'arrêt de bus du pont Skeppsbro. Malmberg fumait une cigarette et parlait avec quelqu'un au téléphone. Lorsque le bus arriva, il traversa la rue en courant jusqu'à se retrouver juste devant lui. Tout près de lui. Il n'avait qu'à allonger le bras pour lui prendre le sien.

Cela lui faisait du mal de le regarder, dans son élégant manteau de laine et son écharpe nonchalamment jetée sur l'épaule. De regarder cet homme suffisant et sûr de lui, qui se croyait invulnérable, et qui heureusement ignorait que sa vie ne tenait déjà plus qu'à un fil. Il descendit du bus devant le grand magasin NK, dans la rue Hamngata, et prit la rue Regeringsgata sur quelques mètres, puis tourna à gauche dans une rue perpendiculaire. Il alluma une autre cigarette sur le chemin. Dans la rue, des voitures passaient, et des gens marchaient, se rendant à la maison ou au centre-ville. Il continua de le suivre, trop curieux pour s'arrêter. Il n'était encore jamais allé jusque-là.

Il faisait attention à rester suffisamment loin de lui. Par prudence, il traversa la rue et continua à le suivre depuis l'autre côté. Heureusement, il y avait juste assez de gens dans la rue pour ne pas éveiller de soupçons. Tout à coup, l'homme devant lui disparut. Il retraversa la rue le plus vite possible, et arriva devant une maison dont la façade était décrépie et la vitrine était recouverte de peinture noire, si bien qu'il était impossible de voir au travers. Il y avait un néon rouge et jaune assez discret sur la porte : «Video delight». Il avait dû entrer ici.

Il n'était pas difficile de comprendre quel genre de vidéo on pouvait bien trouver ici. Il attendit quelques minutes, puis il entra.

La porte s'ouvrait directement sur un escalier qui descendait sous une lumière rouge. Au sous-sol se trouvait un grand vidéo club qui ne proposait manifestement que des films porno assez hardcore. Il y avait aussi des sextoys et des cabines pour projections privées. Derrière le comptoir rouge se trouvait une jeune femme vêtue d'un sweatshirt noir, qui avait l'air aussi à l'aise que si elle vendait des viennoiseries ou des articles de mercerie. Elle discutait avec un homme du même âge, qui collait des étiquettes de prix sur des DVD. Tout autour, des grands écrans diffusaient des images indécentes. Ici et là, quelques hommes choisissaient des films.

Lentement, il fit le tour de la boutique pour essayer de trouver l'homme qu'il suivait. La boutique était plus grande qu'il n'y paraissait au premier abord. Les cabines étaient très étroites, d'à peine quelques mètres carrés. Il jeta un œil dans l'une d'elle : en face d'un écran géant se trouvait un fauteuil de cuir noir, avec un cendrier, des mouchoirs, une petite poubelle, et une télécommande. Rien de plus.

Il jeta un rapide coup d'œil dans chacune des cabines vides. Malmberg devait être tombé dans un trou noir, ce n'était pas possible. Dérouté, il alla au comptoir et demanda à la jeune femme s'il y avait plusieurs espaces.

— Oui, répondit-elle. Mais c'est réservé aux hommes, là-bas. C'est un espace pour les gays.

Elle lui montra une porte qu'il n'avait même pas remarquée. Elle portait une petite inscription qui disait : « Boys only ».

— Mais l'accès est payant. C'est quatre-vingts couronnes.

— D'accord, dit-il.

Il paya, et elle désigna une petite corbeille du regard, sur le comptoir. Elle était remplie de préservatifs.

— Ils sont gratuits, dit-elle en baissant la voix. Enfin, jusqu'à deux par personne. Après, il faut payer.

Il secoua la tête. Puis il alla à la porte, la poussa et entra.

Il faisait plus sombre encore que dans l'autre pièce, et les escaliers étaient encore plus petits et plus raides.

Le seul bruit que l'on y entendait provenait du système d'air conditionné fonctionnant à pleine puissance. Il y avait une odeur fraîche et poivrée, presque comme dans un spa. En bas des escaliers s'ouvrait un long couloir étroit. La lumière projetée par les néons rouges au plafond était très faible. Les murs étaient rouges et le sol noir. De chaque côté, les murs s'ouvraient sur de petites cabines similaires à celles de l'étage supérieur. Plusieurs d'entre elles étaient fermées. Les murs étaient tellement fins qu'il pouvait entendre des gémissements provenant des cabines.

Un jeune homme, d'environ vingt-cinq ans, se tenait à l'entrée d'une cabine dont la porte était entrouverte. En passant devant, il vit que quelqu'un était assis à l'intérieur. De toute évidence, le jeune homme allait entrer pour lui tenir compagnie.

Tout partout, des écrans diffusaient des films pornographiques. Il se demanda où Malmberg était passé. Il se demanda s'il était en train de se faire plaisir dans l'une de ces cabines. Cette pensée le dégoûta.

273

Un homme sortit d'une cabine, sembla s'emballer en le voyant, et essaya de l'attirer à lui. Il ne prononça pas un mot, mais son corps parlait pour lui, ses intentions étaient tout à fait claires.

Il pressa le pas pour l'éviter. L'organisation de l'espace n'avait aucun sens. Les couloirs formaient un labyrinthe dans lequel il finit par se perdre, au milieu des cabines et des images pornographiques.

Il sentit sa tête tourner. Il voulait quitter cet endroit, retrouver le monde extérieur. Il essaya de retrouver le chemin par lequel il était venu. Il crut reconnaître le couloir qui menait aux escaliers. Il le traversa d'un pas pressé, mais se rendit compte qu'il n'était pas dans le bon couloir. Au lieu des escaliers, le couloir se terminait sur une porte à travers laquelle il entendit des gémissements. Il la poussa juste assez pour pouvoir regarder à l'intérieur. C'était une petite salle de cinéma. Au fond de la salle, sur la toile, encore et toujours les mêmes images pornographiques qu'il avait l'impression d'avoir vu cent fois au cours de sa courte expédition. Tout dans cette salle était noir : les murs, le sol, le plafond, le canapé en cuir et les fauteuils.

Il distingua trois hommes en pleine activité sur le canapé. L'un d'entre eux était Malmberg, il le reconnut aussitôt. Puis il vit le visage d'un autre homme, qui devait avoir la cinquantaine. Il crut reconnaître ses traits mais ne parvint pas à le resituer. Quant au troisième homme, il ne pouvait pas voir son visage. Il était plus jeune que les deux autres, qui étaient debout, penchés au-dessus de lui. Ils étaient tous les trois complètement nus, et étaient trop occupés pour remarquer sa présence.

Tout cela lui paraissait complètement irréel, comme si la scène qui se jouait devant ses yeux ne se déroulait pas pour de vrai.

Juste au moment où il allait faire demi-tour et s'en aller, il parvint à voir le visage du troisième homme.

Deux secondes. Il ne lui fallut pas plus pour le reconnaître. Il referma immédiatement la porte, et s'appuya un instant contre le mur. La sueur lui coulait sur les tempes. Il avait envie de hurler.

Ses jambes engourdies le faisaient tituber, mais il se dépêcha tout de même de reprendre le chemin des escaliers, qu'il finit par retrouver. Il évita de croiser le regard de l'homme qui était derrière le comptoir.

Lorsqu'il retrouva la lumière du jour, il dut plisser les yeux. Une femme passa juste devant lui avec une poussette. À l'extérieur, la vie normale avait poursuivi son cours. Arrivé au coin de la rue, il dut s'arrêter pour vomir. À cause de ce qu'il venait de voir, mais aussi à cause de ce qu'il allait devoir accomplir.

L e vendredi matin, Karin vint à Knutas dès qu'il arriva au poste. Elle était agitée.

— Anders! Je viens de découvrir quelque chose de très intéressant. J'ai essayé de t'appeler hier soir, mais personne n'a décroché.

— Entre.

— J'ai épluché le passé d'Hugo Malmberg. Écoute ça.

Elle se jeta dans le fauteuil en face du bureau de Knutas.

— Il vivait seul dans un bel appartement rue John Ericsson sur l'île de Kungsholmen à Stockholm, et était copropriétaire de cette galerie rue Österlånggata depuis je ne sais combien d'années. Il était homosexuel, et je croyais qu'il l'avait toujours été, mais apparemment, pas tout à fait. Il a été marié à une certaine Yvonne Malmberg, mais elle est décédée il y a plusieurs années, en 1962. Oui, il y a quarante ans. Et devine de quoi elle est morte?

Knutas ne répondit rien et se contenta de secouer la tête.

— Elle est morte en couches, au département obstétrique de l'hôpital de Danderyd.

— Et l'enfant?

— C'était un garçon, et il a survécu. Mais il a été adopté par une autre famille, alors qu'il n'avait que quelques jours à peine.

Knutas siffla.

— Et attends, ce n'est pas fini.

— Dis-moi?

— Devine qui a plusieurs fois loué la résidence de Rolf de Maré à Muramaris?

Elle continua sans attendre sa réponse:

— L'expert de chez Bukowskis, Erik Mattson.

L e programme du week-end était chargé. Vendredi, Johan prit le premier vol pour Stockholm. À dix heures il devait rencontrer Erik Mattson à Bukowskis. Ensuite il devait déjeuner avec son petit frère, puis s'entretenir avec le chef de la rédaction au cours de l'après-midi. Et entre tout cela, il devait trouver un moment pour parler salaire avec Max Grenfors. Le soir, c'était dîner en famille chez sa mère à Rönninge. Le lendemain matin, il devait rencontrer le futur sous-locataire de son appartement. Johan avait demandé à son propriétaire le droit de faire sous-louer son appartement pendant un an. Le sous-locataire était un collègue de la chaîne SVT, antenne de Karlstad, qui devait effectuer une suppléance chez TV-Sport.

Le samedi après-midi, il devait retourner à Visby car Emma et lui avaient rendez-vous avec le pasteur à quatre heures.

Quel programme, se dit-il, inconfortablement assis dans l'avion à côté d'un homme qui devait au moins peser cent cinquante kilos. Mais il n'essaya même pas de changer de place.

Erik Mattson était tout aussi élégant en vrai qu'en photo, et il dégageait un charme particulier, qui poussa Johan à se demander s'il n'était pas homosexuel.

Ils s'installèrent dans une salle de réunion vide. Erik proposa du café et des biscuits italiens aux amandes. Johan préféra aller droit au but.

— J'ai cru comprendre que vous avez séjourné plusieurs fois à Muramaris par le passé. Pour quelle raison ?

— La première fois que j'y suis allé, j'avais dix-neuf ans. J'étais en vacances à Gotland avec des amis du cours d'histoire de l'art. Nous voulions faire des randonnées à vélo. À ce moment-là, j'étais déjà fasciné par l'œuvre de Dardel, et je savais qu'il avait passé plusieurs étés à Muramaris.

Le souvenir le fit sourire.

— Je me souviens que, sur la plage, on se plaisait à imaginer que Dardel était là, exactement au même endroit, près d'un siècle auparavant, en compagnie de Rolf de Maré, d'Ellen, de Johnny, et de tous les autres artistes qui venaient lui rendre visite. Cela devait être merveilleux. Leur vie tournait autour de l'amour, de l'art et de la création, loin des soucis de la réalité, dit-il avec mélancolie, avant de se taire.

— Et y êtes-vous retourné ensuite ?

— Oui, dit-il à moitié absent. Avec mon ex-femme et tous mes enfants, nous avons loué la résidence de Rolf de Maré, quand on était encore mariés. C'était il y a bien longtemps. Et ce n'était pas aussi bien que je l'avais espéré. Ce n'est pas l'idéal avec de jeunes enfants. Les escaliers qui descendent vers la plage étaient trop raides pour eux, et cela manquait d'aires de jeu. Et puis le bungalow est assez petit il faut dire.

— Y êtes-vous encore retourné ensuite ?

— Oui, deux fois.

— Avec qui, si je puis me permettre ?

— Un ami, qui s'appelait Jakob, répondit Mattson laconiquement.

Soudain il eut l'air gêné.

— Pourquoi voulez-vous savoir tout cela ?

— Pour deux raisons à vrai dire, dit Johan, mentant. Je cherche d'une part à avoir un peu plus de matière concernant les meurtres de Visby, bien sûr, mais ce n'est pas tout. Je trouve l'histoire de Muramaris tellement intéressante que je pense en faire un documentaire pour la chaîne SVT.

— Vraiment ?

La voix d'Erik Mattson trouva soudain une toute nouvelle énergie.

— C'est une excellente idée. Il y a tellement de choses à dire, et c'est tellement beau à l'intérieur ! Avez-vous vu la cheminée en grès d'Ellen ?

Johan secoua la tête. Il observait Erik avec attention.

— Vous avez donc été marié. Combien d'enfants avez-vous eus ?

— Trois. Mais quel est le rapport avec tout cela ?

— Pardon, je suis juste curieux. Vous avez dit «tous mes enfants», et j'en ai donc imaginé toute une ribambelle.

Erik Mattson éclata de rire. Il avait l'air soulagé.

— J'ai trois enfants. Qui ne sont plus des enfants maintenant. Ils ont bien grandi depuis. Ils ont fait leur vie.

Johan ne savait pas ce qui le poussa à faire cela, mais lorsqu'il eut mangé chez sa mère à Rönninge, revu tous ses frères et passé une agréable soirée, il décida, sur le chemin du retour, de passer devant l'appartement d'Erik Mattson rue Karlaväg. Il se gara devant l'immeuble et en observa la façade. C'était un immeuble magnifique. La façade et les plates-bandes étaient bien entretenues, et la porte était imposante. Sans savoir ce qu'il cherchait, il sortit de la voiture et s'approcha de la porte. Elle était évidemment fermée. Il y avait de la lumière à la plupart des fenêtres. Il avait déjà repéré l'appartement de Mattson auparavant. Il y avait de la lumière. À la porte d'entrée de l'immeuble, il y avait un interphone et un digicode. Impulsivement, il pressa le bouton à côté du nom d'Erik Mattson. Il dut appuyer plusieurs fois avant d'avoir une réponse. C'était une voix d'homme, mais pas celle d'Erik Mattson. Il y avait de la musique derrière. L'homme avait l'air ivre et surexcité.

— Salut, Kalle, tu es en retard. Il faut qu'on y aille maintenant.

C'était tout. Il n'ouvrit pas la porte. Johan courut se cacher dans sa voiture. Après quelques minutes, trois hommes sortirent gaiement de l'immeuble, l'un deux étant Erik Mattson. Ils restèrent devant la porte pendant quelques instants. Johan s'enfonça dans son siège afin de se dissimuler complètement, mais il pouvait toujours entendre leur voix.

— Mais où est-il passé ?

— Tu ne l'as pas vexé, j'espère ?

— Mais non, pas Kalle. Il a dû vouloir prendre de l'avance sur nous.

Les deux hommes que Johan ne connaissait pas semblaient être du même âge que Mattson. Ils étaient beaux et propres sur eux. Ils étaient tout à fait typiques des milieux branchés du quartier d'Östermalm, avec leurs costumes à la mode, leurs manteaux chics et leurs cheveux plaqués en arrière.

Ils passèrent devant la voiture de Johan sans remarquer sa présence, puis disparurent dans le parc Humlegården. Johan les suivit. Arrivés devant le bar du restaurant Riche, ils y entrèrent. C'était bondé à l'intérieur, mais par chance, il n'y avait pas de file d'attente à l'entrée.

La musique était forte, et les gens allaient et venaient en tous sens avec un verre à la main.

Il fallait seulement que Johan soit discret. Erik Mattson le reconnaîtrait immédiatement, car ils ne s'étaient entretenus qu'un peu plus tôt dans la journée. Mais après tout, voir un journaliste à Riche un vendredi soir n'était pas une chose extraordinaire en soi. D'ailleurs, en s'approchant du bar, il reconnut quelques collègues de la station de radio Ekot, ce qui le rassura.

Il garda l'œil sur Mattson qui papillonnait de groupe en groupe. Il avait l'air de connaître presque tout le monde. Johan remarqua qu'il était capable d'enchaîner les verres sans paraître saoul pour autant.

Mais soudain, il disparut. Il quitta alors ses collègues et se lança à sa recherche, inquiet de l'avoir perdu de vue. Il le retrouva en pleine conversation avec un homme plus âgé. Ils se parlaient de très près et avaient l'air proches.

Tout à coup, l'homme âgé sortit. Après quelques minutes, Erik le suivit. Johan les vit monter dans un taxi. Très vite, il monta dans le suivant et demanda au chauffeur de les suivre. Johan ne savait pas du tout ce qu'il était en train de faire. Il devait se lever tôt le lendemain, pour faire le ménage avant l'arrivée du futur sous-locataire, puis préparer ses affaires et prendre son avion pour Gotland. Il n'avait donc absolument pas le temps de jouer aux espions.

Le trajet en taxi fut court. La voiture des deux hommes s'arrêta très vite dans une petite rue, devant un immeuble décrépi. Erik et l'homme âgé payèrent le taxi et entrèrent. Johan fit de même et les suivit. Après avoir passé la porte et descendu des escaliers, il se retrouva dans une sorte de vidéoclub, où il dut payer une entrée pour pouvoir continuer à les suivre à l'étage inférieur.

Johan comprit très vite qu'elles étaient les occupations d'Erik Mattson.

Johan et Pia devaient préparer le reportage pour le journal de dimanche soir, car c'était sur l'île de Gotland que l'actualité était la plus brûlante pour l'instant. Johan lui raconta ce qu'il avait vu à Stockholm lorsqu'il avait pris Erik Mattson en filature.

— C'est vrai?

— Absolument.

— C'est incroyable. Mais alors, tu crois qu'il serait l'auteur des meurtres?

— Oui, pourquoi pas?

— Tu en as parlé à la police?

— Non, je voudrais être sûr de tout cela avant.

— Donc tu ne penses pas du tout utiliser ces informations dans le reportage?

— Non, pas tout de suite. C'est trop tôt. Il faut que j'approfondisse mes recherches, pour en apprendre plus sur Mattson.

En rentrant chez lui, Johan fut assailli de pensées contradictoires. Erik Mattson était chargé des estimations chez Bukowskis et était l'une des plus grandes références sur l'art suédois du XXᵉ siècle. Et d'un autre côté, c'était un homme qui se prostituait dans des clubs gays obscurs. Johan ne comprenait pas. Cela ne pouvait pas être pour des raisons financières. Mattson était un personnage insaisissable, et Johan était de plus en plus persuadé qu'il était lié au meurtre. Sans parler du vol du tableau: Erik Mattson était spécialisé dans l'œuvre de Dardel.

Le téléphone sonna, ce qui l'interrompit dans sa réflexion. C'était Emma, elle voulait qu'il achète des couches sur le chemin du retour.

À sa grande déception, Elin était déjà couchée lorsqu'il rentra. Il trouvait incroyable la vitesse à laquelle il avait pris de nouvelles habitudes. S'il pouvait auparavant s'en passer pendant une semaine sans problème, il ne supportait désormais plus de rater le rituel du soir : dire bonne nuit à sa fille et sentir son odeur de bébé, au creux de son cou.

Emma avait préparé des pâtes au saumon, qu'ils accompagnèrent d'un verre de vin. Lorsqu'ils eurent terminé, ils s'installèrent confortablement dans le canapé et se partagèrent le reste de la bouteille.

— Qu'est-ce que tu penses de la pasteure au fait ? Nous avons à peine eu le temps d'en parler, dit Emma en lui caressant les cheveux.

— Elle m'a l'air bien.

— Tu souhaites toujours le faire à l'église ?

— Tu sais bien que oui.

Ils avaient eu cette conversation depuis le moment où ils avaient décidé de se marier. Emma voyait déjà leur petit mariage tourner à la grande foire.

— J'ai déjà enduré tout ce cirque une fois, dit-elle en soupirant. Cela m'a suffi, tu comprends ?

— Et moi ? Ça ne compte pas, ce que je veux, moi ?

— Mais si, bien sûr. Mais nous devons bien pouvoir trouver un compromis, non ? D'accord, tu refuses d'aller à New York et de nous marier là-bas au consulat, même si je trouve que cela serait extrêmement romantique. Je comprends aussi très bien que tu veuilles réunir ta famille et tes amis autour de toi ce jour-là. Mais je n'ai pas envie de le faire à l'église, je n'ai pas envie de porter une robe blanche et d'avoir une putain de pièce montée à couper main dans la main.

— S'il te plaît. J'ai envie de traverser l'église en costume avec toi en robe de mariée. C'est l'image que j'ai en tête lorsque je rêve de notre mariage.

Il dit cela avec un tel sérieux qu'Emma ne put s'empêcher d'éclater de rire.

— Vraiment ? Je croyais que c'était un truc de fille.

— C'est quoi, ce préjugé ?

— Johan, je ne peux pas, c'est tout. Je ne veux pas avoir à affronter tout cela encore. Pour moi, ce serait comme une redite, tu comprends ?

— Non. Non, je ne comprends pas. Une redite ? Comment peux-tu appeler cela une redite ? C'est avec moi que tu te maries, Emma. Tu ne peux pas comparer cela avec Olle.

— Mais non, bien sûr. Mais tout ce boulot, toute cette préparation, sans parler du coût. Je ne pense pas que mes parents puissent se le permettre une seconde fois.

— Je n'en ai rien à foutre de l'argent. Je veux montrer au monde entier qu'on s'aime. Cela n'implique pas nécessairement des dépenses folles. On peut très bien boire du vin en brique et manger du chili con carne. Qu'est-ce que cela peut faire ? Et puis on pourrait organiser la fête ici, dans le jardin, si c'est en été.

— Ça ne va pas la tête ? Ici ? Jamais de la vie !

— Si tu continues comme ça, je vais finir par croire que tu n'as pas envie de m'épouser.

— Bien sûr que si, j'ai envie de t'épouser.

Elle le couvrit de baisers jusqu'à ce qu'ils aient tous les deux oublié le sujet de la conversation.

Lundi matin, lorsque Johan arriva au bureau avec Pia, il remarqua tout de suite qu'il y avait quelque chose d'inhabituel. Il tendit le bras pour empêcher Pia d'entrer, renversant les cafés qu'ils venaient d'aller chercher.

— Qu'est-ce qui te prend ? demanda-t-elle, surprise.

— Chut, attends. Il y a quelque chose de bizarre ici.

Tout au fond du local, qui était tout en longueur, il y avait normalement une carte des îles de Gotland et Fårö accrochée au mur. Elle n'était plus là. Mais ce n'était pas tout. Les trois ordinateurs étaient allumés, alors que Johan était certain qu'il les avait éteints la veille avant de quitter le bureau. Il expliqua tout cela à Pia à voix basse. Il s'avança prudemment. C'était complètement silencieux. Il ouvrit la porte de la cabine d'enregistrement, mais elle était vide.

— Johan, dit Pia en chuchotant, c'est peut-être quelqu'un qui devait venir bosser pendant la nuit.

— Chut.

Johan la maintint à l'écart.

Une photographie avait été accrochée à la place de la carte. Lorsqu'il arriva suffisamment près du mur pour la voir, il n'en crut pas ses yeux.

C'était lui, assis dans sa voiture, devant l'appartement d'Erik Mattson. La photographie était sombre, mais on pouvait voir qu'il espionnait.

Il s'assit sur une chaise sans quitter la photographie des yeux.

— Qu'est-ce que c'est ? demanda Pia, derrière lui.

Johan était incapable de répondre.

Beaucoup de monde vint à la réunion ce lundi matin. Quelqu'un avait apporté du café et une corbeille pleine de petits pains à la cannelle frais. Kihlgård sifflotait gaiement. Knutas le soupçonnait d'être derrière tout cela. Kihlgård adorait rendre les réunions agréables, il le disait lui-même.

Depuis le meurtre d'Hugo Malmberg, plus personne ne parlait de la nomination de Karin au poste de chef adjoint. Knutas était soulagé que tout ce tapage soit terminé.

Pour commencer la réunion, Karin exposa ses recherches sur le passé de Malmberg.

— Qui donc est cet enfant adopté alors ? demanda Wittberg.

— Je crois que nous avons un candidat potentiel, répondit-elle. Une personne qui était invitée au vernissage d'Egon Wallin, qui se trouvait à Visby au moment du meurtre, qui est spécialiste de l'œuvre de Nils Dardel, et qui a plusieurs fois séjourné dans la résidence de Rolf de Maré à Muramaris. Et depuis le début de l'enquête, son nom n'a cessé d'apparaître dans nos recherches.

— Erik Mattson ? s'écria Kihlgård. Cet homme correct et discret qui a tant commenté le vol du tableau à Waldemarsudde ? Vous croyez vraiment qu'il pourrait être l'auteur des faits ?

— Enfin, c'est impossible ! Il est bien trop gringalet, dit Wittberg. Vous l'imaginez, en train de hisser Egon Wallin en haut de la porte et traîner le corps d'Hugo Malmberg, qui serait son propre père, jusqu'au cimetière ? Allons donc !

— Eh bien il a certainement été aidé, j'imagine bien qu'il n'a pas fait tout cela tout seul !

En répondant cela, Karin fusillait Wittberg du regard. La crise liée à la promotion de Karin n'était finalement pas terminée.

— Et donc le mobile serait... quoi donc ? Que son père l'ait abandonné, c'est ça ?

Wittberg était sceptique. Lars Norrby ne tarda pas à se raccrocher à son avis :

— Et Egon Wallin ? Pourquoi Erik Mattson aurait-il voulu l'assassiner ?

— Je n'ai pas réponse à tout non plus, répondit Karin, agacée.

— Mais n'as-tu pas vérifié si Erik Mattson était bel et bien le fils d'Hugo Malmberg ?

Knutas la regarda, il attendait sa réponse au tournant. Karin eut un air gêné.

— Euh, non, dit-elle, perdant toute confiance en elle.

— Peut-être aurait-il mieux valu, avant de tirer des conclusions hâtives.

Même s'il avait été dur, Knutas fut tout de même désolé pour Karin en voyant l'air satisfait qu'affichaient Wittberg et Norrby.

Plus tard, au cours de l'après-midi, Karin vint voir Knutas dans son bureau avec une mine abattue.

— J'ai parlé avec les parents adoptifs d'Erik Mattson. Ils s'appellent Greta et Arne Mattson et ils habitent à Djursholm. Ils n'ont jamais révélé à Erik qu'il avait été adopté. Il ne sait donc pas qu'Hugo Malmberg est son père.

— Comment sont leurs relations ?

— Inexistantes. Ils ont coupé les ponts avec lui lorsqu'ils ont appris qu'il était à la fois alcoolique et homosexuel.

— Homosexuel ? Lui aussi ? Cela devient quelque chose de récurrent dans toute cette enquête.

— En effet.

— Mais c'est terrible tout de même. Rompre tout contact avec lui pour cela ? Quelle preuve d'amour !

— Oui. D'autant plus qu'ils ont gardé contact avec son ex-femme Lydia et ses enfants, ou en tout cas deux d'entre eux.

— Ils ont quel âge ? Les enfants, je veux dire.

— Les garçons, Karl et David, ont vingt-trois et vingt et un ans. Et la fille, Emelie, a dix-neuf ans.

— Et lequel d'entre eux n'est pas en contact avec ses grands-parents?

— Apparemment David, le plus âgé. C'est le père d'Erik que j'ai eu au téléphone, il avait l'air gentil d'ailleurs. En tout cas il m'a dit que c'est David qui avait été le plus affecté par la séparation de ses parents. Il l'avait très mal pris. Ce sont les problèmes d'alcool de Mattson qui ont été la cause du divorce. Puis Mattson avait perdu la garde des enfants à cause de sa négligence lors des week-ends où il les avait. Mais David s'en moquait. Quoi qu'il arrive, il était du côté de son père.

Knutas fixa Karin pendant un long moment sans dire un mot. Puis il prit soudainement le téléphone d'un air décidé, comme s'il venait d'avoir une idée.

L a propriétaire de Muramaris, Anita Thorén, ne mit pas plus d'un quart d'heure pour arriver au commissariat après l'appel de Knutas.

— Je suis heureux que vous ayez pu venir aussi vite. Comme je vous l'ai dit au téléphone, je voulais que vous jetiez un œil à quelques photos.

— D'accord.

Anita Thorén s'assit dans le fauteuil, et Knutas lui tendit cinq photos d'hommes d'environ vingt-cinq ans. Il lui demanda de les examiner avec attention, en prenant son temps. Karin et Wittberg était présents en tant que témoins.

— C'est lui, dit-elle. C'est l'homme qui a loué la résidence en février. J'en suis sûre et certaine.

Le silence était complet lorsqu'elle posa la photographie sur la table. Elle montrait un homme souriant et propre sur lui. Il avait les cheveux coupés court et semblait sportif et musclé.

Le jeune homme qui regardait ainsi l'objectif n'était autre que David Mattson.

Knutas décida qu'il fallait interroger Erik Mattson et son fils David au plus vite. Il appela Kurt Fogestam qui envoya tout de suite une équipe à leur recherche. Après qu'Anita Thorén eut identifié David Mattson, le procureur avait décidé de lancer un mandat d'arrêt contre lui. Les cheveux et fibres de tissu retrouvés dans la résidence d'été et la fourgonnette menaient directement au fameux locataire. C'était donc certain : il était l'auteur des meurtres. La question était de savoir s'il avait commis ces crimes seul ou avec son père. Toutefois, Knutas ne comprenait toujours pas le rapport qu'il y avait entre Egon Wallin et le vol du *Dandy mourant,* mais il espérait obtenir une explication au cours des interrogatoires.

Knutas s'en voulait de ne pas avoir pensé plus tôt à examiner la liste des différents locataires de Muramaris. Ils s'étaient tellement focalisés sur la période à laquelle Egon Wallin avait été assassiné que personne n'avait pensé à remonter dans le temps, ce qui l'énervait maintenant. Cette négligence était aussi peut-être due à tout le tapage causé par la nomination de Karin au poste de chef adjoint, qui l'avait alors quelque peu détournée de l'enquête.

Au commissariat, tout le monde restait dans l'expectative en attendant la réponse de la police de Stockholm.

Knutas fumait la pipe, à grandes bouffées, à la fenêtre de son bureau.

Il était extrêmement tendu. Ils étaient enfin sur le point de résoudre cette affaire, qui n'avait fait que s'étendre et se compliquer depuis le meurtre d'Egon Wallin. Il appela Line pour lui rendre compte des derniers événements, et la prévenir qu'il ne pourrait rentrer à la maison le soir. Elle était heureuse pour lui, et aussi pour elle et pour les enfants. Ils allaient enfin pouvoir passer des soirées tous ensemble à nouveau.

Après exactement une heure d'attente, Kurt Fogestam rappela enfin. Il avait l'air agité au téléphone.

— Assieds-toi, dit-il.

— Quoi?

— Assieds-toi avant d'entendre ça, Anders.

Knutas s'assit sur sa chaise, la pipe toujours à la bouche.

— Qu'est-ce qui s'est passé?

— L'équipe qui devait aller chercher Erik Mattson s'est d'abord rendue chez Bukowskis, mais Mattson n'était pas venu au travail aujourd'hui. Son patron n'avait pas l'air plus surpris que cela, il disait qu'il avait l'habitude que Mattson ne vienne pas travailler. Il est alcoolique apparemment. Enfin, était.

— Pourquoi «était»?

— Mon équipe vient de m'appeler depuis son appartement rue Karlaväg. Ils ont sonné, mais personne ne répondait, alors ils sont entrés et ont retrouvé Erik Mattson mort dans son lit.

Knutas n'en croyait pas ses oreilles.

— Assassiné?

— Nous ne savons pas encore. Le médecin légiste est en train de pratiquer l'autopsie. Mais ce n'est pas tout. Sais-tu ce que l'on a retrouvé au-dessus du lit?

— Non.

— Il y avait un tableau accroché au mur. Celui-là même qui a été volé à Waldemarsudde: *Le Dandy mourant*.

La maison était située au croisement de deux rues de maisons pavillonnaires, dans un quartier idyllique, près de l'école, au centre de Roma.

Il était dix heures du matin. Il avait délibérément attendu que l'heure de pointe soit passée : celle où les gens partent au travail, emmènent leurs enfants à la crèche ou à l'école, promènent leur chien, ou vont chercher le journal.

Mais à cette heure-ci, le calme était revenu, et la rue était tout à fait silencieuse.

Depuis l'endroit où il se trouvait, il pouvait aisément observer celle qui devait être Emma Winarve. Elle allait de pièce en pièce, au rez-de-chaussée de la maison. Il prit discrètement ses jumelles. Il s'était dissimulé derrière des buissons afin de ne pas se faire repérer depuis l'une des villas qui étaient alignées de l'autre côté de la rue.

Elle était jolie, vêtue d'une longue robe de chambre rose qui avait l'air très douce. Ses yeux bruns et ses sourcils marqués contrastaient avec ses cheveux blonds. Elle avait des traits fins et classiques. Un peu marquée, certes, mais toujours mignonne. Elle était grande, et il se demanda si elle avait de la force.

Elle se baissa et prit son bébé dans ses bras. Puis elle disparut soudainement, et réapparut au premier étage. Tout ce qu'il voyait d'elle, c'était une silhouette qui passait d'une pièce à l'autre. À travers les yeux froids des jumelles, il suivait ses pas. Elle se pencha en avant, certainement pour mettre le bébé dans son lit. Puis resta ainsi debout quelques instants, avant de retirer sa robe de chambre. Il aperçut rapidement son dos nu, avant de la perdre à nouveau de vue. Elle devait sûrement être sous la douche. C'était le moment parfait. Il traversa très vite la rue, ouvrit le portail et traversa le jardin d'un pas détendu, comme si c'était la chose la plus naturelle au monde. Arrivé à la porte, il constata que celle-ci n'était pas fermée à clef. Parfait, se dit-il. Cela ne pouvait arriver qu'à la campagne.

Il regarda prudemment autour de lui puis ouvrit la porte. Il n'y avait personne en vue. Il se glissa rapidement à l'intérieur, sans un bruit. Il se retrouva dans un vestibule assez désordonné, avec des vêtements, des chaussures et des gants un peu partout. Cela sentait le café et le pain grillé. Un sentiment prit naissance au plus profond de lui et le troubla pendant quelques secondes. Mais il se força à reprendre le contrôle de lui-même. Droit au but, se dit-il. Il s'agissait juste d'aller droit au but. Il jeta un œil dans la cuisine : une radio passait de la variété à faible volume, la vaisselle traînait, et la table était couverte de miettes. Il passa au salon, où deux grands canapés se faisaient face, au milieu de livres, de disques, de plaids, d'une télévision, d'une corbeille de fruits et d'un chandelier en céramique dont les bougies étaient complètement consumées. Le sentiment revint à la charge. Il le repoussa, et monta les escaliers. Il entendait le bruit de l'eau qui tombait du pommeau de douche dans la salle de bains. Elle chantait. Il se glissa vers la porte, qui était entrouverte. C'était une grande salle de bains. Il y avait deux lavabos en face des toilettes, une baignoire qui faisait jacuzzi, et au fond de la pièce, la douche derrière un panneau de verre opaque, à travers lequel on devinait la silhouette du corps de la femme. Sa voix claire et haute résonnait entre les murs. Le sentiment lui revint, et ses yeux brûlaient. Elle le mit tout à coup dans une telle rage, à rester ainsi insouciante, belle et nue, sans avoir la moindre idée de ce qui se tramait derrière elle. Et de ce qui se passait en lui. Lui, l'envoyé du diable. La fièvre lui vint, son regard se troubla. Il fallait qu'elle paie. Il tendit la corde de piano entre ses doigts. Il ferma les yeux un instant, afin de se concentrer avant de passer à l'attaque.

Mais il fut interrompu dans son élan par les sanglots du bébé derrière lui. Le genre de sanglots qui préfigurent les larmes. La femme n'eut pas l'air de remarquer quoi que ce soit, elle continuait de chanter sous le jet de la douche.

Il se retourna brusquement et se glissa hors de la salle de bains, en direction du bruit. La pièce était sombre, les stores étaient tirés. Dans son lit à barreaux, le bébé pleurait et criait.

Très vite, il l'enveloppa dans sa couverture et s'enfuit à toute vitesse avec l'enfant dans les bras.

Lorsqu'il ferma la porte d'entrée derrière lui, il entendait encore la femme chanter sous la douche.

Sans se douter de rien, Johan décrocha le téléphone. À l'autre bout du fil, une voix hystérique criait, pleurait et prononçait une série de mots incohérents et inintelligibles. Il lui fallut quelques secondes pour comprendre que c'était Emma, qui essayait de dire quelque chose à propos d'Elin. Lorsqu'il finit par comprendre qu'elle avait disparu, son sang se glaça dans ses veines.

— Attends, calme-toi. Qu'est-ce qui s'est passé ?

— Je… J'étais sous la douche, dit-elle en sanglotant. J'avais couché Elin dans son lit, et quand je suis revenue, elle avait disparu, Johan ! Disparu !

— Mais, tu as bien regardé partout ? Elle a peut-être réussi à sortir de son lit, va savoir comment ?

— Non, cria-t-elle. Non ! Elle n'a pas pu sortir de son lit, enfin ! Tu comprends ce que je te dis, Johan ? Elle a disparu ! Quelqu'un est venu nous l'enlever !

Elle éclata à nouveau en sanglots, sans pouvoir s'arrêter. Johan craqua, et sentit les larmes lui monter aux yeux. Non, ce n'était pas possible, cela ne pouvait pas être possible.

Pia était assise à côté de lui à ce moment-là. Elle avait tout entendu.

La photographie de Johan devant l'appartement d'Erik Mattson était encore accrochée au mur. Tout à coup, la menace était devenue réelle.

Lorsque les policiers arrivèrent sur les lieux dans le village de Roma, ils trouvèrent Emma immobile sur le sol de la chambre d'enfant, au premier étage de la maison. Comme elle ne répondait pas, ils appelèrent une ambulance qui la transporta à l'unité psychiatrique de l'hôpital de Visby.

La maison et toute la rue furent bloquées, et des barrages de police furent installés à toutes les sorties possibles du village, et même sur les voies d'accès à Visby et au port. Le prochain ferry pour Nynäshamn devait partir à quatre heures. La police fouilla toutes les voitures stationnées sur le quai. Les contrôles furent renforcés à l'aéroport. Il était impossible pour le kidnappeur de quitter l'île, à moins d'utiliser un autre moyen de transport.

Knutas était tout d'abord resté incrédule lorsqu'il avait entendu que la fille de Johan Berg avait été enlevée. Puis il comprit que le journaliste avait dû faire sa propre enquête et devenir une gêne pour le meurtrier. Il n'avait donc toujours pas retenu la leçon de la dernière fois : il ne devait pas se mêler du travail de la police. Cela lui avait pourtant presque coûté la vie, et maintenant, c'est celle de sa fille qui était en jeu. Knutas était réellement désolé pour Johan, et l'avait appelé dès qu'il avait appris la nouvelle. Mais bien sûr, il ne décrocha pas. Puis Knutas apprit que Johan se trouvait à l'hôpital psychiatrique, au chevet d'Emma. Il réussit enfin à le joindre grâce au chef de service. Sa voix était à peine audible.

— Je suis vraiment navré, dit Knutas. Je veux que tu saches que nous faisons tout ce qui est possible pour la retrouver.

— Merci.

— Il faut que je sache pourquoi le meurtrier en a après toi. Es-tu entré en contact avec lui ?

— Non, mais il s'est passé autre chose.

— Quoi donc ?

Johan lui parla de la photographie qui avait été accrochée au mur du bureau de la rédaction des informations régionales.

— Et sais-tu qui est l'auteur des faits ?

— Je pense que c'est Erik Mattson, l'homme chargé des estimations chez Bukowskis.

— Non, je ne crois pas.

Knutas évita de lui annoncer la mort d'Erik Mattson afin de ne pas l'inquiéter davantage. Il avait déjà suffisamment de souci à se faire.

— Ce n'est pas lui, c'est son fils, David Mattson. Et il n'est pas impossible qu'il entre en contact avec toi. Nous ne savons pas ce qu'il veut, mais s'il te contacte, appelle-moi immédiatement. Tu entends, Johan ? Tu dois absolument m'appeler si c'est le cas. Et nous discuterons ensemble de la manière dont nous allons gérer la situation. D'accord ?

— D'accord, dit Johan d'une voix monocorde. Je dois retourner auprès d'Emma, maintenant.

L a nuit passa sans que David Mattson ne se manifeste. La police maintint tous ses barrages sur l'île de Gotland. Par mesure de sécurité, même Muramaris avait été placé sous surveillance, même si personne ne pensait vraiment que le meurtrier allait être assez pour y retourner. Ils avaient affaire à un homme dangereux, déjà auteur d'un double meurtre. En revanche, ils n'étaient pas encore certains que David Mattson ait tué son père. Il fallait attendre la fin de l'autopsie pour avoir la réponse à cette question.

Knutas resta assis dans son bureau à attendre, angoissé. L'enlèvement d'un enfant était le pire scénario qu'il pouvait imaginer.

Et le plus frustrant dans tout cela était qu'il se sentait totalement impuissant. Tant que le kidnappeur n'entrait pas en contact et restait tapi dans l'ombre, il était quasiment impossible de retrouver sa trace. Une équipe de surveillance policière avait été mise en place dans la maison à Roma, et le téléphone était sur écoute. Emma Winarve était toujours à l'hôpital. Ils avaient essayé de l'interroger, mais ils ne purent obtenir aucune information. Elle était toujours en état de choc.

Où se cachait David Mattson ? Si c'eût été l'été, il aurait pu dormir sous une tente, dans une caravane, ou même dans sa voiture. Mais à cette époque de l'année ? Selon l'hypothèse la plus probable, il avait certainement dû se réfugier dans une de ces résidences de vacances. Mais il y avait tant de ces petites maisons isolées et inoccupées à Gotland, et même Fårö. Par où la police devait-elle commencer ? Et avec un enfant avec lui, il avait besoin de nourriture et de langes. Pourquoi avait-il enlevé Elin ?

Tôt ou tard, David Mattson devrait se manifester.

Il n'y avait rien de plus désolé en hiver qu'un terrain de camping. Johan se gara au plus près de la plage. Il sortit de la voiture et marcha vers les toilettes. Tout était silencieux, désert, désolé et fermé. La couche de neige était particulièrement épaisse. Personne ici n'avait déblayé la neige de tout l'hiver. Le talus qui descendait abruptement vers la plage n'avait pas non plus été sablé. La question était de savoir s'il était possible de remonter ensuite. Mais ce n'était pas ce qui le préoccupait pour l'instant. Il voulait juste récupérer Elin et la sentir dans ses bras. David avait dit au téléphone qu'il voulait faire un échange, mais avait refusé de préciser ce qu'il voulait en contrepartie. Il voulait le formuler en personne, avait-il dit. Johan s'était dit qu'il n'avait pas d'autre choix que de se plier à ses exigences. David lui avait également ordonné de ne pas contacter la police, et Johan avait dû suivre la consigne. Si David avait la moindre impression que Johan n'était pas venu seul, c'en était fini d'Elin.

Le silence était complet, et la mer était grande ouverte, grise et inhospitalière. L'air était froid et humide et pénétrait le corps à travers les vêtements. Lorsque Johan s'approcha des sanitaires, il vit qu'une voiture était garée un peu plus loin. C'était une Citroën bleue. Mais il n'y avait personne en vue. Johan était nerveux, il ne savait même pas à quoi David ressemblait, quel âge il avait. Il fit le tour des sanitaires. La porte et la fenêtre étaient fermées. Il n'était pas difficile de comprendre pourquoi David avait choisi cet endroit. Proche de la ville, mais totalement isolé.

Tout à coup, il vit une grande silhouette noire venir de la mer. Il avait l'air robuste, et portait une parka et une cagoule. Johan se sentait vaciller.

L'homme qui s'approchait de lui avait déjà réussi à tuer deux personnes de sang-froid et à prendre une enfant de huit mois en otage. Johan était face à face avec un psychopathe.

À cet instant, Johan réalisa à quel point il avait été stupide de ne pas prévenir la police, et d'être venu sans arme. Il était à la merci d'un fou. Que croyait-il ? Que David allait simplement lui remettre Elin ?

Il resta immobile et attendit, alors que son cœur, lui, battait à pleine vitesse.

Bien sûr, David n'avait pas pris Elin avec lui. Johan se sentait plus impuissant que jamais, et il n'oublierait jamais cet horrible sentiment. Paniqué, il réfléchit à ce qu'il devait dire ou faire afin d'avoir une chance de récupérer Elin.

David était désormais tout près de lui.

— Arrêtez de poursuivre mon père, dit-il. Laissez-le tranquille si vous voulez revoir votre fille. Jurez-le. Laissez-le.

Là était donc la raison de tout cela, se dit Johan. Il voulait protéger son père. Et Johan lui avait rendu visite, puis l'avait espionné, et c'était pour cela qu'il avait enlevé Elin. C'était aussi simple que cela.

— Très bien, je promets d'arrêter immédiatement. Ma fille est bien plus importante que mon enquête. J'arrête tout de suite, mais rendez-moi Elin.

— Elin, c'est son nom ? Je ne savais pas comment je devais l'appeler.

Il mentait. Johan voyait la folie dans ses yeux. David était sous l'emprise de la drogue. Il avait le regard tellement fuyant qu'il était impossible de le regarder dans les yeux. Il était peut-être sous anabolisants, vu sa carrure.

— Où est-elle ?

Johan faisait tout pour avoir l'air désespéré. Il devait garder son calme.

Au moment où David allait répondre, un hurlement provint du toit des sanitaires.

— Police ! Les mains en l'air et plus un geste !

David avait l'air confus. Johan était comme paralysé, et ne parvenait plus à penser de manière sensée. Tout cela avait l'air irréel.

L'arrestation de David Mattson ne fut pas vraiment spectaculaire. Quatre policiers l'avaient maîtrisé avant même qu'il ne comprenne ce qui se passait. Ils lui passèrent les menottes aux poignets et le conduisirent à la voiture de police. Johan ne pouvait que regarder ce qui se passait autour de lui, muet.

Puis Knutas apparut dans son champ de vision. Il se tourna vers lui.

— Comment avez-vous su ?

— C'est Emma qui nous a appelés.

— Où est Elin ?

— Nous sommes en train de fouiller tout le terrain de camping. Il y a beaucoup d'endroits dans lesquels elle pourrait se trouver. Nous allons la retrouver, tu verras.

David Mattson fut immédiatement soumis à un interrogatoire. Les policiers avaient bien soupçonné que l'auteur des faits devait être grand et fort. Mais la corpulence de David était encore plus impressionnante dans la salle d'interrogatoire. Il s'assit en face de Knutas, qui se chargeait lui-même de l'interroger. Karin, au fond, servait de témoin.

Enfin, Knutas était en face du meurtrier qu'ils avaient traqué pendant plus d'un mois. Cela avait l'air irréel. Et le meurtrier aussi. Cet homme avait attaqué ses victimes par-derrière avec une corde de piano, pendu un homme à une porte de l'enceinte médiévale de Visby, et placé un cadavre sur la tombe de sa première victime. Il avait également réussi cet invraisemblable vol de tableau à Waldemarsudde. La question qui régnait au-dessus de tout cela était simple : pourquoi ? Pourquoi avait-il commis ces crimes épouvantables ? Qu'est-ce qu'il y avait derrière tout cela ? Avait-il également assassiné son père ? Knutas avait hâte d'entendre ses explications. Mais il devait tout d'abord obtenir réponse à une question urgente : où était Elin ?

Tout en observant David Mattson, il appuya sur le bouton d'enregistrement du magnétophone et mit de l'ordre dans son dossier. David Mattson portait une paire de jeans et un pull-over, et se tenait les jambes écartées et les mains jointes. Et ce visage, c'était donc le visage du meurtrier, un jeune étudiant de vingt-trois ans qui vivait avec sa petite amie dans la banlieue nord de Stockholm, et qui n'avait jusque-là aucun casier judiciaire.

Knutas et Karin faisaient de leur mieux pour lui faire dire où se trouvait Elin, sans aucun succès. Il campait sur ses positions, persuadé que c'était Johan qui avait informé la police de leur rendez-vous, annulant ainsi leur contrat. Par conséquent, il refusait de révéler ce qu'il avait fait de sa fille. Il ne céderait pas, et les tentatives de persuasion des deux policiers n'y feraient rien. Il lui importait peu que Johan soit innocent, que ce soit Emma qui ait dit à la police où le rendez-vous avait été fixé.

Très vite, les policiers se rendirent compte que David n'était pas au courant du décès de son père. Et au cours de l'interrogatoire, le rapport d'autopsie tomba : Erik Mattson était vraisemblablement mort d'une overdose de cocaïne.

Wittberg appela Karin et Knutas qui interrompirent l'interrogatoire un instant. Il leur fit part de la nouvelle. Puis ils retournèrent dans la salle d'interrogatoire.

— Nous avons quelque chose à vous dire, dit Karin.

David leva promptement les yeux, puis rebaissa son regard entêté en direction de ses genoux et de ses mains entrecroisées. Il n'avait jusque-là répondu aux questions que de manière laconique, et n'avait cessé de réclamer de l'eau glacée. Karin avait déjà apporté plusieurs carafes d'eau.

— Votre père est décédé.

David releva lentement la tête.

— Vous mentez.

— J'ai bien peur que non. Nous l'avons retrouvé hier matin dans son appartement. Il était mort dans son lit, et selon le rapport du médecin légiste, il est mort d'une overdose de cocaïne. Et nous avons retrouvé *Le Dandy mourant* accroché au-dessus de son lit. Avec vos empreintes sur la toile.

David Mattson la regarda fixement, sans comprendre. Le silence devint pesant. Knutas se demanda si cela avait été une bonne idée de l'informer de la mort de son père avant qu'il n'ait avoué ce qu'il avait fait de la petite Elin.

— Quand avez-vous vu Erik pour la dernière fois ? demanda Karin.

— C'était samedi soir, répondit-il d'une voix monocorde. J'étais chez lui pour dîner. Je lui avais offert un cadeau. Nous avons beaucoup, beaucoup discuté. Puis il s'est mis en colère alors je suis parti…

Puis il se tut. Son visage se transforma. Son masque fermé et imperméable se fissura en un instant, et sans dire un mot, le géant s'écroula sur la table.

Johan fut directement conduit à l'hôpital de Visby, où une infirmière lui administra un calmant en attendant qu'il puisse rencontrer un psychologue. L'infirmière le laissa un instant dans sa chambre, lui assurant qu'elle reviendrait. Pendant ce temps, Johan devait rester allongé et reprendre des forces. Il se sentait engourdi et vidé, et avait l'impression que tout ce qui s'était passé n'était pas réel. La porte de sa chambre s'ouvrit à nouveau. Il s'attendait à ce que ce soit l'infirmière, mais ce fut le visage d'Emma qu'il vit entrer.

— Salut, dit-il en essayant d'esquisser un sourire.

Il avait le visage bouffi et figé, et avait l'impression que rien n'y était à sa place, que ses yeux étaient au niveau de son menton et que son nez était sur sa tempe gauche. Il n'avait plus de bouche. Rien qu'un trou desséché.

Emma ne répondit pas. Elle resta un instant loin du lit et le regarda avec colère.

— Tu ne m'avais rien dit à propos de cette photo que tu as retrouvée à ton bureau, dit-elle en serrant les dents. Tu as espionné quelqu'un que tu pensais être le meurtrier, juste parce que tu trouvais ça cool, sans penser une seule seconde à nous, Elin et moi, et à notre sécurité. Et maintenant, Elin risque la mort à tout moment. Oh mon Dieu, Elin, ma petite Elin risque la mort, et c'est de ta faute. Tout est de ta faute. Si tu t'étais arrêté à temps, rien de tout cela ne serait arrivé.

Johan était choqué de la violence inattendue d'Emma. Il tenta de se justifier.

— Mais, Emma... dit-il d'une voix faible.

— Ferme-la.

Elle se rapprocha et se pencha au-dessus de lui, le regardant fixement dans les yeux.

— Il s'est introduit chez moi, dans ma maison, et a mis son nez partout, et cela pendant que j'étais sous la douche. Il a pris ma fille, et est parti avec elle. Et maintenant il ne nous reste plus qu'à espérer qu'il finisse par dire ce qu'il en a fait, et espérer qu'elle soit toujours en vie, qu'elle ne soit pas déjà morte !

— Oui, mais…

— Elle n'a que huit mois, Johan, huit mois !

Elle retira son alliance et la lui jeta au visage.

— Je ne te le pardonnerai jamais, cria-t-elle. Jamais !

Elle claqua la porte de toutes ses forces.

Toujours dans son lit, Johan était tétanisé, anéanti, incapable de comprendre ce qui venait de se passer.

Tout cela n'était pas en train d'arriver, ce n'était pas possible.

L a police poursuivait inlassablement ses recherches autour du camping Snäck. Les équipes cynophiles fouillaient les moindres recoins des différents bâtiments qui composaient l'aire de camping : la cafétéria, l'épicerie, la réception, les toilettes, les douches. Elle n'était nulle part. L'inquiétude commençait à grandir : elle était peut-être morte, et les policiers avaient peur de retrouver son corps inanimé quelque part. Ils avaient trouvé la voiture de David Mattson, mais ils n'y trouvèrent aucune trace d'Elin.

Kihlgård, qui était sur les lieux avec Wittberg, commençait malgré lui à perdre espoir. Si David Mattson avait caché Elin quelque part dans cette aire de camping, ils auraient déjà dû la retrouver.

En voyant la belle résidence hôtelière qui donnait sur la mer, il eut une idée. Si David Mattson était persuadé que l'échange allait se dérouler sans embûche, il devait certainement avoir laissé l'enfant un peu plus loin, pour avoir le temps de s'enfuir au volant de la voiture garée auprès des toilettes pendant que Johan se rendait à l'endroit qu'il lui avait indiqué.

— Viens avec moi, cria-t-il à Wittberg.

Son collègue le rejoignit en courant.

— Où allons-nous ?

— J'ai peut-être une idée. C'est bien une résidence là-bas ?

— Oui, répondit Wittberg, haletant.

— Est-ce qu'il y a des gens qui y habitent l'hiver ?

— Oui, je suppose. Ils achètent bien des appartements pour quelques semaines de vacances, alors j'imagine qu'il y en a qui veulent y habiter pendant toute l'année.

Ils remontèrent la butte en direction de la résidence.

— Tu crois qu'il l'a cachée ici ? demanda Wittberg.

— Pourquoi pas ? S'il a pu aller à Waldemarsudde, il a très bien pu venir ici.

Ils ne trouvèrent aucun indice. D'autres policiers prirent le relais.

Wittberg se tourna vers Kihlgård.

— Viens, allons fouiller là-bas.

— Où ça ?

— Il y des petites maisons là-haut au sommet de la colline. Il s'y est peut-être introduit.

— C'est loin. Nous devrions peut-être prendre la voiture, non ?

— Cela prendrait trop de temps de revenir vers la voiture. Allons-y directement. Viens.

Wittberg commença courir.

— Eh, doucement ! dit Kihlgård en haletant.

Il avait du mal à suivre son collègue.

Arrivés au sommet de la colline, ils trouvèrent un chemin qui menait à un petit bois. Les maisons en bois étaient simples, et éparpillées entre les arbres, chacune derrière son petit terrain. L'endroit était désert. Ils fouillèrent partout, recherchant des traces d'activité humaine récente. Très vite, Wittberg cria :

— Ici, Martin ! Viens par ici, je crois que j'ai trouvé quelque chose !

Wittberg avait trouvé des traces de pneu récentes devant une petite maison jaune à l'orée du bois, au bord du chemin. Ils coururent vers la porte d'entrée.

— Regarde ! Elle a été forcée !

— Merde, t'as raison. Mais… qu'est-ce que c'est que ça ?

Une tache rouge dans la neige blanche. Pendant un horrible instant, ils crurent que c'était du sang. Mais en se penchant, ils virent que c'était une chaussette de bébé.

Ils étaient au bon endroit. Wittberg passa devant et ouvrit la porte. Le hall d'entrée était étroit et sombre. Il n'y avait pas un bruit. Plus tard, lorsque Wittberg raconta la scène à ses collègues, il parla d'une sensation de cauchemar. Il dit qu'ils osaient à peine respirer, tant ils avaient peur de ce qu'ils allaient trouver. Il décrivit le tapis de lirette, l'ameublement modeste, les tableaux grossièrement peints, la pendule arrêtée sur cinq heures moins le quart, et les fleurs en plastique dans les pots, devant la fenêtre. Il parla du froid glacial et de l'odeur de moisissure et de mort-aux-rats. Il raconta qu'il fut le premier à entrer dans la petite chambre, où deux petits lits étaient disposés l'un à côté de l'autre.

Dans un coin, derrière l'un des lits, la couche d'une poussette bleu marine était appuyée contre le mur.

Wittberg se tourna lentement vers son collègue. Kihlgård le regarda et lui fit signe d'y aller.

Thomas Wittberg ne s'était jamais senti si petit et insignifiant. Il ferma les yeux une seconde, dans un silence plus terrifiant que jamais.

Il n'oublia jamais le moment où il se pencha au-dessus de la poussette. L'instant était décisif. Il avait l'impression que ce qu'il allait y voir pouvait changer sa vie.

Elle était là. Sous une couverture et avec un petit bonnet rouge sur la tête. Elle avait les yeux fermés et un visage paisible. Ses petites mains étaient posées par-dessus la couverture. Wittberg se pencha davantage et écouta ce qui devint le plus beau son qu'il entendrait jamais.

Celui de la respiration d'Elin.

Épilogue

L'hiver avait enfin commencé à lâcher prise sur l'île, sous la pression du soleil du printemps. Les paquets de neige tombaient peu à peu des toits. Sur le chemin du commissariat, Knutas sentait le soleil lui réchauffer le dos. Les oiseaux chantaient et apportaient de l'espoir.

Et tout le monde sur l'île en avait bien besoin.

Comme d'habitude, il fut le premier de la brigade criminelle à arriver. Il s'assit à son bureau avec une tasse de café. Devant lui, un énorme classeur contenait tous les éléments de l'enquête. Le premier document était une pile de photocopies du journal intime du jeune meurtrier dans lequel figuraient les détails de la planification des meurtres.

David Mattson vivait avec sa compagne et son petit chat dans un appartement de la banlieue nord de Stockholm. Il étudiait l'économie à l'université, mais ses études ne se passaient pas très bien. Au cours du dernier semestre, il avait été plus souvent absent que présent à ses cours. Sa compagne tomba des nues lorsqu'elle apprit que c'était l'homme avec qui elle vivait qui avait assassiné les deux galeristes. D'après ses dires, c'était la personne la plus tendre et gentille que l'on pouvait imaginer.

Tout avait commencé à l'automne précédent, lorsque David avait surpris une conversation entre ses grands-parents paternels. Ils parlaient de l'adoption de leur fils, Erik. Pour David, c'était une surprise totale. Ces deux personnes qu'il avait cru être ses grands-parents n'étaient en réalité que ses grands-parents adoptifs. Ses vrais grands-parents étaient ailleurs, et ne s'étaient jamais manifestés. Une fois qu'il avait appris la vérité, il n'avait pas été difficile de découvrir le reste.

Hugo Malmberg avait osé faire adopter Erik le jour même de sa naissance. Et alors qu'il était si fortuné qu'il pouvait jeter l'argent par les fenêtres, Erik peinait à payer ses factures. Lorsqu'il avait découvert cela, David avait eu la nausée.

Il commença à espionner Hugo Malmberg, à le suivre à la galerie, en ville ou à la salle de sport. Il comprit très vite que son grand-père était homosexuel.

Le journal intime apportait des explications quant à la série de faits qui avaient déclenché l'engrenage de cette terrible histoire. Un après-midi de novembre, David avait suivi son grand-père biologique dans un club gay underground. Il y avait vu Hugo Malmberg, accompagné d'Egon Wallin, avoir des rapports sexuels avec Erik Mattson, sans avoir la moindre idée de la parenté qui les liait.

David était le seul à le savoir. Il lui avait fallu deux secondes pour comprendre ce qu'il avait vu. Ces deux secondes l'avaient transformé en meurtrier.

Au cours de ses recherches, il avait découvert non seulement qu'Hugo Malmberg et Egon Wallin entretenaient une relation, mais qu'en plus ils s'étaient à plusieurs reprises offert les services de prostitués. Ce devait être la raison pour laquelle Malmberg avait caché à la police qu'il connaissait Egon Wallin autrement que professionnellement, pensa Knutas. C'est aussi la raison pour laquelle il avait caché que son homologue de Visby était homosexuel.

C'était donc la relation complice et fusionnelle qu'il entretenait avec son père Erik qui était à l'origine de sa folie meurtrière. Le journal était très précis. Knutas comprit que David avait toujours aimé et admiré son père. Même s'il semblait avoir parfois eu envie d'avoir un meilleur père, un père idéal, le père que les autres avaient, celui avec lequel il se serait senti soutenu, confiant, fort, aimé et protégé. C'est ce qu'il avait toujours attendu de son père, si bien qu'il n'avait jamais vraiment réussi à s'en détacher.

Tout le journal était imprégné de cette volonté d'apporter un peu de bonheur dans la vie de son père, de mettre fin à ses problèmes, de le rendre heureux. Il espérait peut-être ainsi que son père en retour lui donnerait ce dont il avait toujours eu besoin.

Bien sûr, le vol du *Dandy mourant* était un acte de folie pure. Mais aux yeux de David, c'était un moyen de récupérer l'attention de son père.

Le choix de mettre la police sur la piste grâce à la sculpture était selon Knutas une preuve de la volonté inconsciente de David d'être confondu. Au fond, il souhaitait que le monde voie et comprenne la douleur dont il souffrait. C'était pour cette raison également qu'il avait placé les corps tel qu'il l'avait fait. Tout ce qu'il avait voulu, c'était se venger, faire justice, et retourner dans le passé.

Quant aux tableaux volés, les intenses recherches de Wittberg portèrent enfin leurs fruits. Il apparut qu'Egon Wallin était de connivence avec l'organisation criminelle du manager de Mattis Kalvalis, Vigor Haukas, qui volait des tableaux dans tous les pays riverains de la mer Baltique et les revendait ensuite sur le marché international. Haukas dirigeait les opérations et les tableaux passaient par Egon Wallin avant de quitter la Suède. Et ils s'étaient livrés à ce trafic lucratif pendant des années.

Knutas soupira en lisant. C'était vraiment une histoire tragique. Tous les éléments de l'enquête avaient une chose en commun : les secrets. La mort d'Egon Wallin. Tout ce qu'il avait caché à sa famille. La double vie d'Erik Mattson. Les secrets enfouis dans le passé d'Hugo Malmberg.

Il ouvrit le tiroir supérieur de son bureau et prit sa pipe, se leva et alla à la fenêtre. Le ciel était dégagé, le soleil brillait, et au loin la mer était d'un bleu que seul le printemps pouvait offrir.

Il regarda la porte Dalman. C'était là que tout avait commencé, deux mois plutôt.

Deux mois seulement, alors que cela paraissait déjà une éternité.

Remerciements de l'auteur

Les personnages et les situations de ce récit étant purement fictifs, toute ressemblance avec des personnes ou des situations existantes ou ayant existé ne saurait être que purement fortuite. Je me suis parfois permis, au nom de la liberté artistique, de modifier la réalité pour les besoins du récit. La couverture de l'île de Gotland est par exemple bien assurée par la rédaction régionale de la chaîne SVT, Östnytt, et non depuis Stockholm comme le laisse penser le livre.

À cette exception près, presque tous les lieux décrits dans le récit correspondent à la réalité.

Si quelque erreur s'était glissée dans le récit, j'en prends l'entière responsabilité.

Je souhaite avant tout remercier mon époux, le journaliste Cenneth Niklasson, pour son grand soutien et ses critiques constructives.

Un grand merci également à :
Gösta Svensson, Police de Visby
Magnus Frank, Police de Visby
Hans Henrik Brummer, Waldemarsudde

Martin Csatlos, Département de médecine légale à Solna
Ylva Hilleström, Moderna Museet
Johan Jinnerot, Bukowskis
Johan Gardelius, Police scientifique de Visby
Ulf Åsgård, psychiatre
Birgitta Amér, propriétaire de Muramaris
Merci aussi à toi Nicklas pour ton aide précieuse et un grand
    merci à Ingrid Ljunggren.

Je tiens également à remercier mes chers collègues écrivains :
    merci d'être là !

Ainsi que mes relectrices pour leurs précieuses remarques :
Lena Allerstam, SVT
Kerstin Jungstedt, Provins fem
Lilian Andersson, Bonnier Utbildning
Anna-Maja Persson, SVT.

Merci à Albert Bonniers Förlag, et notamment mes éditeurs
    Jonas Axelsson et Ulrika Åkerlund, à John Eyre pour sa belle
    mise en page, et à mon agent Niclas Salomonsson et Emma
    Tibblin de Salomonsson Agency.

Enfin, et non des moindres, je désire remercier mes merveilleux
    enfants, Rebecka et Sebastian.

                                        Mari Jungstedt,
                                        Mai 2006.

            www·marijungstedt·se

Dépôt légal : septembre 2012
IMPRIMÉ EN FRANCE

Achevé d'imprimer le 17 septembre 2012
sur les presses de l'imprimerie « La Source d'Or »
63039 Clermont-Ferrand
Imprimeur n° 16102